Diane Pom-
mai 97

Michael Ondaatje

La peau d'un lion

Traduit de l'anglais par
Marie-Odile Fortier-Masek

Gallimard

Titre original :

IN THE SKIN OF A LION

Michael Ondaatje est né à Sri Lanka. Il a fait toutes ses études en Angleterre avant d'enseigner à l'université de Toronto. *La peau d'un lion*, son deuxième roman, a été salué par la critique anglo-saxonne unanime comme une révélation.

Un récit qu'une fillette recueille, en voiture, au petit matin... Elle écoute, elle pose des questions. Le véhicule glisse dans l'obscurité de la lande inviolée. L'homme au volant lui dirait « Dans ce champ, il y a un château » qu'elle le pourrait croire...

Elle l'écoute. Il ramasse, il assemble les divers pans du récit qu'il s'efforce d'enserrer tout entier. Il est épuisé et parfois aussi peu présent au récit qu'à la route, parfois agité. « Tu vois ? » Et il se tourne vers elle, à la lueur du compteur de vitesse.

Quatre heures jusqu'à Marmora... Six étoiles... Une lune... Elle demeure éveillée, pour lui tenir compagnie...

LIVRE PREMIER

Petites graines

S'il est réveillé d'assez bonne heure, le jeune garçon voit les hommes longer la ferme, au bas de la route du Premier Lac. De la fenêtre de sa chambre, il peut voir deux ou trois lanternes entre l'érable argenté et le noyer. Il entend les bottes sur le gravier. Trente bûcherons, emmitouflés de sombre, cognée à l'épaule, casse-croûte ballottant au ceinturon... Le jeune garçon descend l'escalier, il se dirige vers une fenêtre de la cuisine qui donne sur l'allée. Les hommes défilent, de droite à gauche. Ils semblent déjà épuisés, avant que se déchaîne l'énergie du soleil.

Parfois, il le sait, ce peloton d'étrangers croise les vaches que l'on ramène de l'enclos pour les traire. Avec une politesse ouatée, les hommes se rangent sur le bas-côté, lanterne à la main (un pas en arrière et ils seront dans la neige jusqu'aux genoux), et sur la route étroite font place aux vaches nonchalantes. Parfois les hommes posent la main sur le flanc tiède des bêtes, ils en recueillent la chaleur tandis qu'elles passent, leur main trop fin gantée posée sur ces créatures noir et blanc que l'on distingue à peine dans l'obscurité de la nuit qui s'étiole. Ils doivent la poser avec douceur, sans agressivité, sans prétention. Cette terre, ils ne la possèdent pas, c'est le propriétaire des vaches qui la possède.

Les bêtes frôlent l'escouade silencieuse des hommes. Le fermier suit ses vaches, il fait un signe de tête. Chaque jour ou presque, en ces mois d'hiver, il rencontre cette étrange compagnie. Muet réconfort que cette camaraderie de la pénombre des cinq heures du matin, quand, depuis plus d'une heure déjà, il rassemble le troupeau pour le mener à l'étable.

Le jeune garçon suit des yeux cette procession, il en rêve même... Il a regardé peiner les hommes à une demi-lieue de là, dans les arbres gris. Il les a entendus les écorcer, il a entendu la hache cogner sur le bois froid comme sur du métal. Il a vu des flammes près de la crique, en cet endroit où l'eau n'est que particules grises, sous la glace fragile.

La sueur s'insinue entre leurs corps endurcis et les vêtements raides. Certains meurent de pneumonie, d'autres du soufre logé dans leurs poumons, miasme des usines où ils travaillent en d'autres saisons. Ils dorment dans les cabanes derrière l'hôtel de Bellrock et n'ont guère de contact avec la ville.

Ni le jeune garçon ni son père ne sont jamais allés en ces antres sombres, dans la tiédeur de leur odeur d'hommes. Une table grossière, quatre lits superposés, une lucarne de la taille d'un torse. On assemble en décembre, on démonte au printemps. A Bellrock, nul ne sait d'où ils sont venus. Il faudra quelqu'un d'autre, plus tard, bien plus tard, pour le dire au jeune garçon. Le seul commerce que les bûcherons aient

Ce livre est dédié à la mémoire de Michel Lambeth,
Sharon Stevenson, Bill et Michal Acres

Je le dédie également à Linda, Sarah et David

Je tiens à exprimer ma gratitude envers la fondation John Simon Guggenheim dont la bourse m'a permis d'écrire ce livre. Je remercie également l'Ontario Arts Council, le restaurant El Basha, la Multicultural History Society of Ontario ainsi que le Clendon College et l'université de York.

Je voudrais également remercier Margo Teasdale, George et Ryth Grant, Donya Peroff, Rick Haldenby, Paul Thompson et Lillian Petroff. Je dois une reconnaissance particulière à Ellen Seligman.

*

Ce livre est une œuvre d'imagination, aussi ai-je parfois pris certaines libertés à l'égard des dates et des lieux.

« Ceux qui sont dans la joie
ploieront sous le chagrin
et lorsque tu seras devenu argile,
je laisserai pousser pour toi ma chevelure
et j'errerai par le désert
dans la peau d'un lion. »

L'épopée de Gilgamesh

« Jamais plus une histoire ne sera contée
comme si elle était unique. »

John Berger

Un récit qu'une fillette recueille, en voiture, au petit matin... Elle écoute, elle pose des questions. Le véhicule glisse dans l'obscurité de la lande inviolée. L'homme au volant lui dirait « Dans ce champ, il y a un château » qu'elle le pourrait croire...

Elle l'écoute. Il ramasse, il assemble les divers pans du récit qu'il s'efforce d'enserrer tout entier. Il est épuisé et parfois aussi peu présent au récit qu'à la route, parfois agité. « Tu vois ? » Et il se tourne vers elle, à la lueur du compteur de vitesse.

Quatre heures jusqu'à Marmora... Six étoiles... Une lune... Elle demeure éveillée, pour lui tenir compagnie...

avec la ville, c'est lorsqu'ils émergent pour glisser le long de la rivière, sur des patins de fortune, dont les lames sont de vieux couteaux.

Pour le garçon, la fin de l'hiver, c'est une rivière bleue, c'est le départ de ces hommes.

*

Il a la nostalgie des nuits d'été, de ce temps où il éteindra les lumières, même la petite veilleuse coiffée de grège, dans le couloir près de la pièce où dort son père. Voilà que la maison est dans l'obscurité, seule la cuisine est éclairée. Il s'assied à la grande table, il étudie son manuel de géographie, les planisphères, les traînées blanches des courants. Il s'interroge sur les noms, déclame l'exotique. *Caspienne, Népal, Durango.* Il le referme, le caresse de sa paume. Il sent la texture de la couverture de maroquin dont les couleurs se fondent en une carte du Canada.

A tâtons, la main tendue, il traverse la salle de séjour obscure et replace le livre sur une étagère. Il se force à rester éveillé, à prendre son temps. Il fait encore chaud, il est torse nu. Il retourne à la cuisine illuminée et va de fenêtre en fenêtre, à l'affût des papillons de nuit plaqués contre les moustiquaires, qui s'agrippent à la lumière. De l'autre bout des champs, ils auront repéré cette pièce éclairée et se seront acheminés. Errances d'une nuit d'été...

Bestioles, pucerons, sauterelles, teignes. Patrick contemple ces êtres qui ont navigué dans l'air tiède au-dessus de la surface de la terre pour aller s'attacher au grillage en un chuintement étouffé. Il les avait entendus tandis qu'il lisait; ses sens étaient aux aguets. D'ici quelques années, à la bibliothèque de Riverdale, il apprendra comment le hanneton rutilant détruit les arbustes, comment le scarabée se nourrit du suc du bois putride ou de jeune maïs. Ces nuits prendront alors un ordre, une forme. Lui qui leur avait donné des noms d'emprunt déclinera leurs titres officiels comme s'il lisait la liste des invités d'un bal — la Sauterelle au jabot pointu ! L'Archevêque de Canterbury !

Même les vrais noms sont beaux. Cigale aux ailes d'ambre. Criquet des buissons. Au long de l'été, il note leurs visites, dessine à grands traits ceux qui reviennent. Est-ce la même créature ? Dans son carnet, il crayonne les ailes orange du géomètre, la teigne lunaire, le brun de l'orgyie, doux comme une fourrure de lapin. Il ne défera pas la moustiquaire pour capturer leurs corps imprégnés de pollen. Il l'a fait jadis et les soubresauts affolés de la bestiole — une créature brun-rose qui laissait une poussière colorée sur ses doigts — les ont tous deux effrayés.

Vues de près, elles sont préhistoriques. Leurs mâchoires d'insecte mâchonnent. Sont-elles en train de mastiquer quelque chose de microscopique ou est-ce simple habitude — tout comme son père mordille sa langue lorsqu'il est aux champs ? La lumière de la cuisine joue en transparence sur leurs ailes poreuses ; même celles qui sont courtes sur pattes, comme le puceron du pêcher, semblent modelées de poudre.

Patrick tire de sa poche un ocarina. Dehors, il ne réveillera pas son père, le bruit ira se perdre entre les bras de l'érable argenté. Sans doute peut-il traquer ces créatures. Sans doute ne sont-elles pas muettes du tout. Sans doute son oreille n'est-elle pas assez sensible. (Lorsqu'il avait neuf ans son père le découvrit par terre, l'oreille collée à une coquille faite de bouse desséchée dans laquelle il entendait des insectes froisser leurs ailes et se débattre.) Il connaît les appels vigoureux de la frêle cigale, mais il veut de la conversation — le babil de damoiselles mouches en mal de quelque subtilité pour exprimer leur souffle, comme lui-même a recours à l'ocarina pour se donner une voix, l'artifice qui les fera sauter par-dessus le mur de cet endroit.

Reviennent-elles chaque nuit lui confier un secret? Les poursuit-il? Sa façon de quitter la maison obscure, d'aller au seuil de la cuisine vide, est un message aux champs déserts, *je suis ici. Venez me trouver...*

Il est né dans une région qui n'apparut pas sur la carte avant 1910. Sa famille travaillait pourtant là depuis une vingtaine d'années, et la terre était exploitée depuis 1816.

Dans l'atlas de l'école, l'endroit est vert pâle, sans nom. La rivière sourd d'un lac, sans nom. Simple ligne bleu pâle. A une quarantaine de kilomètres au sud, elle deviendra la Napanee, puis, à cause de l'abattage, la crique du Chantier, « Eau profonde ».

Son père travaille pour deux ou trois fermes; il coupe du bois, fait les foins, mène le bétail aux champs. Deux fois par jour, les vaches passent à gué — le matin elles s'acheminent vers la lande au sud de la crique, l'après-midi on les rassemble pour les traire.

En hiver, on les emmène là-bas, sur la route, à l'enclos. Un jour, l'une d'elles, par trop désireuse de retourner aux champs, s'en est allée vers la rivière.

Deux heures durant, on ne s'aperçoit pas qu'elle manque. Son père devine où elle est partie. Il se précipite vers la rivière, crie au jeune Patrick de le suivre avec les chevaux de labour. Patrick enfourche un cheval, mène l'autre par le licol, les presse d'avancer dans la neige épaisse. Au travers des arbres nus, il voit son père se diriger sur sa monture vers l'anse qui tient lieu de baignade. La vache du fermier voisin est là, au milieu de la rivière, à moitié submergée par la glace. Palette morne... Tiges desséchées de passe-fleurs défuntes, arbres gris... Le marécage désormais propre et blanc. Une corde autour des épaules, son père rampe sur la glace vers la forme blanc et noir. La vache se soulève, brise la glace. L'eau suinte, froide. Hazen Lewis s'arrête. Il calme l'animal puis se remet à ramper. Il lui faut passer deux fois la corde sous le corps de la bête. Patrick avance avec précaution, il s'agenouille de l'autre côté de celle-ci. Son père pose la main gauche sur le cou de l'animal, plonge son bras droit dans l'eau glaciale aussi loin qu'il le peut sous le corps de la bête. Patrick passe son bras de l'autre côté, il l'agite d'avant en arrière, essayant d'attraper la corde. Ils ne peuvent se rejoindre. Patrick s'est couché sur la glace pour permettre à son bras et à son épaule de s'enfoncer. Son poignet commence à s'engourdir, il se dit que bientôt il ne pourra plus sentir la corde, même si elle frotte contre lui.

La vache bouge, l'eau s'infiltre dans le blouson du

garçon, il est trempé jusqu'aux os. Son père tire. Tous deux s'agenouillent de chaque côté de la vache. Ils agitent des bras dégoulinants, s'en frappent la poitrine. Ils ne parlent pas. Ils doivent agir, au plus vite. Son père place sa main nue contre l'oreille de l'animal pour en recueillir la chaleur. Allongé sur le flanc, à même la glace, il replonge son bras, l'eau n'est qu'à quelques centimètres de son visage. Comme dans un miroir, Patrick remue sa main sous l'eau mais voilà qu'à nouveau il n'y a plus rien à toucher. « Je m'enfonce. Fais vite », dit son père, et Patrick voit le torse de son père se contracter. Il voit sa tête sombrer dans l'eau glacée... La main de Patrick saisit l'autre bras de son père, au-dessus de la vache, et le serre de toutes ses forces.

Patrick met la tête dans l'eau, tend le bras. Il effleure le poignet de son père, en dessous de la vache. Il n'ose lâcher prise. Il avance une main prudente jusqu'à ce qu'il saisisse la grosse corde tressée. Il la tire à lui, elle ne bouge pas. Il comprend qu'en s'enfonçant son père se retrouve, Dieu sait comment, la corde coincée sous son corps et qu'il est même allongé sur celle-ci. Patrick ne lâchera pas, bien qu'il ait du mal à respirer. Son père sort la tête de l'eau en suffoquant. Il est là, étendu sur la glace. Il souffle à rendre l'âme, puis, comprenant sur quoi il est allongé, il roule sur lui-même, dégageant la corde. Patrick tire. D'un coup de pied il se sort de l'eau et s'éloigne de la vache en rampant sur la glace.

Il s'assied, voit son père et lève les bras en signe de victoire. Le père s'acharne désespérément à s'essuyer les oreilles et les yeux avant que l'eau ne gèle au contact de l'air. Patrick fait de même, la main recroquevillée dans sa manche sèche dont il tortille le drap dans ses oreilles. Il sent que déjà la glace se forme sur son menton et sur son cou, mais il ne s'en inquiète pas. Son père se hâte vers le rivage, il en revient avec une seconde corde, l'attache à la première. Patrick fait passer la corde sous la vache et enroule les deux cordes autour de l'animal.

Le jeune garçon lève la tête, il voit le rocher gris au bord du bassin, le chêne dominant les broussailles fangeuses qui hérissent la neige. Un ciel bleu et clair. Il se dit qu'il n'a pas vu cela depuis des années. Jusqu'ici, il n'y avait que son père, la forme noir et blanc de la vache, et cette eau noire, terrible, qui lui rentrait dans les yeux dès qu'il les ouvrait.

Le père attache la corde aux chevaux. La tête de la vache à moitié engloutie apparaît, son œil géant à la dérive, impassible. Patrick s'attend à la voir ruminer d'ennui. Il lui retrousse la lèvre, glisse ses doigts gelés contre ses gencives pour lui voler un peu de chaleur, puis il rampe vers la rive.

Son père et lui tiennent les chevaux par le licol, ils leur hurlent des encouragements. Les chevaux ne rechignent même pas à tirer pareil poids. De la rive, il entrevoit la langue de la vache. Voilà que son regard complaisant laisse place à certaine inquiétude tandis qu'on la remorque vers le rivage. Brisant la glace, elle se taille un chemin. A quelques coudées de la rive, là où la glace est plus épaisse, le corps de la bête se raidit contre les cordes. Les chevaux s'arrêtent. Son père et lui les fouettent, ils repartent au trot. Alors, comme par magie, la vache émerge de la glace sur le flanc, ses quatre pattes raidies en l'air, traînée sans ménagement sur le rivage, meurtrissant les molènes brunes.

Ils laissent aller les chevaux. Son père et lui essayent en vain de détacher la vache. Son père sort un couteau, coupe la corde. La bête gît à leurs pieds, elle souffle des bouffées de vapeur dans l'air froid, se relève en trébuchant et se redresse sur ses pattes pour les regarder. Patrick est surpris du geste de son père, lui que le gaspillage obsède. Il a souvent fait la leçon au garçon sur la façon d'éviter de gâcher de la corde. Toujours défaire les nœuds. Ne jamais couper ! Qu'il ait sorti son couteau et ait coupé la corde est une honte, du luxe... Ils rentrent en courant, se retournant pour voir si la vache suit. « Si elle repart dans la glace, cette fois je ne bouge pas », déclare le garçon d'une voix entrecoupée. « Moi non plus ! » hurle son père, en riant. Le temps qu'ils atteignent la cuisine, il fait presque nuit et ils ont mal au ventre.

A la maison, Hazen Lewis allume la lampe à pétrole et prépare un feu. Pendant le souper, le jeune garçon grelotte de froid, le père lui dit qu'il peut venir dormir avec lui. Plus tard, au lit, ils ressemblent à deux étrangers se partageant la chaleur de la couverture. Son père est tellement immobile que Patrick ne sait s'il dort ou s'il est éveillé. Le jeune garçon laisse errer son regard vers la cuisine et son feu qui se meurt.

Il se voit traverser l'hiver, il se voit, ombre blanche de la Saint-Jean, aux côtés de son père. En été, son père verse de l'essence sur les petites tentes des chenilles et y met le feu. *Flof.* Les lambeaux de toiles d'araignées grises s'effondrent en flammes. Les chenilles tombent dans l'herbe, l'odeur âcre de brûlé colle au palais du garçon. Deux d'entre elles cherchent méticuleusement un champ, dans la lumière du soir. Patrick montre à son père un nid qu'il a oublié et ils s'éloignent tous deux dans les prés.

Il dort presque. Dans l'obscurité, une autre flamme s'allume puis s'évanouit jusqu'à ce qu'il n'en reste rien.

*

Dans l'appentis, sur le mur de planches, Hazen Lewis dessine les contours du corps du garçon, à la craie verte, sur les planches du mur. Il les strie de fils de fer qu'il fixe comme s'il réalignait les veines de son fils. Des muscles de cordite, la colonne vertébrale en mèche de poudre noire. C'est ainsi que le garçon se rappelle son père, étudiant les contours dont le garçon vient de s'éloigner tandis que la mèche allumée se consume et fait sauter les planches à l'emplacement de la tête.

Hazen Lewis était un homme renfermé. Il se tenait à l'écart du monde et montrait peu d'intérêt pour les us et coutumes de la société en dehors de son univers. Il s'approchait de son cheval et s'en emparait comme s'il s'agissait d'un train, comme si chair et sang n'existaient pas.

Pendant les mois d'hiver, Patrick apportait les repas dans les champs, au nord de la crique où son père, solitaire, minuscule en ces nefs blanches, passait ses journées à couper du bois. Lorsque Patrick eut quinze ans, son père franchit le pas. Un beau jour, alors qu'il coupait des sapins, assourdi par sa hache et son écho pivotant, sans doute imagina-t-il les arbres, le sol gelé, les fours à sirop d'érable se boursouflant, menaçants, et crut-il voir s'ébrouer les branches lourdes de neige : il s'arrêta en plein après-midi, rentra chez lui, délaça ses chaussures de trappeur et à jamais rangea sa hache. Il écrivit pour qu'on lui envoyât des livres, se rendit à Kingston afin d'y chercher du matériel. Cette explosion lui avait donné une idée au moment où il retirait sa cognée du sapin. Il acheta de la dynamite, des amorces et des mèches, dessina des diagrammes sur les murs de l'appentis puis il porta les explosifs dans les bois. Il posa les charges contre le roc, la glace, les arbres. L'amorce du détonateur cracha une flamme dans la cartouche. Ses yeux regardèrent la neige que l'air frissonnant faisait tomber des branches. Tout ce qui fut ainsi déplacé fut reporté sur une courbe délimitant la portée de la secousse.

Avant les premiers signes du printemps, Hazen Lewis se rendit au siège de la compagnie d'abattage de Rathbun. Il déploya tous ses talents, déplaçant un bloc de sciage jusqu'à l'endroit précis qu'il avait prévu et faisant exploser une demi-tonne de schiste. Il fut embauché en même temps que des maîtres-draveurs. Il avait désormais sa place assurée dans l'industrie de la région des lacs du Chantier et de la Napanee. Quelques années plus tard, la compagnie ferma, il quitta alors la région et s'en fut travailler pour les mines de Richardson en tant qu'artificier, dans les gisements de feldspath aux environs de Verona et de Godfrey. Le plus long discours qu'il prononça de sa vie fut à l'adresse de l'équipe de

Rathbun, lorsqu'il expliqua ce qu'il savait faire; à son avis il n'y avait que deux tâches intelligentes dans l'abattage des arbres — celle d'artificier et celle de cuisinier.

En hiver, les bûcherons prenaient d'assaut la chaîne des lacs du Chantier — du Premier Chantier au Cinquième Chantier. Ils disparaissaient dans les bidonvilles, après avoir parcouru à pied une trentaine de kilomètres à travers des terres qui leur étaient inconnues. Durant les mois de février et mars, des pyramides surgissaient au milieu des lacs, faites de rondins qu'apportaient des traîneaux. Les hommes étaient à la tâche avant l'aube — par les plus violentes tempêtes et par des températures de moins quarante, et même moins cinquante degrés —, ils finissaient le soir à six heures. La scie passe-partout leur servait à abattre les pins. Courbés en deux, les écorceurs devaient scier les souches à ras du sol. C'était là le plus dur. Certains se servaient de la scie à ruban, elle coupait les épicéas deux fois plus vite que la scie passe-partout; le moment venu de passer au camp suivant, ils enroulaient la lame étroite puis ils se fabriquaient des poignées avec le bois de la forêt dans laquelle ils arrivaient.

En avril, avec la fonte de la glace du lac, la drave commençait. C'était le travail le plus aisé mais aussi le plus dangereux. De Bellrock à Napanee, des hommes étaient postés aux endroits où la rivière se rétrécissait. Les ponts et les éboulis de rochers nécessitaient toujours la présence de deux ou trois hommes au cas où il y aurait un encombrement. Si une bûche gênante n'était pas repêchée à temps, les autres risquaient de s'accumuler en amont, bloquant ainsi la rivière sur toute sa longueur. Les draveurs ne pourraient rien y faire, il faudrait qu'un homme aille à cheval chercher un artificier. Un tronc de sept mètres de long surgissant soudain de l'eau vous prenait un homme en écharpe, lui défonçant la poitrine.

Hazen Lewis et son fils se rendaient à cheval jusqu'à l'éboulis de rochers. Le grand gaillard faisait le tour de cet encombrement de rondins. Il forait la roche, y introduisait une bourre de dynamite et allumait la mèche. Il demandait au garçon de crier aux autres de faire attention, les rondins voltigeaient alors sur la rive et la rivière était dégagée.

Dans des situations difficiles, Patrick enlevait ses vêtements et s'enduisait de l'huile du carter du treuil à vapeur. Il plongeait dans les eaux fripées et nageait entre les rondins. Toutes les trente secondes, où qu'il fût, il levait la main pour rassurer son père. Le cas échéant, le garçon localisait le rondin que son père avait repéré. Il attrapait la charge qu'on lui jetait, sertissait l'amorce avec ses dents et mettait le feu à la poudre.

Il ressortait de l'eau, retournait auprès des chevaux, et se séchait avec les serviettes du sac à dos, sans même se retourner pour regarder. Comme son père...

Un fleuve explosait, les corbeaux tourbillonnaient, feuilles d'automne...

Les draves duraient un mois. Il voyait les hommes passer en flottant sur les billes, avec leurs longues perches, en direction de Yarker, jusqu'à Napanee où les trains de rondins seraient halés jusqu'aux scieries. Aux côtés de son père, Patrick lézardait dans un coin de soleil, près du pont, et ils attendaient.

A midi, le cuisinier remontait la route du Premier Lac, portant deux seaux à lait. L'un contenait du thé, l'autre de solides sandwiches de porc. Le bruit des corbeaux au-dessus de la nourriture était le signal auquel les hommes émergeaient des plis et replis de la rivière. Le repas terminé, le cuisinier ramassait les seaux vides, montait sur un rondin accosté au rivage et s'en retournait au camp en flottant. Il se tenait bien droit au milieu de la rivière, naviguant au gré du courant. Il passait sous le pont sans changer de position quoiqu'il n'y eût guère plus de deux centimètres entre sa tête et le pont, adressant des signes de tête aux bûcherons sur la rive, découragé par les éternels corbeaux. Il descendait ainsi à l'île aux Oies, sans même mouiller ses chaussures.

Hazen lisait ses manuels. Il faisait sécher de la cordite en poudre sur une roche. Il était sombre, même en compagnie de son fils. Il ne pensait qu'à la corde à feu en train de se consumer à raison d'un mètre toutes les deux minutes, sous le plancher, autour des troncs d'arbre et jusque dans la poche de quelqu'un. Cette image lui revenait sans cesse à l'esprit. En serait-il capable? La corde à feu cousue dans la jambe du pantalon... L'homme dormant auprès d'un feu de camp, tandis que la corde à feu couvait dans sa poche de chemise... Elle lui faisait exploser le cœur. Dans ses moments d'obsession, il la voyait zigzaguer sur le sol, comme le nez d'un chien de chasse, et mettre le feu au tapis de mousse jusqu'à ce qu'il devienne lichen rouge.

Hazen Lewis n'apprenait rien à son fils, ni légendes ni rudiments d'histoire. Le garçon le regardait préparer des charges ou ranger avec soin son équipement dans sa mallette de bois. Son père ne portait pas de métal sur lui, pas même une montre ni une boucle de ceinturon. C'était un homme qui, grâce à ses astuces, avait fini par se suffire à lui-même, se rendant, pour ainsi dire, invisible. Les explosions projetaient les rondins intacts hors de l'eau. Il laissait une traînée de trous d'un centimètre dans le granit au long des lacs du Chantier et de la Moira, où l'on faisait parfois appel à ses services. Des traces aussi modestes, aussi infimes que faire se pouvait. Un travail de pivert. Il ne portait jamais de casque. C'était un grand gaillard d'un mètre quatre-vingt-dix. Piètre cavalier, il fut plus tard piètre routier. Il vous assemblait des rivières de dynamite les yeux fermés. Le soir, il prenait soin de laver ses vêtements, au cas où des débris de petits grains d'explosif se seraient glissés dans sa tenue de travail. A en croire Patrick, c'était là une hantise ridicule. Un jour, son père enleva sa chemise et la lança dans le feu de camp. La chemise crépita et jeta des étincelles sur les genoux des bûcherons. Il y avait parfois d'abruptes leçons de ce genre.

Patrick fut surprit en comprenant plus tard qu'il avait appris là des choses importantes, tout comme les enfants apprennent en regardant la façon dont les adultes mettent un chapeau ou s'approchent d'un chien inconnu. Il savait ce qu'un morceau de dynamite de la taille d'un crapaud peut détruire, mais il assimilait cela à distance. Il n'entendait la voix de son père que lorsque celui-ci annonçait les quadrilles dans les hôtels de Bellrock et de Tamworth, à l'époque du flottage des rondins. On faisait invariablement appel à lui et il se dirigeait non moins invariablement vers le podium comme s'il accomplissait un devoir. Il s'abandonnait à des improvisations en vers, tournoyant parmi les guitares et les violons, laissant tomber une dernière phrase juste avant de faire sonner la rime. Taciturne par habitude, son père l'était également dans sa façon d'appeler les danseurs. Ses mots glissaient, prudes, tandis que le garçon regardait sur le côté et murmurait les phrases pour lui-même. Dans le corps massif de son père, pas un muscle ne bougeait lorsqu'il appelait « le petit wagon rouge qui traîne son essieu ».

La langue mate, sans émotion. Patrick s'imagine à son tour en train d'arpenter la scène, les bras croisés, gauche. « Oiselles volent, corbeaux se posent. Corbeaux s'envolent et tournez oiselles », se répète-t-il, à la lumière du jour.

Par une nuit d'hiver, alors qu'il avait onze ans, Patrick sortit de la grande cuisine. Une bestiole bleue palpitait sur la moustiquaire, se baignant à peine de lumière avant de disparaître dans l'obscurité. Il s'était dit qu'elle n'irait pas bien loin. Il prit la lampe à alcool et sortit. Une bestiole d'hiver d'une espèce rare. Elle faisait voltiger la neige, comme si elle eût été blessée. Il pouvait la suivre sans peine. Il la perdit dans le jardin derrière la maison. Dans sa robe bleu turquoise, la bestiole projetait des étincelles dans le ciel au-delà du rayon de la lampe à pétrole. Que pouvait bien faire ce genre de bestiole à cette période de l'année ? Il n'en avait pas vu depuis des mois. Elle avait peut-être été engendrée dans le poulailler... Il plaça la lampe-tempête sous un rocher et regarda les champs. Au loin, entre les arbres, il vit ce qu'il crut être d'autres insectes. Des lucioles dans les arbres qui bordaient la rivière. Mais c'était l'hiver ! Il s'avança avec la lampe.

La distance était plus grande qu'il ne le pensait. De la neige au-dessus de la cheville de ses bottes délacées.

Une main dans la poche, l'autre tenant une lampe. Une lune, égarée dans l'épaisseur des nuages, ne pouvait éclairer son chemin vers les arbres. Seul guide, une lueur d'ambre. Il savait que ce ne pouvait être des lucioles. Les dernières lucioles de l'été avaient expiré dans les plis de l'un de ses mouchoirs. (Des années plus tard, Clara faisant l'amour avec lui dans une voiture, recueillant sa semence dans un mouchoir et la jetant dans les buissons au bord de la route. *Te voilà, luciole !...* avait-il dit en riant, sans autre commentaire.)

Il erra dans la neige, longea des rochers de granit, et s'en fut entre les arbres, où la neige était moins épaisse. Les lumières continuaient à clignoter devant lui. Des rires. Maintenant il savait ce que c'était. Il chemina dans les bois familiers tout comme s'il eût pénétré dans une maison hantée, tout comme s'il en eût exploré les pièces. Il savait qui c'était mais il ignorait ce qu'il verrait. Il arriva à la rivière. Il posa la lampe à côté du chêne et s'avança dans l'obscurité jusqu'à la rive.

La glace étincelait sous la lumière. Il lui sembla un instant qu'il se trouvait au milieu d'un sabbat ou dans un de ces bizarres rituels druidiques, vu son faible pour les illustrations de son cher manuel d'histoire. Même pour le garçon de onze ans, au fin fond des bois après minuit, c'était, de toute évidence, sans maléfice. Quelque chose de joyeux. Un cadeau. Il y avait une dizaine d'hommes en train de patiner, cela faisait partie d'un jeu. L'un d'eux poursuivait les autres. Qui était pris devenait aussitôt chasseur. Chacun brandissait une gerbe de roseaux dont les bouts brûlaient.

Voilà ce qui faisait scintiller la glace, voilà ce qui clignotait entre les arbres.

Ils couraient, dérapaient, roulaient pour s'éviter sans jamais lâcher les joncs. Lorsqu'ils se heurtaient, des étincelles s'éparpillaient sur la glace, inondant leurs vêtements sombres. Quant à la cause de cette hilarité, imaginez l'un d'eux réduit à l'impuissance, se débattant pour se débarrasser du roseau qui s'était glissé à l'intérieur de sa manche, hurlant aux autres de s'arrêter. Patrick était cloué sur place. Ils étaient là qui patinaient sur la rivière, chacun fendait l'obscurité tel un éperon, révélant par magie les buissons gris du rivage. De *son* rivage, de *sa* rivière... Une branche d'arbre dépassait, main tendue, gelée, enrobée de glace. L'un des patineurs glissa au-dessous en se recroquevillant, traînant comme un panache les roseaux flamboyants.

Le garçon savait que c'était les bûcherons du camp. Il avait grande envie de leur tenir la main et de descendre la rivière sur ses patins, ralentissant dans les éboulis, sous les ponts ou lorsqu'ils traverseraient la ville, sachant qu'il leur faudrait retourner à ces cabanes sombres, près de la scierie. Il y avait autre chose que le plaisir de patiner : ils auraient pu faire cela pendant la journée. Il y avait revanche sur la nuit. La glace était tellement sûre qu'ils pouvaient sauter et retomber de tout leur poids, elle les porterait. Leurs lanternes seraient remplacées par de nouveaux roseaux qui leur permettraient de franchir les limites. Vitesse ! Romance ! Un homme valsant avec son feu...

Pour le garçon, au seuil de sa douzième année, et qui avait toujours vécu sur cette ferme où le jour était labeur et la nuit repos, rien ne serait comme avant. Toutefois, ce soir-là, il n'eut pas assez confiance ni en lui ni en ces hommes, étrangers de par leur langue, pour oser se joindre à eux. Il fit demi-tour à travers les arbres et les champs, sa lampe à la main. Briser la croûte de glace à chaque pas semblait peu gracieux, bien lent.

Ainsi, à ce stade de sa vie, son esprit prenait-il son corps de vitesse.

Le pont

Un camion transporte du feu dans sa benne, à cinq heures du matin. Il se dirige vers le nord, traverse le centre de Toronto, emprunte Dundas Street puis Parliament Street. Dans la benne, trois hommes regardent s'effilocher l'obscurité, leurs muscles détendus en cette ultime demi-heure avant le travail, comme si ces jambes et ces bras qui ballottent entre leurs corps et le panneau du camion Ford ne leur appartenaient pas.

En jaune sur la portière verte, on lit DOMINION BRIDGE COMPANY. Pour le moment, on n'aperçoit que le feu dans la benne. Il brûle au-dessus d'une cuve de métal, liquéfiant le goudron dans un chaudron, laissant dans les rues cette odeur à qui irait humer l'air du petit matin.

Le camion se meut, balourd, sous les arcades d'arbres. Il s'arrête à certains croisements, des travailleurs sautent dans la benne. Bientôt ils se retrouvent à huit. Le feu crépite, du goudron chaud éclabousse une nuque, une oreille. Voilà qu'ils sont vingt, entassés, silencieux.

Le jour s'éveille depuis la terre. Ils voient leurs mains, la texture d'un blouson, des arbres qu'ils savaient là. En haut de Parliament Street, le camion se dirige vers l'est, il longe le réservoir de Rosedale et roule vers le viaduc à moitié terminé.

Les hommes sautent à terre. La route inachevée est une suite d'ornières, le feu et les phares du camion tressautent, la suspension gémit. Le camion chemine si lentement que les hommes vont plus vite à pied, dans cette aurore encore fraîche pour l'été.

Plus tard, ils tomberont blousons et pulls. A onze heures du matin, ce sera leur chemise. Ils se retrouveront penchés au-dessus des coulées de goudron noir, en pantalons, bottes et casquettes. La pellicule de givre recouvre machines et câbles, elle enrobe tout. Elle s'étire, fragile, sur les flaques d'eau à travers lesquelles ils avancent. Furtive évaporation de l'obscurité. Le jour émerge, ils voient la clarté de l'air, leur souffle s'exhaler. Le camion s'arrête enfin au bord du viaduc, on éteint les phares.

Le pont s'allonge comme en rêve. Il reliera les quartiers est de la ville à ceux du centre. Il transportera véhicules, eau, électricité de l'autre côté de la vallée du Don. Il portera des trains qui n'ont pas été inventés.

Nuit et jour. Lumière d'arrière-saison. Lumière de neige. Ils travaillent sans répit. Chevaux, wagons, hommes, ils arrivent au travail sur le versant Danforth, de l'autre côté de la vallée.

Plus de quatre mille photos du pont ont été prises

sous des angles divers, aux différents stades de sa construction. Les piles s'enfoncent dans le roc à dix-sept mètres au-dessous de la surface, à travers argile, schiste et sables mouvants ; on a extrait quarante mille mètres cubes de terre. Le lacis des échafaudages s'agrippe vers les hauteurs.

Des hommes s'enfoncent dans un labyrinthe de planches qu'ils escaladent dans la lumière tamisée du bois blond. L'homme est le prolongement du marteau, de la mèche, de la flamme. La perceuse enfume ses cheveux. Une casquette tombe dans la vallée, les gants disparaissent dans la poussière de pierre.

Les nouveaux arrivent, les « électriques », ils vous grillagent les cinq arches de fil électrique, trimbalent les lampes exotiques à triple culot, et le 18 octobre 1918, c'est fini. Il se prélasse dans les airs.

Le pont. Le pont. Baptisé « Prince Edouard ». Le viaduc de Bloor Street.

Au cours des cérémonies officielles une silhouette sur une bicyclette s'est jouée des barrages de police. Le premier membre du public. Non pas la voiture de parade attendue contenant les officiels mais l'anonyme, pédalant comme un diable vers l'est de la ville. Sur les photos, l'insaisissable de l'effort. Il en veut la virginité, il veut le luxe de cet espace. Deux fois il en fait le tour et continue, le chapelet d'oignons qu'il porte en bandoulière s'égrène au vent.

Mais il n'est pas le premier. A la minuit, les travailleurs sont arrivés, ils ont écarté les autorités qui gardaient le pont pour les cérémonies du lendemain.

Ils se sont avancés tenant leurs lanternes vacillantes — leurs cierges aux trépassés du pont —, flux de civilisation, filet de papillons d'été flottant au-dessus de la vallée.

Par ce geste flou, solitaire, interdit, le cycliste dans sa course revendiquait le pont. Un tonnerre d'applaudissements le salua à l'autre bout.

A l'ouest du pont, c'est Bloor Street; à l'est, Danforth Avenue. A l'origine des routes charretières, des sentes de terre battue, nivelées en 1910; aujourd'hui, on les goudronne. On cogne sur les briques pour les enfoncer dans le sol et on coule entre elles d'étroites veines de sable. On étale le goudron. *Bitumiers, bitumatori,* à genoux, font ployer et ondoyer sous leur poids les poutres métalliques. L'odeur de goudron suinte à travers la carapace poreuse de leurs vêtements. Le noir restera à jamais sous leurs ongles. Ils sentent les briques sous leurs rotules tandis qu'ils rampent à reculons vers le pont, le corps presque à l'horizontale au-dessus du fleuve noir et visqueux, la tête enivrée de ces fumées.

Hé! Caravaggio!

Le jeune homme se relève. Il se retourne, le regard noyé dans le soleil. Il se dirige vers le contremaître, lâche les deux pièces de bois qui viennent pendre aux lanières de cuir de sa ceinture, se balançant contre ses genoux au rythme de ses pas. Chacun porte avec lui l'attirail requis pour son métier. Un an plus tard, lorsque Caravaggio partira, il coupera ces lanières avec un couteau à poisson et larguera les blocs dans le goudron à moitié sec. Voilà qu'il revient, de mauvaise humeur, et se remet à genoux. Nouvelle algarade avec le contremaître.

Toute la journée ils sont là, penchés sur le goudron, sur ces vingt mètres de goudron étalés depuis le matin. Ça luit et ça mollit au soleil. Les écoliers en chipent des bouts qu'ils mâchonnent, non sans les avoir laissés refroidir dans leurs mains avant de se les enfourner dans la bouche. Idéal pour concentrer la salive les jours de concours de crachats... Les hommes flanquent des boîtes de haricots dans cette marée noire afin de les réchauffer pour leur déjeuner. En hiver, la neige absout l'odeur de goudron, l'odeur de bûches enduites de poix. Le Don coule sous le pont inachevé, la glace se heurte contre les piles à peine terminées. Par les matins d'hiver les hommes s'éparpillent, fébriles, sur la blancheur. Où la terre finit-elle donc ? Les nuits d'hiver, des lanternes veillent au long du parapet tandis que ceux de l'équipe de nuit, la plus dure, meurtrissent la neige de clous. Les trimardeurs, en équilibre sur une traverse, pointent leurs marteaux vers le bruit d'un clou qu'ils ne peuvent voir, au gré des lanternes qui se balancent derrière eux.

*

Au soir de ces journées durant la construction du viaduc, la dernière chose que faisait Rowland Harris, délégué aux Travaux publics, c'était de se faire conduire au bord du pont et de s'y asseoir. A minuit, le pont inachevé semblait désert — seules quelques lanternes en précisaient les contours. Une équipe de nuit de trente à quarante hommes s'y affairait. Au bout d'un moment, Harris s'extrayait de la voiture, allumait un cigare et se dirigeait vers le pont. Dieu qu'il l'aimait, ce viaduc ! Son premier-né depuis qu'il avait pris la direction des Travaux publics. Un premier-né conçu en majeure partie avant qu'il ne prenne cette responsabilité, un premier-né qu'il avait porté contre vents et marées... C'était Harris qui avait eu l'idée de lui faire transporter non seulement des voitures, mais des trains sur une travée inférieure. Il pouvait aussi acheminer l'eau des usines des quartiers est vers ceux du centre de la ville. L'eau, la grande passion de Harris... Il voulait voir la vallée traversée par de gigantesques conduites d'eau qui feraient partie du viaduc.

Il se glissa de l'autre côté de la barrière et alla vers les hommes en plein travail. Rares étaient ceux qui parlaient anglais mais tous savaient qui il était. Il était parfois accompagné de Pomphrey, un architecte, l'insolite architecte venu d'Angleterre qui devait dessiner par la suite pour Harris, pour le délégué Harris, l'un des bâtiments les plus importants de la ville — l'usine de filtration des eaux des quartiers est.

A en croire Harris, la nuit vous permettait d'élargir votre champ de vision. Elle effaçait le détail et ses limites en dégageant la forme. Harris emmenait Pomphrey avec lui, au-delà de la barrière, vers la première partie du pont interrompu à cinquante-cinq mètres dans les airs. Le vent s'acharnait contre eux comme quelque mythe antique. Sur le pont, les hommes devaient mettre leur harnais. Harris exposait ses projets à cet anglais d'un mètre cinquante-cinq. Il essayait de se frayer un chemin dans les dédales du cerveau de Pomphrey. Avant que la vraie ville pût naître, il fallait la concevoir et, en ce sens, bruits et bavardages étaient déjà une sorte de plan.

Un soir, ils étaient arrivés à onze heures, avaient franchi la barrière et attaché une fois de plus les harnais de corde. Ils pouvaient ainsi se tenir près du bord pour étudier les progrès des piles et des arches d'acier. Un feu palpitait sur le pont à l'endroit où l'équipe de nuit se réunissait. Ils y balançaient parfois des bûches et autres débris, s'y réchauffaient avant de s'en retourner escalader le parapet du pont en pleine nuit.

Ils travaillaient à un coffrage de bois pour la pile suivante afin que l'on puisse verser le béton. Ils maniaient scies et marteaux tandis que le vent faisait frissonner la lumière des signaux lumineux attachés aux parois de la butée. Au-dessus d'eux, sur la cabine du pont, les ouvriers transportaient des câbles et d'énormes compresseurs à air Ingersoll-Rand. Une nuit d'avril 1917, Harris et Pomphrey se trouvaient sur le pont, dans le vent obscur. Pomphrey regardait vers l'ouest lorsqu'il s'immobilisa soudain. Sa main chercha l'épaule de Harris, un geste inattendu de sa part.

— *Regardez !*

Marchant sur le pont : cinq religieuses.

Au-delà des coulées faites par les aciéries du Dominion, le vent s'en prenait au corps du pont. Les religieuses croisèrent le premier groupe des ouvriers assis près du feu. Harris pensa que le car avait dû les déposer près de Castle Frank et que, à pareille heure et dans l'obscurité, un peu confuses, elles s'étaient trompées de direction. Elles étaient passées près de la voiture noire sous les arbres et, tout en bavardant gaiement, avaient franchi la barrière, se retrouvant ainsi dans un paysage dont elles ignoraient même l'existence, sur une espèce de tapis au-dessus de piles, au milieu d'ouvriers qui travaillaient la nuit.

Elles virent le feu. Elles virent les hommes. Certains répondirent timidement à leurs signes. Une mule était attachée à un wagon. Le sifflement et le tressaillement des machines faisaient osciller le sol au-dessous d'eux. Relents de créosote. Un homme se lavait le visage dans un baril d'eau.

Les religieuses arrivaient à une balise de vingt-cinq mètres lorsque le vent commença à les éparpiller. Il les drossa contre les bétonnières et les pelles à vapeur, les ballotta d'un côté à l'autre, menaçant de les faire passer par-dessus bord. Des hommes les rattrapèrent, les serrant contre eux, arrimant des bretelles de cuir sur leurs épaules. Deux manquaient encore à l'appel. A l'autre bout, Harris et Pomphrey regardaient, impuissants, le vent soulever une religieuse et la projeter contre les compresseurs. Elle se redressa, tremblante, le vent la repoussa sur le côté, lui faisant frôler le béton avant de l'envoyer par-dessus le parapet du pont. Elle disparut dans la nuit, près de la troisième butée, dans le gouffre qui ne contenait rien, sinon quelques rivets ou un marteau tombés au cours de la journée.

La peur disparut du pont. Le pire, l'incroyable était arrivé. Une religieuse était tombée du viaduc du Prince Edouard avant même qu'il fût terminé. Les hommes couverts de copeaux de bois ou de poussière de granit maintenaient les femmes contre eux. Et le délégué Harris, à l'autre bout, ne pouvait détourner son regard de la passerelle en folie. C'était son premier-né. C'était déjà un assassin.

L'homme dans les airs sous l'arche centrale vit la forme tomber vers lui, sachant en cette seconde précise que sa corde ne pourrait les supporter tous deux. Il essaya de l'attraper tandis que son autre main s'agrippait au tuyau de métal en bordure afin d'atténuer la secousse sur la corde. Le poids lui démit le bras qui s'accrochait au tuyau. Il poussa un cri. Quiconque l'eût entendu eût pensé que le cri venait de cette forme en train de tomber. Le harnais se resserra, sa poitrine remonta dans sa gorge. Son bras droit le faisait atrocement souffrir, mais la synchronisation de sa main avait été parfaite, la grâce de l'habitude. Un instant plus tard, il se retrouva en train de serrer tendrement la silhouette contre lui.

Il vit que c'était un oiseau au plumage noir, un visage blanc de fille. Il vit cela à la lumière dont les éclaboussait une lanterne inconstante. Ils pendaient, accrochés au harnais, tournoyant au-dessus de la vallée, son bras cassé ballant sur le côté, tandis que de l'autre il tenait la femme. Son corps était en état de choc, ses yeux énormes étaient rivés au visage de Nicholas Temelcoff.

Hurlez, par pitié, ma bonne dame, murmurait-il, en proie à une douleur intolérable. Il lui demanda de le tenir par les épaules, pour soulager son bras encore valide. Une arabesque dans le vent. Elle ne pouvait parler mais ses yeux, rivés sur lui, lançaient des flammes. *Hurlez, par pitié.* Mais elle ne pouvait pas.

Pendant la nuit, on ne se servait pas des longues glissoires dans lesquelles le ciment frais coulait, elles pendaient et leurs gueules béantes ondoyaient à quelques mètres du fond de la vallée. Le haut de ces glissoires était maintenant à environ trois mètres de lui. Il le savait sans même les voir, bien qu'elles fussent en dehors du faisceau lumineux. S'ils tentaient de descendre, leur poids risquerait de redresser la glissoire, la rendant par là même dangereuse. Ils devraient aller plus loin, atteindre le niveau du pont à hauteur de la passerelle inférieure où l'on avait construit des structures en vue de conduites d'eau.

Il nous faut nous balancer. Elle avait les mains autour de ses épaules. Le vent s'acharnait contre eux. Les deux étrangers étaient dans les bras l'un de l'autre, ils commençaient à se balancer sauvagement, une nouvelle fois, au-delà de la bouche de la glissoire qui les avait tentés, jusqu'à ce qu'ils fussent, ou presque, au niveau inférieur des chevrons. Son bras valide était libre. Il pouvait la sauver ; il tenait leur vie entre ses mains.

Elle était sous le choc. Lorsqu'ils atteignirent le niveau inférieur, son visage luisait comme celui d'une femme qui aurait la fièvre. Avec son voile en déroute, ses cheveux courts s'offrant au vent de la vallée, elle avait une allure insolite. Une fois qu'ils eurent atteint la passerelle, elle l'empêcha de retomber dans le vide.

Il était épuisé. Elle le tenait. Elle marchait avec lui telle une amoureuse, longeant le parapet non éclairé, vers le côté ouest du pont.

Au-dessus d'eux, autour du feu, les autres parlaient avec agitation. Encore attachées aux hommes, les femmes ne regardaient pas du côté du rebord de pierre d'où elle était tombée dans l'obscurité. Celle qui avait une petite cicatrice sur le nez... Celle qui se cognait toujours dans les fenêtres, contre les chaises... Celle qui n'avait jamais de chance...

Le chauffeur du délégué dormait dans sa voiture tandis que Temelcoff et la religieuse passaient, de retour sur la terre ferme, loin du pont. Avant d'atteindre Parliament Street, ils coupèrent plus au sud, par le cimetière. Il semblait près de s'évanouir et elle le fit s'adosser à une tombe. Elle le força à garder son bras raide, son poing serré. Elle passa son bras sous le sien, comme une attelle, puis le redressa d'un coup brusque qui le fit hurler une nouvelle fois. De tout son corps, de toutes ses forces, elle poussait, ponctuant ses efforts d'un gémissement comme si elle allait le soulever et le tenir à bout de bras. Elle avait vu la sueur jaillir de son visage. *Donnez-moi un verre, donnez-moi un verre.* Elle enleva son voile, l'enroula autour de son bras pour le maintenir contre lui. *Parliament et Dundas... quelques immeubles plus loin.* Elle descendit ainsi Parliament Street avec lui, sans savoir où elle allait. Arrivés à Eastern Avenue, elle frappa à la porte qu'il lui montrait. Toutes ces demandes abruptes — hurlez, balancez, frappez, donnez-moi... Alors un homme ouvrit la porte et les fit entrer dans le restaurant du

Lac d'Ohrida. *Merci, Kosta. Retourne te coucher. Je fermerai.* Et l'homme, l'ami, remonta.

Elle se tenait au milieu du restaurant dans l'obscurité. Chaises et tables étaient rangées le long des murs. Temelcoff sortit une bouteille de cognac de dessous le comptoir et ramassa deux petits verres avec les doigts d'une seule main. Il la guida vers une petite table, puis s'en vint et, à l'aide de l'interrupteur qui était derrière le comptoir, alluma une lampe près de sa table. Il y avait un écusson sur le mur.

Elle n'avait toujours pas dit un mot. Il se rappela qu'elle n'avait pas poussé le moindre cri en tombant. C'est lui qui avait crié.

*

Nicholas Temelcoff est célèbre sur le pont, un casse-cou. On lui offre tous les travaux les plus périlleux ; il les accepte. Il descend dans les airs sans avoir peur. C'est un solitaire. Il assemble ses cordages, palpe l'appareil de levage et les poulies qu'il a autour de sa taille et tombe du pont comme un plongeur par-dessus bord. La corde mugit contre lui, ralentissant sous la pression de ses mains à demi gantées. A terre, c'est un grand gaillard ; il vous dégringole ça à toute vitesse et avec une grâce admirable, se servant du vent pour se pousser dans les coins des butées, pour vérifier la pose des rivets, dresser les soupapes, vérifier comment le ciment sèche sous les surfaces d'appui et les rembourrages.

Il est là, dans les airs, cognant le trépan sur le cordage supérieur, guidant l'assemblage de la corde inférieure en position. Même sur les photos d'archives, il est difficile de le trouver. Vous voyez encore, toujours des horizons, et l'œil doit scruter le long du pan de ciel en quête d'un bout de papier brûlé de l'autre côté de la vallée, c'est lui, un point d'exclamation, quelque part là-bas, entre le pont et la rivière. Il flotte suspendu aux trois charnières des arches d'acier en forme de croissant. Ce sont elles qui tissent le pont. Période cubiste.

C'est dans les tâches de tous les jours qu'il est le plus heureux — à faire passer des outils de la jetée au chevalet, ou à pousser des rondins dans l'air, devant lui, comme s'il nageait dans un fleuve. C'est une araignée fileuse. De ses fils, il les relie tous. Il va vers eux tandis qu'ils s'agrippent, que le vent les plaque contre le métal qu'ils sont en train de riveter ou contre les tavaillons de bois qu'ils enfoncent à coups de marteau — mais il ne connaît rien de leur peur. Il emporte toujours son attirail, cette bosse sous ses cordes, et traîne les pitons étincelants derrière lui. Il s'assied sur un siège de corde enroulée et déjeune sur le pont. S'il a fini de bonne heure, il descend Parliament Street à vélo, s'arrête au restaurant du Lac Ohrida et s'installe dans la pénombre de la salle comme s'il avait eu tout son soûl de lumière. Et d'espace.

Parce que son travail est exceptionnel, parce qu'il leur fait gagner du temps, il gagne, lui, un dollar l'heure quand les autres ne reçoivent que quarante cents. Il n'y a pas de jalousie à son égard. Personne ne rêve de faire le dixième de ce qu'il fait. Pour le travail de nuit, il est payé un dollar vingt-cinq l'heure, à se balancer entre les chevrons d'un chevalet, tenant une lanterne, tombant en chute libre comme une étoile morte. A vrai dire, il n'a pas besoin d'y voir ; cet espace, il l'a en tête. Il connaît les pieds des travées, la largeur des passages en termes de secondes de mouvement — 85,82 m pour la travée centrale du pont. Deux travées adjacentes de 73,17 m, deux travées extrêmes de 48,17 m. Il se glisse par des ouvertures jusqu'au pont inférieur, se hisse jusqu'à hauteur du pont. Il sait à quelle hauteur précise il est au-dessus de la rivière, quelle est la longueur de ses cordes, en combien de secondes il peut se laisser tomber en chute libre jusqu'à la poulie. Peu importe s'il fait jour ou nuit, il pourrait avoir les yeux bandés. L'espace noir est temps. Après s'être balancé trois secondes, il aligne ses pieds au bord en béton de la pile suivante. Il se voit évoluer dans l'espace comme une bille de mercure glissant sur une carte.

*

Un perroquet du restaurant du Lac d'Ohrida était là, dans sa cage à côté de l'entrée, trop curieux et intéressé par les événements de la nuit pour laisser couvrir sa cage. Il regardait la femme, au milieu de la pièce, dans l'obscurité. L'homme alluma une lampe derrière le comptoir. Nicholas Temelcoff rendit une petite visite à l'oiseau après être allé chercher les boissons. « Et bien, Alicia, mon cœur, comment vas-tu ? » Et il s'éloigna sans attendre la réponse de l'oiseau, tenant délicatement le verre du bout des doigts de sa main gauche, son bras berçant la bouteille.

Il marmonna comme s'il continuait la conversation avec l'oiseau, dans la grande salle vide. De neuf heures à deux heures, elle était pleine d'hommes qui mangeaient et buvaient. Kosta, le propriétaire, et son garçon se livraient à de grinçantes embardées vocales pour la galerie — le patron braillait des insultes à son fils qu'il poursuivait devant les clients. Nicholas se rappelait la première fois qu'il était venu là, les manteaux sombres des hommes, les discussions fleurant l'Europe.

Il versa un verre de brandy et le poussa vers elle.

— Vous n'êtes pas forcée de le boire, mais vous pouvez si vous en avez envie. Voyez ça comme un geste de gentillesse.

Il but rapidement le sien et s'en versa un autre.

— Merci, dit-il, en se touchant le bras non sans quelque curiosité, comme s'il s'agissait du bras de quelqu'un d'autre.

Elle secoua la tête pour lui faire comprendre qu'il y avait quelque chose qui n'allait pas, qu'il fallait s'en occuper.

— Oui, mais pas maintenant. Pour l'instant, je préfère rester assis. » Il y eut entre eux un silence. « A boire et à parler tranquillement, c'est tout... Les gens viennent de la lumière du jour, ils doivent s'habituer à la pénombre.

Il se remit à boire.

— Pour faire passer la douleur. » Elle sourit. « Maintenant, de la musique. » Tout en parlant, sans même prendre appui, il se leva, s'éloigna de la table, passa derrière le comptoir et mit la T.S.F. en sourdine. Il tourna le cadran jusqu'à ce qu'il entendît un orchestre. Il se rassit en face d'elle.

— Ça fait très mal. Mais je me sens bien.

Il se renfonça dans son siège, son verre à la main.

— En vie...

Elle prit son verre et but.

— Comment vous êtes-vous fait cette cicatrice ?

Il pointa le pouce vers l'aile de son nez. Elle eut un mouvement de recul.

— Ne soyez pas intimidée... Parlez. Vous devez parler.

Il voulait qu'elle vienne à lui, même en colère, même si lui ne voulait pas de colère. A l'aise dans ce restaurant du Lac d'Ohrida, il sentait les montants de son siège dans son dos, il sentait son voile serré autour de son bras. Il la voulait là, près de lui, tous deux enveloppés de nuit. Alors, il pourrait veiller sur elle, la sortir de son état de choc avec un peu de grâce.

— J'ai une vingtaine de cicatrices, dit-il, partout. Une ici, sur l'oreille. » Il se tourna et se pencha. La lampe accrochée au mur lui éclairait la tempe. « Vous voyez ? Et ça aussi, sous mon menton, ça m'a aussi fracturé la mâchoire. C'est un câble entortillé qui m'a fait ça. Ça m'a presque achevé, fracturé la mâchoire. Et il y en a d'autres. Mes genoux...

Il continuait à parler. Des brûlures de goudron chaud sur ses bras. Des clous dans ses mollets. Et de finir son verre, et de remplir à nouveau le sien. Et la femme qui chantait à la radio. Elle entendait les paroles derrière le monologue de Temelcoff qui parlait, reprenait l'air en chantonnant, tout en cherchant son visage brillant. Comme une femme qui avait la fièvre.

C'est la première fois qu'elle s'assied dans un bar macédonien. Un bar, un homme en train de boire. Le subtil reflet des tables vernies, les nappes à carreaux rouges pliées, mises de côté après leur journée, la tonnelle avec son comptoir que recouvre une bâche. Elle comprend que l'ombre représente une nuit macédonienne où les clients sont assis, dehors, à leurs tables. La lumière ne peut venir que du bar, des étoiles, de l'horloge parée de son halo rouge orangé. Ainsi, lorsque les clients entrent, ils ont l'impression de pénétrer dans une vieille cour des Balkans. Violon. Oliviers. Un bal permanent. Maintenant la tapisserie qui évoque la charmille prend pour elle tout son sens... Maintenant le perroquet a un langage.

Il continuait à parler, s'abandonnant à des passages des chansons de la radio, c'est ainsi qu'il avait appris ses mots et leur prononciation. Il parlait de lui, fatigué, sans se rendre compte que sa voix se dédoublait, balbutiait en deux langages. La femme entendait tout, essayait de tout se rappeler. Il pouvait voir que ses yeux étaient pleins de vie, qu'ils interprétaient la salle. Il remarqua son doigt qui rythmait la musique.

Les yeux bleus ne se détachaient pas de lui tandis qu'il bougeait, la tête renversée contre le mur. Il buvait, exhalant au fond du verre de sorte que son haleine brûlante lui revenait dans les yeux et que la brûlure le gardait éveillé. Il se tourna alors vers elle. Quel âge pouvait-elle avoir? Ses cheveux bruns si courts, si neufs, que l'air n'avait pas encore déflorés. Il voulait laisser errer sa main.

— J'aime vos cheveux, dit-il. Merci... pour votre aide. Merci d'avoir pris un verre avec moi.

Elle se pencha et le regarda avec grand sérieux, scrutant son visage. Des mots à fleur de lèvres, tout prêts à éclore. Voulant connaître son nom qu'il avait oublié de lui dire... « J'aime vos cheveux. » Son épaule était contre le mur et il faisait effort pour relever la tête, pour regarder. Alors ses yeux se fermèrent. Si profondément assoupi qu'il resterait absent pendant des heures. Elle pourrait le secouer comme un pantin, il ne se réveillerait pas.

Elle eut l'impression d'être la seule en vie dans cet immeuble. Dans cette pénombre si peu naturelle. Un après-goût terrible de cette boisson traînait encore sur sa langue, elle alla derrière le comptoir, fit couler l'eau pour se laver la bouche. Elle déplaça légèrement l'aiguille du cadran de la radio mais prit soin de la ramener à la station. Elle cherchait cette chanson qu'il avait chantonnée tout à l'heure, elle cherchait la voix du chanteur, d'une étrange et léthargique puissance. Elle se vit dans le miroir. Une femme dont on voyait les cheveux, prise en flagrant délit. Elle fit ce qu'il avait voulu faire. Elle passa rapidement la main dans ses cheveux. Puis se détourna de son image.

Elle se pencha et posa son visage contre le zinc

froid. Frisson de la permission de minuit. Sur sa joue, sa paupière. Elle roula son front contre cette fraîcheur. Elle noya son oreille dans l'océan gris. Mémento des verres d'une journée. Culbutes, torchon d'absolution. Confessionnal. Table rase.

Elle veilla à ce que l'homme endormi sur la table soit à son aise, à ce que sa tête ne pèse pas sur son bras. *Comment vous appelez-vous ?* murmura-t-elle.

Elle se pencha, l'embrassa puis se mit à arpenter la salle. Ce verger... Les étrangers embrassent tout doux, comme des lucioles, se disait-elle.

*

Par certain temps, lorsque le brouillard ouate la vallée, les hommes restent tout près les uns des autres. Ils arrivent pour travailler et marchent jusqu'à un sentier qui disparaît dans la blancheur. Quel pays existe de l'autre côté ? Ils vont par groupes de trois ou quatre. Beaucoup sont morts au cours de la construction du pont. Mais par des matins comme celui-ci, il y a une peur préhistorique, un oiseau géant qui emporte l'un des hommes dans les airs...

Nicholas a enlevé son casque, il a passé son harnais et s'est laissé tomber depuis le bord du pont, dix mètres en chute libre dans le brouillard. Il ballotte sous l'épine dorsale du pont. Il ne peut rien voir, juste ses mains et le mètre de corde qui pend de la poulie au-dessus de lui. Six heures du matin et il est déjà absorbé par cette communauté d'hommes du pont qui font partie eux aussi du conte de fées.

Il est parallèle au treillis de structures suspendues.

Il pénètre dans les cages d'acier et de bois comme un plongeur dans une épave sous-marine qui pourrait à tout instant s'enfoncer dans une faille de l'océan. Nicholas Temelcoff est à l'œuvre. Les palans de garde élèvent et abaissent l'acier — l'assemblent là-bas, près de la travée suivante. Il dirige l'acier à travers le brouillard. Il est un fragment de cet os d'acier que le derrick porte au bout de son mât de vingt mètres de long. L'acier et Nicholas sont élevés à une travée temporaire et là, c'est l'affaire des « grues roulantes ». Du côté ouest du viaduc on a recours à une grue roulante pour soulever l'arche de quelque cinquante mètres. Ces grues sont des derricks jumeaux équipés de mâts de charge en treillis qui peuvent soulever six tonnes dans n'importe quelle position, aussi facilement qu'elles soulèveraient une carotte.

Nicholas n'est pas attaché aux chariots, sa corde et ses poulies ne sont reliées qu'à l'acier d'une section du pont qui est terminée. Les chariots se sont effondrés déjà deux fois, ils sont même tombés au fond de la vallée. Pas question pour lui de s'attacher à une structure qui risque de s'effondrer. Mais il pend à côté dans la blancheur aveugle, glissant jusqu'à ce qu'il puisse guider les nouvelles barres d'acier vers l'extrémité du pont. Il les verrouille, il devra se laisser choir de façon à se servir de tout son poids pour donner les derniers tours de la clef à molette géante. Il laisse trois mètres de corde pendre sous la poulie, fixe la clef à molette sur le boulon, puis se laisse tomber à pieds joints sur le manche de soixante centimètres. Le choc le projette à nouveau dans l'air et la corde se tend brutalement sous son poids. Il se hisse à nouveau grâce à la poulie et recommence. Après dix minutes on dirait que vos os sont broyés — l'air dans lequel il s'arrête semble aussi dur que béton, en se resserrant le harnais meurtrit sa colonne vertébrale.

Il monte du niveau inférieur, avec le chariot, crie des chiffres au conducteur au-dessus de lui, qui vont crever le brouillard, se perdre dans les grincements de la charpente à laquelle il s'agrippe, car les craquements et les replis du treillis noient ses *un-deux-trois-quatre*, le langage dont il se sert. C'est ce qu'il faisait un soir lorsqu'un chariot s'est effondré — avec tout ce qui y attenait —, sa corde commençait à s'effilocher. Il lâcha prise, se balançant dans l'obscurité, prêt à se laisser tomber *n'importe où* à condition d'éviter les quelque huit tonnes de bois qui s'abattaient sur les niveaux inférieurs et allaient rouler dans la vallée, tombant avec fracas dans l'espace comme un trolleybus chargé de tôles. Une fois au bout de la balançoire, il comprit que, s'il avait évité les poutres et charpentes, il n'avait pas forcément échappé aux câbles de l'épaisseur d'un bras et que, désormais libres, ils serpentaient dans les airs. Sur son siège, il se pelotonnait pour les esquiver, entendant les câbles fouetter latéralement, parachevant les dégâts. Son prédécesseur avait été tué dans un accident similaire. Il avait été tronçonné, on avait retrouvé la moitié supérieure de son corps une heure plus tard, encore pendue dans son harnais.

A huit heures, le brouillard s'est dissipé et les hommes sont déjà au travail depuis plus de deux heures. Une odeur de goudron arrive jusqu'à Nicholas tandis que des ouvriers le versent et commencent à l'étaler. Il reste là, suspendu dans les airs, espérant le coup de sifflet qui annoncera le prochain voyage du chariot. Sous lui, le Don, le Grand Tronc, les voies ferrées des chemins de fer de la Canadian National et de la Canadian Pacific et la route de la vallée de Rosedale. Il peut voir les maisons, les hangars, le beau toit de bardeaux, au-dessus de la culée, comme un de ces chapiteaux où se rassemblent les adeptes du renouveau religieux. Le vent sèche sa sueur. Il se parle en anglais.

*

Elle sort du restaurant du Lac d'Ohrida par le corridor bleu — ce boyau de lumière étroit et bleu qui mène à la rue. Ce qu'elle va devenir, elle le devient dans cette minute avant d'être dehors, avant d'entrer dans ce matin de six heures. Alicia, le perroquet, la regarde s'éloigner et se tourne vers l'homme endormi sur la chaise, un bras sur la table, la paume tournée vers le plafond, comme s'il espérait l'aumône, la tête contre le mur à côté d'un écusson. Il est là, dans l'obscurité, sa paume ouverte, calleuse et dure. Cinq ans plus tôt, ou dix ans plus tard, qui sait, la femme aurait senti la farine dans ses cheveux, son corps ayant dormi à côté de la pâte, pelotonné autour de celle-ci pour que sa chaleur l'aide à lever. Mais aujourd'hui c'était de la rudesse de ses mains, de leur écho qu'elle se souviendrait, bois contre verre.

*

Le délégué Harris ne parle jamais à Nicholas Temelcoff. Souvent, il le regarde mettre son harnais et marcher tout au bord du viaduc en écoutant les diverses recommandations de l'ingénieur Taylor. Il a l'air perdu dans ses rêveries mais Harris sait qu'il écoute. Nicholas n'attire jamais l'attention de qui que ce soit, comme s'il devait accueillir les ordres à l'état brut, sans voir un visage derrière les mots.

Son regard s'accroche à des objets. Du bois, un rail, une pince sur la corde. Il avale ses sandwiches sans même les voir, observant plutôt l'homme qui attache une poulie aux parapets ou étudiant le cuir somptueux des chaussures des architectes. Il boit l'eau d'une Thermos, les yeux fixés à une trentaine de mètres. Il ignore combien on le regarde, tout comme il n'a aucune idée de ses gestes extrêmes. Il ne sait pas à quoi il ressemble. Ainsi apparaît-il à Harris et aux autres comme un jeune garçon : disons un fana des voitures miniatures, un stade par lequel ils sont tous passés.

Nicholas arpente le parapet. Il regarde les boucles de la corde puis il s'élance dans l'air transparent. Harris ne voit plus que la corde qui grésille, qu'une glissade rapide. Nicholas s'arrête sept mètres plus bas, le cœur battant. Parfois sur le pont où ils travaillent ils l'entendent entonner des chansons, lentement, martelant les syllabes, en faisant le tour. On dirait qu'il en étale les strophes comme son attirail sur la chaussée, pour vérifier s'il est en état, fredonnant un air qu'il aime bien. Pas plus qu'il ne voit ce qui se passe autour de lui, Nicholas n'entend ce que l'on dit autour de lui, aussi s'imagine-t-il que personne ne l'entend non plus.

Pour Nicholas, le langage est bien plus difficile que ses prouesses dans l'espace. Il adore son nouveau langage, ses terribles barrières. *Est-ce qu'elle m'aime ? — Absolument ! Est-ce que je l'aime ? — Certainement !* Nicholas s'époumone pour amadouer ce tuyau interminable qu'il transporte par la voie des airs jusqu'au chariot. *Il* connaît Harris. Il le *reconnaît* au temps qu'il lui faut pour parcourir la chaussée du pont. Il le reconnaît à son pardessus de tweed qui, à lui seul, coûte plus que les salaires hebdomadaires combinés des cinq trimardeurs.

Le cinéma parlant est l'événement qui pavera la route de l'immigration en Amérique du Nord. Le film muet n'apporte qu'une distraction — la tarte à la crème reçue en pleine figure, l'ours qui fait sortir le dandy du grand magasin —, il se contente d'événements régis par le sort et l'à-propos, et non par le langage et la discussion. Le clochard ne fait jamais changer l'opinion d'un agent de police. La matraque se balance, le clochard passe à toute allure par une fenêtre et dérange les ablutions de la grosse bonne femme. Ces comédies sont des cauchemars. La salle émet des gloussements horrifiés : Chaplin passe, les yeux bandés, sur ses patins à roulettes au bord de la mezzanine sans balustrade. Personne ne lui crie de faire attention. Il ne peut ni parler ni entendre. L'Amérique du Nord est encore sans langage, les gestes, le travail et les pedigrees sont la seule monnaie d'échange.

C'était la magie du langage qui avait amené Nicholas ici, au Canada, sans passeport, en 1914, un grand voyage fait en silence. Suspendu au pont, il se raconte l'aventure, tout comme dans leurs villages de Macédoine les premiers voyageurs, chefs de file vers l'Occident, lui racontaient le conte de fées de la Haute Amérique.

Daniel Stoyanoff les avait tous tentés. En Amérique du Nord on nageait dans l'opulence et le danger. Vous y arriviez pour un simple séjour, vous en repartiez plein aux as — Daniel s'achetant une ferme avec l'indemnité qu'il avait perçue en perdant un bras lors d'un accident dans un abattoir. Vous l'auriez entendu en blaguer ! Et il cognait sur la table de son autre main, pleurant de rire, les traitant tous d'abrutis, de moutons de Panurge ! Comme si son bras était une vache sèche qui lui avait permis de se payer la tête des Canadiens.

Nicholas avait été ahuri par la simplicité du contrat. Il imaginait Stoyanoff, livide dans le bouvril — baignant dans son sang, hurlant comme une bête, ayant perdu et son bras et son équilibre.

Il était retourné dans son petit village, sa manche volant au vent telle une écharpe, et la poche sonnante et trébuchante pour s'acheter sa terre. Sans perdre de temps, il s'était mis en quête d'une femme dotée de ses deux bras et s'était installé.

Au bout de dix ans, Daniel Stoyanoff avait lassé les villageois avec ses histoires à dormir debout. Il avait hâte de voir les enfants grandir et commencer à s'exprimer, pour les faire vibrer aux histoires de ses jours en Haute Amérique. Voici ce qu'il leur racontait : en fait, il avait perdu ses deux bras dans l'accident; mais à l'époque, il partageait sa chambre avec un tailleur au chômage qui s'était trouvé, par chance, dans les abattoirs de Schnaufer ce matin-là. Dedora, le tailleur en question, avait extirpé les boyaux d'un chat qui passait par là, avait recousu le bras droit de Daniel et s'était retourné pour rattraper l'autre; hélas, un de ces chiens qui se repaissent de charogne avait filé en l'emportant! Vous savez, un de ces clebs qui se prélassent à l'entrée des abattoirs... Dès que vous éloignez votre regard des carcasses qu'on tronçonne et qu'on découpe, vous les voyez, sitôt que vous partez à la fin de la journée avec votre blouse trempée de sang, ils sont à vos bottes, qui vous sucent et mordillent vos revers de pantalons.

On racontait l'histoire de Stoyanoff à tous les gosses des environs dès qu'ils atteignaient un certain âge. Il devint ainsi un héros. *Regardez,* leur disait-il en enlevant sa chemise au beau milieu de la grand-rue d'Oschima, exaspérant une fois de plus les clients assis à la terrasse du bar, *oui, regardez ce qu'il était bon tailleur ce Dedora — impossible de voir les points.* Il dessinait une ligne imaginaire autour de sa bonne épaule et les gamins s'approchaient pour regarder, puis ils passaient à l'autre épaule et voyaient l'autre version : le moignon grotesque.

Nicholas avait vingt-cinq ans lorsque éclata la guerre des Balkans. Ayant vu son village dévasté par le feu, il partit à cheval avec trois amis. Ils voyagèrent une journée, une nuit et encore une autre journée jusqu'à Trikala, emportant des vivres dans un sac à dos. A peine arrivés, ils sautèrent dans un train à destination d'Athènes. Nicholas avait la fièvre, il délirait, suffoquait dans les compartiments enfumés. Il voulait grimper sur le toit. Une fois en Grèce, pour un napoléon chacun, ils soudoyèrent le capitaine d'un bateau afin qu'il les embarque pour Trieste. D'ici là, tous avaient la fièvre. Il ne fallait pas qu'il y ait la moindre trace de maladie avant d'essayer d'entrer en Suisse. Ils passèrent donc six ou sept jours à dormir, dans le sous-sol d'une usine abandonnée, sans la moindre notion du temps, à nulle autre fin que de se tenir chaud. L'un d'eux faillit succomber. Blottis les uns contre les autres, ils parlaient de l'Amérique de Daniel Stoyanoff.

Dans le train, le médecin suisse regarda leurs yeux et laissa les quatre amis passer la frontière. Et ce fut la France. Au Havre, ils allèrent trouver le capitaine d'un vieux bateau qui transportait des animaux et faisait route vers le Nouveau-Brunswick.

Deux de ses compagnons périrent au cours du voyage. Un Italien apprit à Nicholas à boire du sang dans les cages à bestiaux pour rester en forme. C'était un bateau français, *La Siciliana.* Nicholas se rappelait son nom. Ils avaient débarqué à Saint John, et tous avaient trouvé cette nef bien primitive. Que le Canada était primitif lui aussi ! Il leur fallut parcourir sept cents mètres jusqu'au poste où on devait les examiner. Ils prirent ce dont ils pouvaient avoir besoin dans les sacs de leurs deux compagnons qui n'avaient pas survécu et se dirigèrent à pied vers le Canada.

La crasse qui régnait sur le bateau était telle qu'ils se trouvaient maintenant couverts de poux. Les passagers de l'entrepont posèrent leurs bagages près des robinets extérieurs, à côté des toilettes. Ils se déshabillèrent complètement, se placèrent devant leurs camarades comme devant un miroir. Ils se mirent à s'épouiller mutuellement et à se décrasser à l'eau glaciale avec un bout de torchon. On était fin novembre. Ils se rhabillèrent et se rendirent vers les cabanes qui abritaient les douanes.

Nicholas n'avait pas de passeport, il ne savait pas un mot d'anglais et possédait en tout et pour tout dix napoléons qu'il brandit pour leur montrer qu'il ne serait pas à charge. Ils le laissèrent passer. Il était en Haute Amérique.

Il prit un train pour Toronto, où avaient échoué beaucoup de ses compatriotes ; ainsi, il ne serait pas seul. Hélas, il n'y avait pas de travail. Il mit le cap au nord, prit le train pour Copper Cliff, aux environs de Sudbury, et y trouva du travail dans une boulangerie macédonienne, à sept dollars par mois, nourri et logé. Six mois plus tard, il partait pour Sault-Sainte-Marie. Il ne parlait toujours pas anglais, aussi décida-t-il de suivre des cours tout en travaillant la nuit dans une autre boulangerie macédonienne. S'il n'apprenait pas la langue, il serait perdu.

L'école était gratuite. Ses camarades de classe avaient dix ans, il en avait vingt-six. Il se levait à deux heures du matin, pétrissait la pâte et surveillait la cuisson du pain jusqu'à huit heures et demie. A neuf heures, il partait pour l'école. Ses professeurs étaient de jeunes demoiselles des mieux disposées à son égard. C'est au cours de ce séjour à Sault-Sainte-Marie qu'il fit des rêves de traduction, encouragés par son apprentissage rapide et obsessionnel de l'anglais. Dans ses rêves, les arbres changeaient de nom mais aussi d'aspect et de caractère. Les hommes se mettaient à répondre avec des voix de fausset. Voilà que les chiens lui parlaient en le croisant dans la rue.

De retour à Toronto, il ne lui fallait plus qu'une voix pour ce langage. La plupart des immigrants apprenaient l'anglais à l'aide de chansons enregistrées ou, jusqu'à l'apparition du cinéma parlant, en imitant des acteurs. Vous en choisissiez un et le suiviez dans sa carrière, vous pestiez lorsqu'on ne lui confiait qu'un rôle mineur, vous voyiez et revoyiez ses pièces — parfois jusqu'à dix fois de suite si l'une d'elles était à l'affiche. A la fin d'une représentation dans les bas quartiers, au Fox ou au Parrot, les répliques des acteurs étaient généralement suivies des échos grandissants des Macédoniens, Finlandais et Grecs les répétant après une pause d'une demi-seconde, s'exerçant à les prononcer. Voilà qui avait le don d'exaspérer les acteurs, surtout lorsqu'une phrase du genre : « Mais, enfin, Christine, qui a mis la cuisinière dans le salon ? », qui avait eu l'heur de faire crouler la salle de rire, était répétée simultanément par au moins soixante-dix spectateurs, perdant ainsi son naturel. Le jour où Wayne Burnett, l'idole de ces matinées, tomba raide mort en pleine représentation, un boucher sicilien prit la relève : il connaissait dans le détail son rôle et ses réparties, et l'on n'eut pas à rembourser les places.

Certains acteurs étaient populaires parce qu'ils parlaient lentement. Les ballades léthargiques et ce genre de blues où le premier vers d'une strophe est répété trois fois, étaient très demandés. Des étrangers de passage troquaient leur accent pour une voix fleurant son terroir américain. Nicholas devait, hélas, choisir Fats Waller pour modèle. Sa manière d'accentuer anormalement certaines syllabes ou certains apartés lui donnait un air nerveux, dangereusement asocial ou trop tendre.

Sur le pont où il travaillait, on le considérait comme un reclus. Il commençait des phrases en son nouveau langage, les marmonnait et s'en allait. Ainsi devint-il un tombeau de secrets et de souvenirs. Sa réserve était son seul atout. Aucun de ses compagnons ne le connaissait vraiment. Cet homme, mal à l'aise dans un groupe, s'en irait un jour en laissant une étrange idée de lui, empreintes d'un chien sur le toit enneigé d'un garage...

*

Aïe! Un docteur s'occupait de son bras. Voilà ce qui le réveilla, le tira de son rêve. *Aïe!* Six heures qu'il s'était endormi. Kosta était là. Il vit que le voile et sa chemise avaient été cisaillés par le docteur. D'une façon ou d'une autre, disaient-ils, il avait réussi à se remettre le bras en place.

D'un geste saccadé, il saisit le voile, qu'il regarda de près.

Elle était restée jusqu'à ce que Kosta soit descendu, au petit matin. Elle lui avait parlé du bras, lui avait demandé d'appeler un médecin, puis avait dû repartir. Elle parlait? Oui, oui. Et sa voix, que lui rappelait-elle? Que lui rappelait-elle? Et lui, Kosta, que savait-il à son sujet? Il mentionna sa jupe noire. Avant de partir, Nicholas jeta un coup d'œil dans le bar et aperçut des pans de l'habit noir qu'elle avait mutilé pour s'en faire une jupe. Pour la rue...

Lorsqu'il affronte l'air frais en sortant du restaurant du Lac d'Ohrida, au lendemain de l'accident du pont, il voit le paysage comme s'il avait été altéré, comme s'il ne lui était plus visible à force de lui être familier. En marchant, Nicholas Temelcoff voit Parliament Street avec les yeux de la femme — la femme qui avait fouillé dans la sacoche attachée à sa ceinture tandis qu'il dormait, et s'était emparée de ses grands ciseaux pour raccourcir les plis noirs de son habit. Lorsqu'il sort du restaurant du Lac d'Ohrida, ce matin-là, il accueille cet air frais, ce temps qui pour elle se pare. *Son* temps... Il sait qu'il la retrouvera.

Il est des cours assidues qui se font en l'absence de l'être aimé. Cette cour, sans doute, repose sur une remarque qu'il a faite au sujet de ses cheveux ou sur la question à demi silencieuse qu'elle a posée alors qu'il sombrait de quelque tour ou de quelque pont en un profond sommeil. L'orée du sommeil terrifiait Nicholas. Il s'y noyait en buvant, pour émousser les secondes par simple peur de ce moment où il ne pourrait plus se servir de ses bras. Il gisait là, sachant qu'il verrait échoir la demi-seconde avant le sommeil, celle qu'il redoutait plus que tout ce qu'il avait pu connaître sur le viaduc, plus que tout ce qu'il avait pu être contraint de faire pour la Compagnie des Ponts et Chaussées du Dominion.

En tombant, il se le rappelle, il sent un bras de femme le rattraper, curieux de savoir son nom.

Il s'aperçoit de sa présence, maintenant. La jumelle. Ce qui les réunit, c'est moins le geste qui lui a sauvé la vie que les moments depuis lors écoulés. La chanson que l'on a perdue à la radio. Ses fleurs naïves et spontanées à une religieuse au sujet de sa beauté.

Alors, il avait renversé la tête, trop longtemps fermé les yeux et s'était endormi.

Une semaine plus tard, il retrouve le camion qui transporte le goudron et le feu dans sa benne. Il y rejoint les autres et reprend son travail sur le pont. Son bras remis, il se balance de la travée D à la travée C, ignorant ces histoires de religieuse qui a disparu. Accroché à sa corde, il regarde les traverses du pont, tout en pivotant doucement. Il connaît la vallée mieux qu'aucun ingénieur. Comme un oiseau. Mieux qu'Edmund Burke, l'architecte du pont, mieux que Harris, mieux que les géomètres de 1912 qui mesuraient à l'aveuglette à travers les taillis. L'horizon tournoie avec lui. Il se laisse porter par cette cour, assidue, silencieuse. Elle est absente et son absence l'incite à regarder, partout.

Dans un an, il ouvrira une boulangerie avec l'argent qu'il a mis de côté. Il lâche le cran d'arrêt de la poulie et se laisse glisser du pont.

L'enquêteur

Patrick Lewis arriva à Toronto comme s'il touchait terre après des années en mer. Le rythme de la campagne avait scandé son enfance : le petit village de Bellrock, la rivière, telle une grand-route acheminant les draveurs qui buvaient, peinaient, tonitruaient, pour au printemps laisser les habitants sous le choc du silence. Maintenant, à vingt et un ans, on l'avait extrait de la petite ville, comme un bout de métal, puis abandonné sous les vastes arcades de l'Union Station pour commencer sa vie. Une fois de plus. Il n'avait rien à lui, il était pour ainsi dire démuni, n'ayant en poche qu'un morceau de feldspath que ses doigts avaient tripoté tout au long de ce voyage en train : il était immigrant à la cité.

Ce qui lui restait de son enfance, c'était des lettres gelées dans la boîte aux lettres, après les tempêtes de neige. Ce dont il se souvenait, c'était de sa prédilection pour la couleur, de son aversion pour le blanc. Il se revoyait pénétrant l'univers brun des étables, où le suffoquaient le souffle et la vapeur du bétail, les odeurs âcres des excréments, l'urine, relents qu'aujourd'hui encore il pouvait revivre, ici, au cœur de Toronto, et qui avait paradé, superbe, au-dessus de la couche de foin de sa première séduction, et la fille en colère l'avait giflé quand ils avaient été tous deux satisfaits et honteux. Il se souvenait de la lessive gelée, de ces salopettes raides, carcasses qu'il charroyait jusqu'à la cuisine et asseyait sur une chaise, en espérant que son père les verrait avant qu'elles ne s'avachissent et ne se vautrent sur la table.

Et puis venait l'été. Mouches noires, moustiques. Il se revoyait sautant non plus dans le foin mais dans les eaux noires et profondes de la crique, rentrant nu à la ferme, ses vêtements sous le bras, en mâchonnant de la rhubarbe crue. Vous en mordiez la peau luisante, en déchiriez les fibres, en suciez le parfum. Vous mettiez sur votre langue le plus petit grain de framboise et l'ouvriez délicatement, du bout des dents. Et vous restiez là, au milieu du champ par une journée torride, obsédé par ce goût sans pareil.

Mais ici, dans la cité, il était nouveau. Nouveau à lui-même, neuf, tout passé verrouillé. Il entrevit son image dans la vitre d'une cabine téléphonique. Il laissa sa main courir le long des colonnes de marbre lisse et rose qui s'élevaient jusqu'à la rotonde. Cette gare était un palais avec des niches et des cavernes qui creusaient une cité intime. Il pouvait s'y faire raser, prendre un repas ou faire cirer ses chaussures.

Il aperçut un homme chargé de trois valises, bien vêtu, qui bramait dans une langue inconnue, dévorant du feu de son regard quiconque recevait de plein fouet ses imprécations, adjurant tour à tour les anges de lui venir en aide et les démons de le laisser en paix. Deux jours plus tard, lorsque Patrick revint chercher ses bagages qu'il avait mis en consigne, l'homme était toujours là, incapable de s'éloigner de sa zone de sécurité, mais cette fois dans un costume différent, un pas plus avant, eût-on dit, dans les sables mouvants du Nouveau Monde.

Assis sur un banc, Patrick observe la marée du mouvement, perçoit le ressac des affaires. Il prononce son nom qui s'en va battre d'un écho avant de se perdre sous les hautes voûtes de l'Union Station. Personne ne s'est retourné. Ils sont dans le ventre d'une baleine.

Lorsque le milliardaire Ambrose Small disparut en 1919, on s'aperçut que la police avait ses empreintes Bertillon. Entre 1889 et 1922, on avait souvent eu recours à la méthode d'identification Bertillon pour retrouver criminels ou disparus. Elle consistait à mesurer certaines parties du corps : longueur et largeur du crâne, longueur de l'oreille droite, longueur du pied gauche, du majeur gauche, de l'avant-bras gauche. Ainsi, dans toutes les prisons et morgues d'Amérique du Nord, on mesurait, tant et plus, et on envoyait les cotes à la police de Toronto. Au plus fort de l'affaire, cinq mille personnes prétendirent être Ambrose Small. Tous racontaient qu'ils avaient été frappés d'amnésie. On les avait kidnappés dans un sac de jute, défigurés, cachés dans des gouffres de la chaîne de Scarborough, et même écartelés entre deux tréteaux, ce qui expliquait qu'ils fussent plus grands que leur mètre soixante-quinze. A les entendre, on les aurait gavés, on leur aurait arraché les cheveux, lavé le cerveau en leur faisant ingurgiter certaines mixtures, on aurait altéré leur pigmentation, on les aurait changés en femmes, on aurait modifié la longueur de leur oreille droite ! Et maintenant qu'ils se retrouvaient affamés, démunis, qui accepterait d'envoyer cinq cents dollars à Nelson, en Colombie britannique, à Wichita, dans le Kansas, ou encore à Cornerbrook, à Terre-Neuve ?

Une habitante de Hamilton avait même vu Ambrose la gorge tranchée. Elle s'était réveillée un beau matin et avait senti du sang sur l'oreiller. En regardant, elle avait vu quelqu'un en train de lui trancher la gorge. Avant de se rendormir, elle s'était dit : je suis Ambrose Small. Une autre s'était vue ouvrant le coffre-fort de l'opéra de la ville et se retrouvant face à un squelette recroquevillé sur les documents.

La presse se ruait sur n'importe quelle piste.

L'HOMME MYSTÉRIEUX DU NORD
RESSEMBLERAIT À SMALL

— *Star,* 27 mai 1921.

On pourrait en exhumer les restes au cas où l'on trouverait d'autres indices.

DÉCOUVERTE D'UN SQUELETTE
À WHITBY FIELD

— *Telegram,* 2 juin 1921.

« L'idée que cela pourrait être Ambrose Small m'est venue à l'esprit pendant que nous l'exhumions », a remarqué ce soir le brigadier Thomas, agissant en qualité d'inspecteur en chef de la police.

UN DÉTECTIVE DE L'IOWA
CONVAINCU QU'IL A TROUVÉ A.J.
— *Mail*, 16 août 1921.

Joseph Brophy, directeur de l'agence Brophy, spécialisée en investigations privées, dont le siège social est dans l'Iowa, jadis démis de ses fonctions de commissaire de police adjoint, prétend avoir vu un homme gardé à vue qu'il a identifié comme étant A. J. Small. Brophy a déclaré qu'il produirait Small dès que les autorités canadiennes seraient prêtes à verser la récompense promise.

« Il s'agit bien de Small », a-t-il affirmé.

L'homme en question était en train de se remettre d'une blessure à la tête résultant d'une balle de pistolet, accompagnée d'une commotion cérébrale. Ses deux jambes avaient été coupées au genou.

« Ecoutez ce que Small m'a raconté après s'être reconnu sur la photo : " La seule chose dont je me souvienne, c'est d'un coup de feu, et puis ç'a été l'obscurité complète, avec des douleurs atroces. Après ça, plus rien, jusqu'à ce qu'on m'ait amené ici. Je crois que j'étais à Omaha, c'est tout. " »

De 1910 à 1919, Ambrose Small avait été le rapace du monde des affaires de Toronto, un manipulateur de capital, un génie de l'immobilier. Parti de rien, il s'était vite retrouvé dans les hautes sphères de la direction des salles de spectacle. A vingt-huit ans, il avait acheté l'Opéra de Toronto, avant de faire main basse sur les salles de la province — St. Catharine's, Kingston, Arkona, Petrolia, Peterborough et Paris,

Ontario, jusqu'à ce qu'il tienne dans ses rêts le monde du théâtre. Il fit construire le Grand Théâtre de l'Ontario — la plus grande salle de spectacle d'Amérique du Nord, après l'Hippodrome de Shea. Quatre-vingt-seize salles en sa possession. Puis il devint un turfiste averti, un passionné des courses de lévriers.

Il épousa Theresa Kormann, et, du coup, se brouilla avec ses sœurs. Sa femme était prohibitionniste. Small lui laissait la salle un soir par semaine, elle y organisait des spectacles de tempérance auxquels personne n'assistait. « Entrez, la porte est ouverte, ignorez les stupres des sots », chantait le chœur devant la salle vide ou presque. Les autres soirs, *Ben-Hur* et *La Vilaine Mademoiselle Louise* faisaient salle comble. A Glen Road, Small donnait, lui, des soirées ahurissantes. Des girls, tels des paons emplumés, titubaient, éméchées, aux petites heures du matin dans les rues de Rosedale avant de rentrer chez elles — suivies à distance respectueuse par les chauffeurs des riches.

A Paris, Ontario, il fit la connaissance de Clara Dickens, une actrice. Elle avait vingt et un ans, Small en avait trente-cinq. Il la charma par les multiples facettes de sa nature. C'était un conteur-né. Il incarnait le capitalisme pur et froid. Tel un vautour, il planait sur la province, prêt à s'abattre pour tuer, achetant tout ce qui lui semblait susceptible de rapporter, dévorant le profit sans paraître redescendre sur terre. C'était un chacal, d'ailleurs la presse l'appelait ainsi. Lui se gaussait d'eux, sûr d'embobiner ses détracteurs ou de les acheter. Ou bien il vous possédait, ou bien il était votre ennemi juré. Il ne s'embarrassait pas de compatriotes, ne faisait pas de prisonniers. Au XXe siècle, se plaisait-il à raconter, le prix d'un lévrier ou d'un faucon était le même que celui d'un homme.

Le matin, il se levait et se rendait à ses bureaux du Grand Théâtre d'Adélaïde Street, où il arrivait une bonne heure avant son personnel. C'était son moment préféré, il organisait sa journée, chorégraphiait ses schèmes, spéculait sur ses offres, contre-offres, taux d'intérêt, supputait pour trouver le talon d'Achille de ses adversaires. Il vous tirait un avocat de son tiroir, le découpait en minces lunules vertes, et s'asseyait à son bureau à cylindre pour le déguster tout en donnant libre cours à ses pensées. A l'arrivée des employés, il avait déjà envisagé tous les scénarios possibles. Puis il descendait chez son coiffeur, se faisait raser, manucurer. Sa journée était alors terminée. Lancée, la machine d'Ambrose Small pouvait fonctionner, mêlée au rythme de la cité.

Avec sa maîtresse, Clara Dickens, il se montrait grégaire, généreux, charmant. Elle ne le voyait qu'une ou deux fois par semaine, et n'en connaissait que le meilleur. Elle l'enlevait à ses soirées de paons et tous deux partaient en excursion. A travers tout l'Ontario, il achetait des hôtels, des maisons, sous des noms différents. « Je suis un voleur, disait-il. Les voleurs doivent toujours prévoir une porte de sortie. » Il mémorisait sans effort le nom des villes et ses pseudonymes. Tout ce que sa main touchait, tout ce que son pied foulait, il l'achetait ou le consumait.

Le 16 décembre 1919, Ambrose ne parut pas à un rendez-vous et un million de dollars avait disparu de son compte en banque. De deux choses l'une, ou bien il avait été assassiné, ou bien il avait disparu. Mort ou vivant, jamais on ne devait retrouver trace de lui.

Au début du siècle, la plupart des enquêtes criminelles étaient menées avec dignité et sans hâte. Les bandits prenaient leur temps, ils se déplaçaient en train ou en bateau. En 1910, l'opinion publique jugea de mauvais goût l'arrestation du Dr Crippen, à bord d'un paquebot, grâce à la radio, alors qu'il était en train de lire *Quatre hommes justes*. Pourtant, dans l'affaire Ambrose Small, quelque chose donnait l'impression que c'était le moment rêvé pour se plaindre de la façon dont allait le monde. Le capitalisme sans nuance de Small avait souligné le gouffre qui séparait les riches des affamés.

Au cours de l'année de sa disparition, le public suivit de près la manière dont la police essayait de résoudre l'affaire. Lorsqu'elle échoua et que la famille dut promettre une récompense de quatre-vingt mille dollars pour savoir où se trouvait le milliardaire, les gens commencèrent à se serrer les coudes. Tous étaient à sa recherche. Dès 1921, vous pouviez vous faire embaucher par une agence pour quatre dollars par semaine en tant qu' « enquêteur », et vous passiez la cité et les plus petites villes au peigne fin, traînant tout étranger suspect au commissariat, où l'on prenait aussitôt ses mesures selon la méthode Bertillon. Les enquêteurs rappelaient les racoleurs des siècles précédents ; des organisations rivales s'acharnaient, investissant dans le projet comme s'il se fût agi d'un gisement de pétrole ou d'une mine d'or.

En 1924, les organisations allaient encore bon train. Après une année à Toronto au cours de laquelle il occupa divers emplois, Patrick Lewis se fit lui aussi enquêteur. Peu importaient les cinq années passées. Aucun cadavre de Small — conforme aux tables de Bertillon — n'ayant été découvert, on continuait à embaucher des armées de chômeurs. En ces temps difficiles, tout espoir de « filon » valait la peine qu'on s'y attarde. L'enquête avait fait du cadavre du milliardaire une pièce rare, une valeur sûre.

Ce qui intéressa le plus Patrick fut la collection de lettres que la police avait reçue et donnée à la famille. Il entra en contact avec les deux sœurs de Small, jusque-là elles n'avaient trouvé personne qui prît les lettres au sérieux. Lettres d'escrocs, de médiums, lettres de chantage, demandes de rançon — la police avait tout ignoré.

Patrick bénéficia de la protection des sœurs, chez elles, rue Isabella. Clara Dickens le connaissait mieux que quiconque, lui dirent-elles. Elle était la perle rare des amantes. Essayer de parler à Briffa, lui conseillèrent-elles, Briffa pensait lui aussi que Clara était la femme parfaite pour Ambrose — plutôt que Theresa, l'épouse, *la sainte*.

Patrick prit le train pour Paris, dans l'Ontario. Il y rencontra Clara Dickens, la vedette de la radio. Debout dans le hall, près de sa mère, elle lui déclara qu'elle ne parlerait pas d'Ambrose Small, prétendant ne pas l'avoir revu depuis sa disparition. Et Patrick resta là, à la regarder. Elle le pria de s'en aller.

Dans les livres qu'il avait lus, les femmes étaient toujours sauvées de chevaux emballés, d'accidents sur les étangs gelés. Clara Dickens se tenait au bord du monde de l'opulence. En lui parlant, elle se penchait sur le côté comme pour mettre sa boucle d'oreille. Ses yeux se noyaient dans le miroir du hall, tantôt ignorant Patrick, tantôt se laissant surprendre par les siens. Elle le subjuguait — ses longs bras blancs, les petits cheveux mutins de sa nuque —, on eût dit que sans se donner la peine de se retourner elle avait tiré à bout portant par-dessus son épaule, le blessant mortellement. La « perle rare des amantes », la « femme parfaite ».

Qui était-elle sinon la maîtresse d'Ambrose Small? Sur son trente et un, s'apprêtant à sortir, elle ressemblait à une jeune mouche, aux ailes en voiles et sequins. Mais il y avait quelque message dans sa façon de se tenir là, sans même se retourner pour lui parler poliment.

Lorsqu'il revint le matin suivant, elle lui ouvrit la porte, manches relevées, bras enfarinés jusqu'au coude.

— J'ai cru que vous étiez riche, dit-il.

— Pourquoi ? Vous voudriez que je vous embauche pour rechercher mon bien-aimé ?

Toute la soirée et jusqu'aux premières heures du jour, Patrick essaya de séduire Clara Dickens. Le lendemain, lorsqu'il fut épuisé, ce fut elle qui le séduisit. Il parcourait de vieilles coupures de presse concernant Ambrose, à la bibliothèque de Paris, lorsque Clara arriva. Il somnolait sur des dossiers de 1919, la joue gauchement posée sur son épaule comme si quelqu'un s'était approché dans le silence de la salle de lecture et lui avait fracturé la nuque. Vêtue de blanc, elle déambula dans la bibliothèque et s'arrêta devant les rayonnages.

— Je vous ramènerai à l'hôtel Arlington.

Sa voix le tira de sa torpeur. Elle prit une chaise, la tourna et s'assit à califourchon, les coudes sur le dossier. Dans sa robe blanche, elle semblait accueillir tout le soleil de la bibliothèque. Un rire que chassa un rictus angoissé tirailla son visage. De son bras si long, elle saisit une coupure de presse.

— Vous pensez que c'est par moi qu'il faut passer pour parvenir à lui ? Vous vous imaginez qu'il a laissé planer son ombre sur moi ?

Il restait muet devant pareille beauté. Une goutte

d'eau perlait sous sa paupière, une larme de soleil qu'elle n'avait pas remarquée.

— Venez, je vous ramène à votre hôtel.

A cette heure, il ne pensait pas séduction, éreinté qu'il était par leurs conversations nocturnes, sous son porche donnant sur Broadway. Leurs propos avaient été d'une flamboyante audace, leurs échanges réglés comme un duo. Lui à qui il fallait en général des mois pour approcher quelqu'un, lui qui tournait les talons au moindre signe de rejet pour ne jamais revenir, il prolongeait la discussion afin de s'éterniser avec elle sous ce porche, noyés l'un et l'autre dans le clair de lune, souriant des défenses de l'autre. Elle refusait de lui permettre de l'embrasser ou de la serrer contre lui. Elle refusait que leurs corps se touchent, ou même qu'ils risquent de s'effleurer.

Ils avaient longé le Grand Fleuve, pour revenir à l'auto. Un cadeau d'Ambrose, à coup sûr, se dit Patrick. Il était si las qu'il en oubliait toute ruse, toute subtilité. De son côté, elle ne savait que faire de cette soudaine passion qui l'habitait. Elle l'avait reconduit à l'hôtel Arlington, en prenant son temps, et ils étaient restés un long moment dans la voiture.

— Demain, pour moi, c'est la bibliothèque.

— Il se pourrait bien que je vous y rejoigne.

Elle fit claquer sa langue et rejeta sa tête sur le côté d'un geste suggestif.

Deux heures du matin : elle était à demi tournée vers lui, déchaussée, le levier de vitesse l'obligeant à diriger son genou vers lui. Elle se laissa embrasser au moment du bonsoir et il demeura un moment à regarder son visage que modelaient les lumières de la rue.

Il sortit enfin, referma la porte avec une énergie rageuse, se rendant compte trois pas plus loin du vacarme qu'il avait provoqué. Il se retourna.

— Je n'ai pas voulu la claquer comme ça...

— Je sais.

Elle était assise, la tête baissée, soudain très seule, calme, le regard tourné vers le siège qu'il venait de quitter.

— Bonne nuit.

— Bonne nuit, Patrick.

En sortant de la salle de lecture des journaux et périodiques, ils retrouvèrent un soleil trop prodigue et montèrent dans sa voiture, Patrick charriant un carton bourré de notes. Ils étaient si fatigués qu'ils se parlèrent à peine en rentrant à l'hôtel.

Lorsqu'ils entrèrent, la chambre était inondée de soleil et les bruits de la circulation se bousculaient dans l'entrebâillement de la fenêtre. Ils s'endormirent presque aussitôt en se tenant la main.

Il s'éveilla le premier, mais il sentit que ses yeux l'étudiaient. Il ne voyait d'elle que son cou et son visage sombres. Il se sentit gêné d'avoir dormi tout habillé.

— Bonjour.

— Chante-moi quelque chose, murmura-t-elle.

— Quoi ?

— Quelque chose qui ait un peu de classe. Tu sais chanter ?

Elle sourit et il se coula vers elle. Vers sa douceur.

Après l'amour, il rapprocha son oreiller, afin de pouvoir la contempler confortablement. A son réveil, elle était partie, son téléphone ne répondait pas. Il revint vers le lit et, le nez dans l'oreiller, il chercha un reste de parfum à la traîne.

*

— Patrick, c'est toi ?

— Oui, Clara.

— Je ne reconnaissais pas ta voix.

— Je dormais.

— Je t'emmène quelque part. Pense à prendre de quoi boire. Et un tire-bouchon. Je me suis occupée des vivres. Nous devrions être absents plusieurs jours.

Ils empruntèrent une route en lacets qui les emmena du côté des plaines de Paris, traversant canyons et champs de tabac.

— On va dans une ferme, chez des amis.

— Ambrose ?

— Non, elle s'appelle Alice. Je t'expliquerai tout à l'heure.

— Pourquoi pas maintenant ? Tu as tout le temps de ce foutu monde...

— Plus tard.

Ils entrèrent bientôt dans une petite ferme nantie d'un poêle à bois dans la cuisine. Ici et là, des plumes d'oiseaux étaient prises sous les bords du papier qui tapissait le mur. Dans la pièce du devant, un lit s'étirait sous une alcôve, et chacun des trois côtés était doté d'une fenêtre. Une moquette recouvrait le sol.

Pas de meubles ou presque. Cela lui rappela une vraie cellule de moine. L'amie ne rentrerait pas avant deux jours, dit Clara.

Le soir, ils s'étendirent, à peine vêtus, sur le lit près des trois fenêtres. Il aimait dormir dans son territoire à lui, au cœur de son univers. Avec elle, il ne cessait de se réveiller, cherchant à l'approcher, à la serrer contre lui. Clara se retournait doucement, algue ondoyant au fond de l'océan, dans ses vêtements qu'elle avait enfilés l'un sur l'autre dans l'obscurité. Elle avait toujours froid, la nuit, dans cet antre marin.

— Tu es réveillée ?

— Quelle heure est-il ? demanda-t-elle.

— Il fait encore nuit.

— Ah !

— Je t'aime. As-tu déjà aimé quelqu'un, en dehors d'Ambrose ?

— Ouais.

Un aveu aussi désinvolte l'agaça.

— Je suis tombée amoureuse d'un type qui s'appelait Stump Jones quand j'avais seize ans.

— Stump !

— Il y a quelque chose qui cloche du côté du nom *.

— C'est le moins qu'on puisse dire.

— Bonsoir, Patrick, je tombe de sommeil.

— Salut !

Il se leva et alla se promener autour de la ferme, plus à l'aise, plus heureux qu'il ne l'avait jamais été. Clara avait déjà sombré dans un profond sommeil et

* En français : moignon. *(N.d.T.)*

ronflait, emmitouflée dans une chemise de Patrick, un sourire sur son visage. Clara la minaudière. Il voulait mettre la main sur Stump Jones et lui casser la figure. Seize ans ! Où était-il, lui, à seize ans ? Elle avait été la maîtresse de Small, la maîtresse de Stump, et quoi d'autre ? Et, à ce moment, envoûté par son corps, il se retrouvait perdu au sein de l'architecture complexe de son passé.

Il y avait une bonne dizaine de minutes qu'il regardait par la fenêtre, lorsqu'une ombre sur la vitre arrêta son regard : c'était une grenouille. Il alluma la lampe à pétrole et l'approcha de la bestiole. Une *Pseudacris triseriata*. Bonjour, mon amie, souffla-t-il en direction du corps tacheté de vert pâle, qui se balançait contre le carreau.

— Clara...

— Qu'y a-t-il ?

— Ambrose.

L'amour, pour lui, c'était l'enfance. Les clefs de son jardin intime. Il redevenait gamin, il se détendait.

— Quoi !

Bien réveillée cette fois, elle le regardait comme s'il avait perdu la tête.

— Viens, je veux que tu voies ça.

Elle se tourna vers la fenêtre puis vers lui, se refusant à parler.

— Il te veut déshabillée.

— Ecoute, Patrick, il est trois heures du matin, tu es censé dormir. Tu es aussi censé être à la recherche de mon bien-aimé. (*Bien-aimé* ! Il grimaça...) Tu veux faire l'amour, c'est ça ?

— C'est un grasset, n'est-ce pas ?

— Un grasset au clair de lune, ça n'a rien d'extraordinaire.

— Si, parce qu'ils ne sortent que lorsqu'il fait jour. Il veut contempler ta poitrine, ton ventre.

— Encore un truc typiquement bolchevique ?

Elle déboutonna son chemisier, alla se glisser entre la vitre et lui.

— Tu vas voir qu'il va rappliquer demain avec tous ses copains. On les appelle aussi crapauds à grelot : quand ils sont excités ils font un bruit qui ressemble à un grelot. Parfois ils aboient, on dirait des chiens.

Elle se pencha, posa ses lèvres contre la vitre, sur le ventre vert, et l'embrassa.

— Bonjour, Ambrose, murmura-t-elle, comment vas-tu ?

Patrick l'enlaça, empauma ses seins.

— Epouse-moi, s'il te plaît...

Il se mit à aboyer.

— Un de ces jours, oui, bientôt, je m'en irai.

— Retrouver Ambrose.

— Oui... Je sais qu'il est en vie.

— Je sens que je ne te reverrai plus.

— Tu parles, tu peux dire ce que tu veux, Patrick, mais tu n'as aucun remords.

— Un mot bien étrange. Ça veut dire qu'on regrette.

— Tais-toi. Tiens...

Il rencontra Ambrose en rêve. Sur le seuil de sa porte, Small lui disait : « Il y a cette espèce de silhouette grise qui est attachée à mon corps, Patrick, sépare-m'en, veux-tu ? » Tous étaient de vieux amis.

Patrick n'avait sur lui qu'un canif. Il l'ouvrit et fit entrer Ambrose dans le hall, sous la seule et unique lampe, près des cages des ascenseurs. Il était ainsi plus facile de voir ce que c'était. On avait cousu un paon gris sur Small. Patrick entreprit de le découdre.

Ambrose ne disait rien. Il semblait ne pas souffrir. Lorsque Patrick arriva aux chevilles et au coup de canif final, la silhouette grise se recroquevilla, et s'enroula sur elle-même. Elle gisait là, comme un excédent de thibaude dont on ne s'est pas encore débarrassé. Ils retournèrent jusqu'à la porte de Small, se serrèrent la main et se quittèrent. Abandonné aux ultimes élucubrations de son rêve, il apprit que Small avait été assassiné — on l'avait retrouvé ouvert en deux, de la tête aux pieds.

— Quoi ?

— J'ai dit : tu rêves ?

— J'en sais rien. Pourquoi ?

— Tu as sursauté.

— Ah ? Comment ?

— Oh ! tu sais, comme un chien qui dort au coin du feu.

— Peut-être que je poursuivais un lapin.

Ils étaient assis par terre, lovés dans le coin de la pièce, elle avait ses lèvres sur son téton, sa main dansait doucement sur son pénis. Un art compliqué. Tout son corps emprisonné, comme un bateau dans une bouteille. Je viens. Viens dans ma bouche. En se balançant, tandis que ses doigts peignaient ses cheveux comme de la soie effilochée, il éjacula, s'engouffrant en elle. De son doigt, elle lui fit signe d'avancer. Il se pencha, posa ses lèvres sur les siennes. En recueillit les traces nacrées qu'ils échangèrent jusqu'à ce qu'elles aient disparu. Jusqu'à ce qu'ils ne sachent plus en qui elles reposaient, planète à jamais perdue en leur corps...

Le lendemain, ils vagabondèrent sur les routes de campagne dans sa Packard. Il la regardait parler des merceries Wheeler où son père avait travaillé, de l'usine Médusa, près de la voie ferrée.

— On fait le tour de ma vie d'adolescente, Patrick. Je te montrerai l'endroit où j'ai bien failli me laisser séduire.

— Les années cruciales.

— Oui.

Il raffolait de l'érotisme de son histoire, ravi de savoir où était sa place dans la salle de classe, quelle était sa marque de crayons préférée quand elle avait neuf ans. Son cœur se noyait dans les détails. A un moment Clara dit : « Une fois que je connais bien un homme dans son contexte social, la seule façon pour moi de le connaître encore mieux, c'est de coucher avec lui. » La séduction faisait partie de la progression naturelle de la curiosité. C'est à cette époque qu'il comprit qu'il ne s'intéressait plus qu'à elle, à son enfance, à son travail à la radio, à ce paysage dans lequel elle avait grandi. Il ne voulait plus de Small. Il voulait expulser Small de l'esprit de Clara.

Il pleuvait. Ils ne pouvaient sortir de la voiture. Elle baissa la vitre.

— C'est ici que j'enterrais mes déjeuners.

Elle prit le mouchoir de Patrick et en mouilla un coin avec sa langue.

— Tu as de la boue sur toi, dit-elle, en lui frottant le front.

Ces gestes effaçaient les lieux, les pays, le reste du monde. Il sentit qu'il lui fallait revenir sur terre.

— Dis-moi vite quelque chose sur Ambrose.

— Dès qu'il mentait, sa voix se faisait calme et raisonnable.

— Quoi d'autre ?

— On baisait sur le *Cayuga*.

— Le ferry ? Nom de Dieu, tu dis le *Cayuga ?*

Son histoire avec Small. Il l'extrayait d'elle comme une écharde de la paume d'une dame. Il allait de surprise en surprise.

— Crois-tu que je puisse invoquer comme excuse le fait que je suis restée avec lui parce qu'il m'avait donné un piano ?

— Qu'est-ce que tu es en train d'essayer de me dire ?

— J'aimais le piano. C'était un merveilleux refuge. Mon exutoire, mon intimité. Lui, il avait son argent, ses paris, partout ailleurs il était gagnant. Moi, j'avais mon travail à la radio et mon piano. Chacun doit avoir un mur pour se faire les griffes, sinon y a de quoi devenir fou. Qu'est-ce que tu en penses ?

— J'en sais rien.

— A un moment, j'aurais pu coucher avec son ami Briffa, par exemple. Autour de lui l'atmosphère était toujours lourde de possibilités.

— J'aime ça, moi, les atmosphères lourdes.

— Briffa était adorable. La politesse européenne, un rien de brutalité, heureux en ménage. Je l'aimais bien parce que c'était un type propre et équilibré. Il décorait des salles de spectacle. Il poursuivait un rêve, ce qui est en soi un fabuleux aphrodisiaque. Le seul homme que j'aie connu qui ait eu un rêve. Ambrose n'en avait pas. Mais il attirait à lui des gens comme Briffa. Des gars avec qui personne ne voulait rien avoir à faire, et encore moins leur donner du travail. C'était la croix et la bannière — Small et ses amis face au reste de l'humanité... Ambrose soutenait des sièges, attaquait ces résidus de familles riches qui étaient, en fait, des fins de race.

— Et toi tu étais le pianiste.

— Oui, le pianiste, l'interlude musical, la romance dans l'après-midi.

— Il a été le premier à me peloter.

Patrick était là, allongé auprès d'elle, interdit, immobile, en cet après-midi ensoleillé. Lorsque à son tour il parla de son passé, il ne put garder le même calme. Il passa rapidement sur l'une ou l'autre liaison, souvent de mauvaise grâce. Il ne révélait la vérité que si la question se faisait précise, se retranchant la plupart du temps derrière son flou habituel.

Il subsistait en lui un mur que nul n'atteignait. Pas même Clara, qui prétendait que ce mur l'avait déformé. Une pierre minuscule avalée des années plus tôt, qui avait grandi avec lui et qu'il emportait partout, sans pouvoir s'en débarrasser. Sa raison de le cacher avait d'ailleurs disparu depuis des années... Patrick et son caillou. Une petite pierre sans importance, entrée en lui au mauvais moment. Elle avait alors été un silex de terreur. Mais il aurait aisément pu s'en débarrasser à sept ou même à vingt ans, la recracher tout simplement et se remettre en route. Il l'aurait oubliée au prochain coin de rue.

On est bâti comme ça.

— Qui sont tes amis, Patrick ?

— Toi. Toi seule.

— Alice rentre demain.

— Dans ce cas, nous devrions partir.

— Non, nous pouvons rester. Tu l'aimeras bien. Mais après ça, un de ces jours, je te quitterai.

— Pour Ambrose.

— Oui, pour Ambrose. Et tu ne devras jamais me suivre.

— Il me faut du temps pour pardonner.

— Ne t'en fais pas, Patrick, ça va, ça vient. Les gens, ça se remplace.

Il se demanda si au début elle n'avait pas été pour lui un objet qu'il aurait voulu voler, non parce qu'elle était Clara mais parce qu'elle appartenait à l'ennemi. C'était son personnage qui le fascinait. Cette fille du contremaître des merceries Wheeler, qui semblait avoir pénétré en lui comme un esprit, violant sa réserve naturelle. Elle avait été la maîtresse d'Ambrose Small, s'était laissé prendre par le pernicieux engrenage des riches. Elle avait appris ces règles subtiles qui enveloppent leurs cadeaux.

Elle se mit à rire, les cheveux encore collés à ses tempes par leurs ébats amoureux. A son tour, il sentit la sueur sur son corps. Il la tenait entre ses bras mais ignorait toujours qui elle était.

Minuit passé. Clara se promène derrière son amie Alice. Elle enlève le châle jeté sur ses épaules et le noue en serre-tête. Patrick ne la quitte pas des yeux : son profil, les méplats de son visage qu'accuse la lumière de la lampe, son front maintenant dégagé. Suis-moi, pourrait-elle dire avec son bandeau improvisé, et aussitôt il se ferait pourceau gadarénien.

— Est-ce que je t'ai raconté comment j'aidais mon père à tondre les chiens ? lance Clara en riant. Une histoire authentique. Mon père adorait la chasse. Il possédait quatre chiens d'arrêt, qui n'avaient pas de nom — ils disparaissaient si souvent que nous nous servions de numéros. L'été, les chasseurs volent les chiens et mon père avait toujours peur qu'on les lui fauche. Du coup, nous allions chez le plus nul de tous les coiffeurs de Paris et lui demandions de tondre nos chiens. A chaque fois, le type prenait ça pour une insulte, pourtant il n'avait pas d'autres clients. Je m'asseyais dans le fauteuil, tenais le chien sur mes genoux pendant qu'on le tondait, et nous repartions avec des chiens tout nus. De retour chez nous, mon père sortait le rasoir dont il se servait pour le bétail et leur rasait la panse à fleur de peau, puis on les passait sous le jet d'eau et on les laissait sécher au soleil. Après le déjeuner, mon père leur calligraphiait sur le flanc, d'un coup de ripolin, DICKENS 1, DICKENS 2, DICKENS 3. Moi, j'avais l'honneur de peindre le dernier chien. J'écrivais DICKENS 4. On devait les maintenir couchés jusqu'à ce que la peinture soit bien sèche. C'était des moments bénis. Nous passions nos journées à parler de choses qui ne m'étaient pas très familières, des plantes, de ce à quoi ressemblait le goût du vin. Il me remettait même les idées en place sur la façon dont venaient les bébés. Moi qui croyais que je devais prendre une graine de pastèque, la glisser entre deux tranches de pain et ingurgiter des litres d'eau... Je me disais que c'était comme ça que parlaient mes parents quand ils étaient seuls. Nous bavardions aussi avec les chiens efflanqués qui nous fixaient, interloqués. Je m'imaginais parfois que je venais d'avoir quatre bébés. C'était le bon temps. Et puis un jour mon père est mort d'une attaque. J'avais quinze ans. Merde !

— Ouais, dit Patrick, mon père aussi... Mon père, c'était un génie, il faisait voltiger des rondins qui flottaient dans la rivière.

— Qu'est-ce qui s'est passé ?

— Il s'est tué en posant des charges de dynamite dans une carrière de feldspath. La compagnie avait voulu creuser trop profond et la couche supérieure s'est effondrée sur lui. Il n'y a pas eu d'explosion. La planche à glissé, l'a entraîné dans la cavité et il s'est noyé. Il a été enterré dans le feldspath. Je ne savais même pas ce que c'était. On s'en sert pour tout : vaisselle, carreaux en céramique, poterie, dessus de table en mosaïque, on en fait même des fausses dents. C'est comme ça que je l'ai perdu.

— Aux pères vertueux ! proclama Alice, en levant son verre.

La conversation replonge dans l'enfance, mais l'amie Alice ne choisit de célébrer que des détails du présent. Elle ne révèle aucun passé, reste sans origine, telles ces statues d'hommes enturbannés qui symbolisent des fleuves encore à découvrir.

Toute la nuit, tandis qu'ils parlent, le ciel et les champs semblent chargés d'orage d'été. Le soir, la cuisine avec ces deux actrices est irrésistible. Clara et Alice bafouillent, font des imitations et se donnent la réplique jusqu'à une heure avancée de la nuit. Patrick est promu spectateur. Elles imitent la façon dont les hommes fument. Elles épiloguent sur la manière dont les femmes rient : le rire peuple, le rire blasé, le rire mercenaire. Il se trouve dans une salle où fusent toutes sortes de rires et son regard passe tour à tour de la pétulance de Clara, de ses gestes érotiques, même lorsqu'elle s'étire, à la pâleur d'Alice et à son énergie bien maîtrisée. « Mon amie pâle », l'avait appelée Clara.

A trois heures du matin, l'orage gronde au loin. Patrick a peine à garder les yeux ouverts. Il dit bonsoir et se laisse choir sur le sofa, après avoir refermé la porte de la cuisine.

Les deux femmes continuent à rire et à parler. Des éclairs diffus strient l'horizon. Au bout d'environ une heure, elles murmurent : « On va pas le louper. »

Dans l'obscurité de la ferme, Clara et Alice s'approchent de son lit. Elles tiennent des bougies et un gros rouleau de papier et se chuchotent quelque chose. Elles découvrent le visage de Patrick enfoui sous la couverture verte. Ça suffit. Les bougies sont posées sur un siège à dossier droit. Elles découpent une feuille de papier avec des ciseaux de tailleur, en épinglent les quatre coins au sol puis se mettent à dessiner avec ardeur comme si elles recopiaient des plans pour l'ennemi. Cela a l'air aussi illicite que de s'approcher d'un homme endormi pour en faire le portrait et voir ce que celui-ci en révélera à cette heure de la nuit.

Il dort et au cours des moments qui suivent elles s'acharnent sur la même feuille, qui parfois se déchire sous l'énergie du crayon. Souvent elles les ont tracées, ces lignes du corps subtil, où la tête suinte violet et jaune, aura de la jalousie et du désir. Vu l'imprécision de son corps recouvert, elles dessinent tout ce qu'elles savent ou devinent à son sujet. Elles s'agenouillent. La tête éclairée par la bougie, elles crayonnent malgré les caprices du sol. Colère, honnêteté s'embrouillent. L'une s'engage dans un déchant tout en finesse, l'autre suit, parfait la mélodie, assure le geste.

Une peinture rupestre. La lumière jaune papillote

sur son visage qui repose contre le coussin du sofa, sur les deux femmes qui transpirent côte à côte, la tête baissée comme si elles repêchaient quelque objet d'une rivière. L'une se cambre pour s'étirer, l'autre explore le portrait. « Sommes-nous des sorcières ? » demande Alice.

Clara se met à rire. Elle pousse des petits gémissements comme un esprit en quête du trou de serrure par lequel il sortira de la pièce. Elle pose les mains sur les murs fragiles puis, tout à coup, explose, bredouillant des invectives, entraînant Alice vers la nuit de l'Ontario. Elles dégringolent les marches de bois. Leurs corps roulent au milieu des marguerites dorées encore frêles, glissent sur l'herbe, bondissent tandis que la pluie se libère des nuages crispés de chaleur, fendent l'orage sur les champs obscurs, se faufilent entre les haricots et le maïs qui leur arrivent à l'estomac, en un bruissement humide qui lèche leurs jupes et leurs bras étendus — la fièvre de la maison s'échappe d'elles.

La pluie transperce leurs vêtements de calicot, les plaque contre leurs muscles. Alice chasse ses cheveux mouillés de son visage. Un éclair éclabousse l'horizon. Clara voit Alice, économe de ses mouvements, s'élever ou presque dans les airs, après avoir enlevé sa chemise pour laisser son corps accueillir l'ondée, jusqu'à ce furtif frémisssement de lumière, qui les verra étreindre un bouleau en se donnant la main, se pencher en arrière et tanguer sous la pluie.

Elles rampent, délirantes, dans le noir. Pas de lune. Rien, hormis la marguerite dorée, fleur de lune timide en ses affirmations, boussole de la nuit, qui leur permettra de hurler à la lune... A son absence.

*

Il évolue calmement à travers la maison aux premières heures du matin. En haut de l'escalier, il regarde les champs par une lucarne. Elle est fragile, cette ferme. Il a senti les vents la secouer cette nuit. Il règne une paix étrange, la paix de l'herbe, la paix des arbres entrevus dans la lumière blanche du matin, la paix des femmes assoupies. Hier, à l'aube, elles s'envoyaient de la rhubarbe à la figure, leurs bruyants éclats de rire l'avaient réveillé. Il les avait surprises en pleine bagarre, Alice riant aux larmes et Clara soudain gênée de le voir entrer dans la cuisine.

Aucun bruit. Juste les craquements qu'il fait en bougeant. Dans la chambre, il les trouve endormies dans les bras l'une de l'autre, oublieuses de la lumière du jour qui baigne la pièce. Il effleure le coude d'Alice Gull et sa chair se dérobe. Il glisse la main dans sa paume. Elle s'en saisit, inconsciente, pas tout à fait réveillée.

— Bonjour.

— Il va falloir que j'y aille, dit-il. Le train...

— Hum ! Nous t'avons gardé un cadeau d'hier soir.

— C'est vrai ?

— Elle t'expliquera ça plus tard.

Elle prend le temps de s'étirer en veillant à ne pas déranger Clara.

— Passe-moi une chemise, je vais prendre mon petit déjeuner avec toi.

Dans la cuisine, Patrick coupe un pamplemousse et lui en tend la moitié. Alice hoche la tête. Assise sur le tabouret dans sa longue chemise rose, elle le regarde s'affairer, à l'aise dans sa cuisine. Il se fond dans le décor ambiant, remarque-t-elle, aussi anonyme que possible. Elle pointe son doigt vers le tiroir en question, sans mot dire, lorsqu'il réclame cuillères ou spatule.

Patrick n'est pas de ceux qui parlent au petit déjeuner. Un quart d'heure plus tard, il est prêt. A la porte, elle lui prend le bras. Par mégarde, il l'embrasse trop près de l'œil.

— Tu l'embrasseras pour moi.

— Promis.

— Dis-lui que je la verrai ce soir à l'hôtel.

— Entendu.

Elle prend soin de bien refermer la porte. Par la fenêtre elle le regarde s'éloigner vers la gare, le suit en passant d'une vitre à l'autre.

Elle rejoint Clara au lit et l'enlace pour retrouver la chaleur perdue en se levant. Elle apprécie ce refuge ensommeillé du lundi matin.

Son esprit demeure près d'elles, comme l'empreinte de sa main sur leur chair endormie, comme la fenêtre glaciale du train contre sa joue. Affamé de Clara, il pense à Alice comme s'il n'avait jamais porté sur elle son attention, comme si Alice avait touché Clara de quelque baguette magique et que celle-ci avait grandi, s'était épanouie.

*

Le soir, à l'hôtel d'Arlington, il étudie les grands dessins que Clara a punaisés sur la porte. Il s'en est bien sorti, lui dit Clara. L'âme est flexible... Il ne la croit pas. A moins que son âme ne se dilate durant son sommeil, à moins que le sommeil n'assemble, sait-on comment, les éléments disparates de son personnage. Peut-être le portrait le lui apprendra-t-il. Il aime cette camaraderie entre les deux femmes, il apprécie leur cadeau : son intimité saisie au dépourvu.

— Qu'est-ce que tu as pensé d'elle ?

— Je l'aime bien.

— C'est une grande actrice.

— A la radio ?

— Non, au théâtre.

— Meilleure que toi ?

— Cent fois meilleure.

— Oui, je l'aime bien.

Plus tard, il reverra ces secondes où elles sont entrées dans la pièce obscure avec des chandelles alors qu'il s'endormait. L'approche des magiciens. Il sent qu'il vibre à ce souvenir, plus qu'il n'a jamais vibré. Patrick et les deux femmes. Etude pour le Nouveau Monde. Judith et Holopherne. Saint Jérôme et le Lion. Patrick et les Deux Femmes. Il chérit ce tableau, même si, endormi, il n'a pas assisté au rituel.

Parfois, lorsqu'il est seul, Patrick se bande les yeux et évolue dans la pièce, lentement d'abord, puis plus vite, jusqu'à ce que ses figures soient impeccables, magiques. Il parade, évite de justesse les abat-jour, plonge sous les plantes en festons, traverse la pièce en courant et s'élance, dans ses ténèbres, par-dessus les petites tables.

Toute la nuit, Patrick et Clara ont parlé et le nom d'Ambrose s'instillait goutte à goutte dans leur conversation. Toute la nuit, ils ont parlé de ses plans pour rejoindre le « bien-aimé », dont le nom sonne comme poison, comme *nicotine*. Elle partira demain. Elle ne lui dira pas où est Small. Elle exige qu'il n'essaie pas de la suivre après l'avoir accompagnée en voiture jusqu'à la gare de Toronto. Patrick sait qu'il ignore la majeure partie de la vie de Clara. Il ne cesse d'en retrouver et d'en perdre des bribes, comme si en ouvrant un tiroir il découvrait un autre masque.

Ils sont assis à moitié vêtus sur le lit en ce dernier matin. Toute la nuit, ils ont parlé, il s'est senti inarticulé face au pouvoir de son invisible ennemi, incapable de persuader Clara de ne pas entreprendre ce voyage vers Ambrose. Il lui offre d'exécuter son exploit pour elle, il tire le long foulard de la manche de son manteau, le plie et se l'attache autour des yeux. Il place Clara sur le lit et lui dit de ne pas bouger. Alors, il se meut à travers la pièce, se servant d'abord de ses mains par sécurité puis, les oubliant, s'élançant à deux centimètres à peine de la fenêtre. Il plonge, tête baissée, parallèle aux étagères, sillonne la pièce de lignes droites, de courbes, comme si du sang de chauve-souris lui courait dans les veines. Il saute par-dessus le lit, ravi du cri de Clara. Il est sublime. Il est parfait, pense-t-elle.

Il marmonne en se déplaçant un « regarde-moi ce plateau », tout en le lançant et le rattrapant. « Et cette coquille d'œuf par terre, je vais la broyer comme les os de Stump Jones. Tu es si belle, Clara, que je ne deviendrai jamais aveugle. Je veux m'endormir en contemplant chaque soir ton visage. Je ne puis me satisfaire de te toucher, de te sentir. » Il lance une pomme sur ses genoux, arrache la date du calendrier. « Je me suis exercé le soir, de temps en temps, quand tu dormais. » Il se penche, mord dans la pomme, continue à parler en mâchonnant.

Mais elle ne veut rien avoir à faire avec ça et descend du lit, s'éloigne vers l'autre coin du tapis. Elle couvre ses oreilles de ses mains pour ne plus entendre ses mots tendres et reste ainsi plantée, les coudes vers l'avant. Patrick évolue, presque frénétique, hurle son amour. Elle resserre encore l'étau de ses mains sur ses tempes et ferme les yeux. Sous elle, le sol frémit, elle se sent entourée, emprisonnée par ses tourbillons. Et soudain on la frappe. Très fort. Sa main gauche va heurter son crâne et elle chancelle.

Elle se retrouve à genoux, regarde autour d'elle, ahurie. Patrick est en train de tirer à lui un morceau du drap. Il renifle, du sang lui sort du nez et coule sur le drap. Son bandeau échoue autour de son cou tel un collier. Il relève la tête vers elle, comme s'il ne pouvait toujours pas la voir, reprend le coin de drap car il continue à saigner.

— Tu as bougé. Je t'avais dit de ne pas bouger. Tu as bougé.

Elle est encore trop endolorie et étourdie pour se

relever. Patrick, penché, examine le drap qu'il tient entre ses mains.

C'est tout ce qu'on peut attendre de l'élément humain, pense-t-il.

Toute sa vie, Patrick a vécu dans les marges des romans et de leurs histoires trop simples, les auteurs concédant à leurs héros des mobiles primaires. Les événements mondiaux tiraient les personnages de la déchéance et, à la fin de l'ouvrage, justice était faite et les romances en bonne voie. Même l'amoureux dédaigné acceptait que le conflit s'arrêtât là.

Après le départ de Clara, Patrick nettoie obsessivement sa chambre de Queens Street. Des cristaux de savon grésillent dans un seau, la serpillière efface la poussière d'une semaine. Puis il va s'asseoir dans le seul endroit sec où il a pris soin de poser un paquet de cigarettes et fume sa Roxy, faisant tomber ses cendres dans le seau posé à côté de lui. La pièce a pris l'odeur d'une boucherie bien propre. Les meubles — une table, une chaise et une cage à iguane — sont entassés sur le lit.

Il lui arrive de laisser traîner un livre dans la ruelle. Il en a déjà senti les pages, touché l'indentation des caractères. Il peut maintenant le dévorer comme une miche de pain, de ses mains nues. Il envoie promener la cendre de cigarette sur son bras et ouvre *Oies sauvages*. « On ne le disait pas ouvertement mais la famille attendait Caleb Gare. Même Lind Archer, le nouvel instituteur, arrivé en fin d'après-midi après avoir fait tout le trajet depuis Yellow Post avec le facteur indien et qui par conséquent doit avoir bien faim, attendait. » Clara s'essuierait le front avec son mouchoir. « Le fauteuil à bascule semblait dire : " Caleb ! Caleb ! Caleb ! " Ça amusait le prof, d'un air plutôt triste. » L'oreille de Clara écouterait le cœur de Patrick contre sa peau...

Il donne à manger à l'iguane, tenant la vesce à deux centimètres de sa bouche inexpressive. Seule la paupière qui se clot change son expression. Un animal né d'une autre planète. Il caresse la mâchoire avec la fleur. A travers la fenêtre, il voit des hommes apparaître dans le ciel bleu de Toronto, petit à petit, ils conquièrent l'espace, l'échafaudent. Des lambeaux de Clara flottent autour de lui.

Un baiser à l'Union Station, la bouche entrouverte.

— Je suis navrée de te demander ça mais je ne peux pas lui faire traverser le pays, peux-tu me le garder ?

— Qu'est-ce que c'est ? Un lot de consolation ?

— Je t'en prie, Patrick, ne dis pas de bêtises.

— Remets-le en liberté, nom d'une pipe.

— Mais il est aveugle !

Elle s'était relevée en titubant.

— Donne-lui du trèfle, des vesces et tout plein d'eau. Tapote sur sa cage avant d'y mettre son repas. Histoire de lui faire savoir que c'est servi...

Il avait regardé Clara monter dans le train, fort

digne, ceinte d'argent. Il était rentré chez lui avec la cage qui cognait contre son genou, y avait jeté un chou et laissé l'animal livré à lui-même pendant une semaine. Celui-ci avait entendu ses tirades, les tasses, les verres cassés. L'iguane connaissait Clara Dickens, il en gardait souvenance en son corps préhistorique. Patrick croyait à des mots aussi archaïques qu'*advenir* et *fatum*. Le fatum de Patrick Lewis. Le fatum d'Ambrose Small. Les mots suggéraient sorts et visions, une chorégraphie du destin. Jadis, il lui avait été demandé de ne pas la suivre. Si Patrick était un héros, il pourrait s'abattre sur Small comme une flèche. Il pourrait conduire un iguane vers sa maîtresse, au bout d'une laisse d'argent...

Chère Clara,

Toutes ces vies étranges, en clair-obscur. Rosedale comme un aquarium le soir. Des arbres sous-marins. Toi, dans une longue robe noire, allant nu-pieds dans le long jardin d'Ambrose tandis que, là-haut, sa femme dort. Criant pour troubler sa nuit. Ces ramollis de riches.

Ambrose avait de la classe parce qu'il t'avait. C'est bien ce qu'ils savaient tous, ces gens mal équarris nés avec de l'argent et qui ne faisaient rien d'autre que de se garder leur fric comme un thermomètre dans le cul. Les sales riches. Ces ramollis de nantis. Je sais pourquoi tu t'es collée à Ambrose. C'était le rat du port. Un rat d'immigrant. Il fallait qu'il gagne, sans ça il perdait tout. Les autres n'avaient qu'à faire entrer leur fils aîné au collège du Haut Canada. Rotation des cultures. Le seul qui pouvait escalader les murs, glisser sur les tessons de bouteille, c'était Small. Pourtant, ce n'est pas Small que je veux, c'est toi...

Chère Clara,

Les conversations acerbes et amères des amants qui sortent du Greenwood Bar, sur le trottoir d'en face, profanent la nuit. Je suis allongé près de la fenêtre, assoiffé d'air d'été. Les couples du petit matin se croient seuls, flirtent, se disputent ou se battent. Non, ce n'est pas moi. Pardon. Merde ! Murmures. La gifle. Le soufflet de l'amour méprisé, les ongles de l'autre prêts à arracher les yeux. Bataille pour le territoire, Clara, possession et désir, halètements de la baise, humaine ou féline — gémissements surnaturels, babillage au clair de lune —, ses mains sur son visage pour le rendre moins anonyme, le dos de son manteau contre la brique. *Tu étais en train de lui dire quelque chose ! Qu'est-ce que tu lui disais ? Merde ! Quoi ! Rien !*

Je ne cesse de m'éveiller à une intimité soudaine. Un jour, j'ai entendu un fredonnement étrange et j'ai vu un homme, une carpette roulée sur l'épaule accompagné d'un chien rouge. C'était Caravaggio, le voleur du coin, qui rentrait du travail. Il est passé tranquillement sous ma fenêtre, absorbé par la dégustation de sa glace italienne...

Je me suis éveillé à ta voix angoissée. Tu chuchotais. J'ai d'abord cru qu'il s'agissait d'un de ces dialogues de la rue mais c'était toi, et je suis resté figé, dans l'obscurité — un rêve possible que je ne voulais pas laisser échapper. Je connais tes hésitations, ta voix qui tremble lorsque tu es allongée ou lorsque tu es soûle. Elles me sont familières. Clara ? ai-je dit dans le noir, tout va bien, tout va bien. J'étais debout sur le matelas au bout du lit. J'aurais pu toucher le plafond de mes mains. Mais tu n'écoutais pas, où étais-tu ? Je sentais le vent qui venait de la rue. Une voix mâle riait en ta compagnie. Je me retournai et vis le jaune crème du cadran allumé de la T.S.F. C'était l'Heure du Mystère, une resucée qui remontait à deux ou trois ans. J'avais dormi au travers d'heures de radio et ne m'étais éveillé qu'au son de ta voix qui se brisait. Tu avais un petit rôle, dans le scénario, tu rencontrais des temps difficiles.

A l'Union Station, j'ai refusé de te quitter. Ton visage en colère contre la pierre à chaux de Bedford, *Merde, Patrick, laisse-moi seule !* Tes cheveux la fouettent tandis que tu te démènes et que tu te libères de moi.

A la porte 5, tu t'arrêtes, tu reprends tes esprits dans la vapeur, les bras levés en signe de reddition comme un cow-boy. Une trêve. Non, cette fois, nous n'avons pas monté ces marches les doigts verrouillés comme les dents d'un engrenage. Tu fuyais la claustrophobie qu'apporte un amant obsédé. Haletants, nous nous sommes posé une main sur l'épaule. Ton visage reflétait tes sentiments.

Chère Clara,

Je suis venu t'inviter pour une danse. L'homme qui était avec toi m'a balancé son poing dans la figure. Je t'ai invitée une seconde fois et il m'a encore envoyé son poing dans la figure. J'ai épongé le sang sous mon œil. Cinq minutes plus tard je suis revenu à la charge et ce sont ses hommes qui me sont tombés dessus, m'abandonnant dans une ruelle.

Dans ce rêve, je ne t'avais pas vue depuis longtemps et je t'aimais dans ta robe. C'était une grande occasion, tu étais en galante compagnie. Je regardai ton visage et une main m'a frappé. Je suis tombé en continuant d'admirer ta robe. Puis on m'a emmené. Je suis revenu pour t'inviter encore. Nous avons dansé quelques instants. Je voulais te serrer contre moi, mais j'avais peur de te salir avec mon sang. Tu disais : « Patrick, ça n'a pas d'importance. » Je me revois en train de fixer ton visage tandis qu'ils s'acharnaient à me renvoyer dans l'allée. Le cauchemar s'est achevé alors que je complotais avec les Chinois pour gâcher définitivement cette soirée.

*

Il lui ouvrit la porte et recula promptement, ahuri. Il ne l'attendait pas.

En traversant les pièces vides, il gesticulait en montrant des objets mal en point qu'il essayait de recoller, les débris de verre et de vaisselle, tous ces objets qu'il avait lancés, il y avait longtemps, après le départ de Clara.

— Qu'est-ce que c'est que tout ça ?

— Du verre, une grille de mots croisés... Une histoire.

Alice lui grimaça un sourire. Après tout, que savait-elle à son sujet ou au sujet de Clara ?

— Je suis en train d'essayer de remettre de l'ordre dans ma vie, dit-il.

— Eh bien, c'est un bon début.

Elle évoluait dans la pièce, ne touchant rien, comme si tout ce qu'il y avait dans cette salle de séjour avait un pouvoir et faisait partie de la guérison de Patrick.

— Ça fait combien de temps qu'elle est partie ? Un an et demi ? Deux ans ?

— Plus longtemps... Pas assez longtemps...

Il parlait par saccades. Ses phrases avaient besoin d'additions, de parenthèses, moins pour en éclaircir le message que pour expliquer son état.

— Patrick, donne-moi un café.

Une bonne distance les séparait, mais dès qu'elle se rapprochait d'un bout de journal punaisé au mur, il reculait automatiquement. Il se sentait dangereux. Alice paraissait plus âgée, sûre d'elle. Elle enleva son manteau et l'étala sur le sol près de la porte. Il la suivit à la cuisine, pompa de l'eau pour faire du café et alluma le gaz. Il n'y avait pas de siège, elle s'assit sur le comptoir en face de lui, le regardant s'affairer derrière le fourneau. Là, elle se sentait en sécurité.

— Tu as l'air fatigué, dit-elle.

— Oh, ça va. Physiquement, je me sens en forme, c'est le moral qui ne va pas. J'ai de la chance, quel que soit l'état de mon moral, mon corps s'en arrange.

Il n'en avait pas dit autant depuis des mois.

— Avec moi c'est l'inverse. Si moralement je ne suis pas en forme, on le sent à travers mon corps.

— Normal, tu es actrice, tu ne crois pas ?

— C'est vrai.

Son regard errait partout sauf sur elle. Mauvais signe. Elle se laissa glisser du comptoir et s'approcha de lui, mais s'arrêta à quelques centimètres. Ses yeux rencontrèrent les siens, s'en écartèrent, puis vinrent se poser en toute sécurité sur sa joue.

— Au coup suivant, Patrick.

Son premier sourire depuis des années. Il se pencha et s'accrocha à elle pour l'empêcher de disparaître. Elle était moins grande qu'il ne l'imaginait. Elle n'était ni maigre ni trop petite, mais il aurait cru que, contre le sien, son corps paraîtrait de taille différente. Il pouvait voir le rouge qui frangeait ses tempes, les cernes qui ourlaient ses yeux.

L'eau bouillait dans la casserole et ils ne bougeaient pas. Ils se tenaient l'un contre l'autre, chacun caressant la colonne vertébrale de l'autre, ses petits cheveux sur la nuque. Détends-toi, dit-elle, et il voulait s'effondrer contre elle, être emporté par elle en des terres étrangères, dans l'océan, au lit, n'importe où. Il avait été seul depuis trop longtemps. A cette époque, en rentrant du travail, il tombait chaque soir dans un gouffre de rêves ; ainsi, plus tard il ne saurait plus si cela avait vraiment eu lieu. Cela avait été soudain, rien n'était joué, rien n'était résolu par le temps passé ensemble, mais d'une façon ou d'une autre cela le gardait en vie. Elle était venue ce jour-là, se dit-il plus tard, non par passion, mais pour le sauver, pour le guider vers quelque réalité. Si quelqu'un savait où était Clara, c'était elle.

Il avait presque croisé Alice sans la voir la semaine passée au théâtre Parrot. Il ne l'avait pas revue depuis la ferme près des plaines de Paris, deux ans plus tôt, et il l'avait à peine reconnue. Mais elle avait hurlé son nom.

— Tu étais à la pièce de théâtre ?

— Non.

Il haussa les épaules d'un air distrait. Son visage et son regard étaient sauvages, il ne voyait rien de la rue autour de lui. Ses vêtements étaient usés, pas repassés, son col rebiquait.

— Qu'est-ce que tu deviens ? demanda-t-elle.

Il s'écarta de son bras tendu.

— Je travaille dans un chantier de bois.

— Viens donc voir la pièce un de ces soirs. Retrouve-moi après.

— D'accord.

Le « d'accord » pour pouvoir s'en dépêtrer. Il aurait voulu la secouer comme un prunier, la blâmer pour Clara. Il semblait que tout cela était un jeu de théâtre que toutes deux avaient joué contre lui. L'éducation d'une femme, le spoliant de son intelligence, de sa vengeance même. Il avait fait demi-tour et s'était éloigné d'elle.

Prenant le plus petit des doigts d'Alice, il sortait avec elle de la cuisine.

— Ça fait combien de temps que tu habites ici ?

— Presque un an.

— Mais il n'y a qu'un lit !

— Il y a un iguane.

— Oh ! C'est *toi* qui en as hérité !

Au lit, sa nature, sa transparence l'avaient émerveillé. Tout comme le grognement animal inattendu contre son épaule quand elle était allongée sur lui. Ils étaient là allongés dans la pièce vide.

— Je pense que sa mère sait où elle est, Patrick.

— C'est probable.

— Tu devrais la chercher.

— Elle m'a demandé de ne pas le faire.

— Tu dois te libérer de son ombre.

— Je sais.

— Du coup, quand nous nous reverrons nous pourrons parler... Nous pourrons nous dire bonjour.

Elle dit cela de manière si étrange qu'il se le rappellerait différemment — drapé de sarcasme ou d'une tentative amoureuse ou de tristesse.

Elle avait perdu une boucle d'oreille en se levant. Elle dit que ça n'avait pas d'importance, que c'était du toc.

*

Il alla trouver la mère de Clara à Paris et dîna avec elle, tard dans la soirée.

— Lorsqu'elle s'est mariée, elle s'est enfuie, mais ça n'a pas duré longtemps.

— Elle a *épousé* Stump Jones ?

— Et en a divorcé. Bref, trop de gens se moquaient de son nom. Elle n'avait que dix-huit ans. Il lui a dit qu'il avait fini par s'y habituer.

— A quoi est-ce qu'il ressemblait ?

— Stump était un beau gosse avec un sale caractère. C'est sa façon de hennir au-dessus des registres d'hôtel qui a fini par l'exaspérer. Patrick Lewis, en revanche, c'est un nom *chouette*. Elle m'en a raconté des choses sur vous !

— Qu'est-ce qu'elle a dit ?

— Que vous étiez sans doute un bolchevique romantique du sud de l'Ontario.

Ambrose Small tient une allumette au-dessus de sa tête, les étincelles retombent sur les épaules de sa chemise de nuit. Quatre heures du matin. Au-dessus de lui un sac de soie contenant du naphte. Il a entendu des bruits. Son autre main fait tourner une poignée de cuivre. Flamme et essence se combinent, la chambre s'embrase de jaune. Dans un fauteuil, en pardessus, Patrick Lewis le dévisage.

Small rapproche une chaise. Il passe un courant d'excitation mutuelle, comme si chacun se regardait dans un miroir.

— Où voulez-vous que je commence, dit Small, par mon enfance?

Patrick sourit.

— Je ne veux pas parler de vous, Small. Je veux Clara. Quelque chose en elle m'a jeté un sort... Je ne sais pas ce que c'est.

— Son côté inachevé, rétorque calmement Ambrose.

— Peut-être. Qui d'autre sait que je suis ici?

— Personne.

— Je suis juste venu lui parler.

— Je vais réveiller Clara. Allez faire un tour dehors, elle va venir vous écouter.

Patrick sort dans la nuit sombre et va s'asseoir dans l'un des deux fauteuils sur l'herbe. Il est au milieu d'arbres bleus, il peut sentir le caoutchouc sur les branches. Il peut entendre la rivière. Il connaît cet endroit depuis son enfance, la grande bâtisse de la Rathbun Timber Company, qu'il longeait tous les jours pendant la drave. Un reliquat de cette époque. Il se dirige vers la fenêtre et regarde à l'intérieur. Il n'y a plus de lumière. Ambrose doit avoir emporté la lampe dans la chambre.

De l'eau dégouline des gouttières sur le manteau de Patrick, dans son cou. Il recule, s'étire dans le noir. Il n'a pourtant pas plu. Il remarque une odeur de métal. Il promène son regard au-dessus du rebord de la fenêtre et comprend que cela n'a rien à voir avec de la pluie. Il hume l'air et sent qu'on lui verse de l'essence sur les épaules, il entend le craquement de l'allumette qui va le tuer, là-haut, dans la main de Small qui rampe sur le toit. Patrick la voit choir sur ses épaules, en manière d'adoubement.

Il dévale le sentier rocailleux qui mène à la rivière avant d'avoir la certitude qu'il est en flammes. Il tire un couteau de sa poche et, tout en courant, il coupe en deux son manteau. Il s'arrête et se met à rire. Il s'en est tiré. Il voit alors de la lumière au travers des arbres et comprend qu'il est un Quasimodo en flammes, il court — au-delà du bac où l'on brûle les ordures, au-delà du bateau sur le sable — et il tombe, à plat ventre, dans les bas-fonds, éclaboussant autour de lui.

La poche d'air sous son manteau devient une bulle de feu qui se consume au-dessus de l'eau. Il se retourne et retombe sur le dos.

Il reste dans l'eau, on ne voit que sa tête, il est effrayé de laisser ses épaules à l'air. Il n'a pas mal sauf à ses mains qui serrent encore le couteau. Il le plante dans le fond de la rivière. Patrick peut sentir les entailles sur sa paume. Il peut sentir sur sa poitrine l'éraflure qu'il s'est faite en coupant son manteau.

Il lève les yeux au bon moment. Ambrose est debout sur la rive. La bouteille, dont le goulot est enveloppé d'un bout de tissu en flammes, voltige dans l'air et l'explosion qu'elle produit au contact de l'eau argente la nuit, fait tressaillir la rivière, comme une nasse de poissons. L'œil gauche de Patrick devient blanc comme un linge, il comprend qu'il est probablement aveugle. Il cherche à tâtons le couteau et sort en trébuchant, en pataugeant avec peine. Ambrose n'a pas bougé. Il ne bouge pas lorsque Patrick se dirige vers lui et lui entaille l'épaule.

Patrick part en courant vers le vieil hôtel de Bellrock, à un kilomètre de là. Il n'est pas assez sûr de lui pour emprunter les raccourcis à travers champs, il ne s'éloigne donc pas de la route, passe devant la maison où il est né, au-dessus du pont où il pêchait, grimpe l'escalier qui mène à la chambre d'hôtel.

En se réveillant, Patrick ne voyait toujours pas bien d'un œil. Ses vêtements humides étaient entassés sur une chaise devant le petit poêle. De temps en temps, il se levait, s'enveloppait de la couverture bien légère et s'asseyait à la fenêtre pour regarder la rivière. La rivière, la même rivière que celle qui était en aval de la maison de Small, la crique du Dépôt, celle qui portait les cicatrices des bûcherons qui en défiguraient les rives avec leurs barrages. Près du chantier, des gosses pêchaient, pataugeant dans l'eau jusqu'aux genoux. Assis à la fenêtre, il sentait l'air se glisser à travers le carreau. Ses mains raides posées sur ses genoux semblaient celles d'un autre, d'un autre qu'il regardait dans un tableau. Il entendit la voix de Clara derrière la porte.

Il vit son propre fantôme dans le miroir. Il tira le loquet avec son épaule, drapé de la couverture comme d'une cape.

— Tourne la poignée, je ne peux pas le faire.

Il s'effaça pour la laisser entrer. Ses mains étaient si douloureuses qu'il devait les tenir levées comme celles d'un boxeur.

— Mon Dieu, *c'est* toi.

— Bonjour, Clara.

Elle se tenait là, son manteau ouvert, les mains dans les poches. Elle s'imprégnait de lui, de tout ce qu'il reflétait. Le visage de Patrick était mouillé, il s'aperçut que son œil abîmé pleurait, qu'il était incapable de le contrôler. Quand on ne peut pas voir, on ne peut rien contrôler, pensait-il. Patrick l'avait si souvent imaginée lorsqu'elle n'avait pas porté ces vêtements. Il leva le bras pour s'essuyer le visage avec la couverture mais lorsque son bras arriva à hauteur de son épaule, il se mit à trembler. Elle s'avança, de sa paume lui essuya la joue et porta une poignée de sel humide à sa bouche.

— Je ne vois pas de cet œil.

Sa main s'approcha à nouveau de son visage, ses doigts tâtèrent la peau, la chair de sa joue.

— Et ça, tu le sens ?

— Oui.

Les doigts de Clara effleurèrent son crâne. Il ne savait pas où mettre les mains, il ne savait pas qu'en faire.

— Qu'est-ce qui ne va pas ?

— Mes mains.

— Mets-les autour de moi, nous nous sommes *déjà* touchés.

— Je ne veux pas que tu croies...

Il grimaça et son visage lui fit mal. Ils se tinrent alors comme cela dans la pièce. Ses mains sur les flancs rêches du manteau de Clara, qui, de ses doigts, lui peignait doucement les cheveux pour sentir son crâne.

— Il y a du sang ici. Que diable faisiez-vous, tous les deux ?

Elle se libéra de son emprise et se débarrassa de son manteau.

— Je connais un médecin en ville, mais je veux d'abord te nettoyer.

Patrick regardait par la fenêtre. Elle s'approcha de lui par-derrière.

— J'ai imaginé que nous nous retrouverions en toutes sortes d'endroits à travers le monde, Patrick, mais je n'ai jamais pensé que nous nous retrouverions ici. Au bord de cette rivière dont tu m'as parlé.

Elle mit sa tête contre lui et ils restèrent immobiles,

comme s'ils dormaient. Son doigt traça une ligne délicate sur son épaule, le long d'une estafilade.

— Ce serait terrible si nous nous retrouvions dans des conditions idéales, n'est-ce pas ?

Un bol d'eau chaude à côté d'elle, elle enleva le sang desséché sur ses cheveux. Il était épuisé et luttait contre le sommeil. Elle essora la serviette, entreprit de lui laver ses plaies, celle de son torse, de son épaule, celles de ses mains, et réussit à lui faire remuer ses doigts engourdis.

— Tu as ta trousse de toilette ? Certainement.

Elle passa le crayon hémostatique sur trois coupures à côté de son oreille et lui proposa de le raser. Elle rinça le rasoir, s'assit devant lui, à cheval sur la chaise.

— Alors, Patrick, comment vas-tu ?

Il émit son rire nerveux qu'elle aimait tant.

— Sur la brèche, comme d'habitude.

— Ne te fais pas mal !

Il la regarda droit dans les yeux, s'exposant ainsi à elle. La première fois qu'il la regardait de façon continue. Il n'y avait pas de douleur sur son visage, remarqua-t-elle, juste le désir.

— Parle-moi, Clara.

— Toutes ces petites estafilades...

Elle essuya le rasoir sur la couverture. Il paraissait plus âgé. Plus fragile. C'est la meilleure façon de connaître le visage de quelqu'un, se dit-elle. Elle aurait dû le raser auparavant. Elle aurait compris plus tôt sa fragilité. Il était créature de l'habitude, il appartenait au siècle passé. Elle voulait lui peindre le visage, souligner de couleur les sillons sur ses joues et entre ses sourcils. Réentrevoir son corps subtil. Il était moins inexpressif, sa peau avait la texture d'une grotte qui transformerait tout ce que l'on peindrait dessus. Elle lui fit disparaître le visage sous de la mousse à raser, comme si elle voulait le sculpter. De son index, elle écrivit DICKENS 5 sur son front. « Je ne te veux pas perdu, Patrick. Je ne peux pas t'avoir mais je ne veux pas que tu te perdes. »

Elle se leva de la chaise, les jambes arquées, s'étira pour se débarrasser de sa crampe, reculant jusqu'à ce qu'elle s'appuie contre le papier qui tapissait le mur. Elle se dirigea ensuite vers la fenêtre. Elle le vit le regard vague, noyé dans la tapisserie, comme si elle y avait laissé son corps. Fleurs, vigne vierge, ici et là un faisan anglais dans le feuillage, ici et là un bout de papier arraché, vieux souvenir d'un bûcheron ivre, désireux de sortir de la pièce mais incapable de retrouver la porte. Il était là, assis à contempler ce paysage.

— Sais-tu qu'on prétend avoir aperçu Small par ici ? La nouvelle a fait la une des journaux de Toronto et je pense que ce n'est pas une coïncidence. Il devait vivre dans la ville de mon enfance parce que *tu* étais avec lui. Il t'a cuisinée autant que moi. Pas vrai ?

— Il voulait savoir d'où tu venais. Je ne lui ai pas dit grand-chose. Ce n'était pas toi qui l'intéressais, Patrick. C'est un type riche qui a laissé derrière lui un bon oreiller. Il se protège. Il ne croira jamais que c'est moi que tu es venu chercher.

Il tourna la tête et regarda son visage sur l'oreiller, les yeux fixés sur le plafond.

— Dans un sens, je savais que je serais blessé en te

revoyant. J'ai fait des rêves où j'allais te retrouver dans des bals et me faisais tabasser.

Elle se pencha et toucha sa poitrine.

— Le docteur t'a fait un bon pansement.

— Est-ce que Small sait que je suis ici ?

— Probablement, mais, s'il te plaît, Patrick, ne parle pas de lui. Je rentrerai demain matin.

Lorsqu'elle regarda son visage, quelques instants plus tard, il dormait. Le médicament lui avait donné envie de dormir pendant toute la soirée. Elle resta un long moment à le contempler. Vers trois heures du matin, elle sentit son corps contre elle. Ils se touchèrent en faisant attention à ses blessures, laissant errer leurs mains sur leurs corps, comme s'ils se retrouvaient dans un rêve. Elle se fraya ensuite un chemin jusqu'à la salle de bains et revint, ombre chinoise. Il était heureux et las.

— Bonsoir, Clara.

— Bonsoir, Patrick Lewis, mon ami.

Il s'endormit en serrant sa main dans la sienne.

Elle se rhabilla dans l'obscurité et s'en alla sans le réveiller. Le soleil se levait au-dessus de l'île aux Oies, il éraflait le toit de tôle de Mr. Moir alors qu'elle rentrait et passait devant chez les Grant et chez les Meek. Elle croisa le jeune George Grant et son frère Russell qui ramenaient les vaches. Ils bavardèrent quelques minutes. Elle reprit son chemin jusqu'au rivage, descendit le sentier en lacets jusqu'à la maison qu'ils habitaient et allaient sans doute quitter. Elle se sentit, sait-on pourquoi, d'une joie débordante entre les deux points de ce voyage. Quand elle atteignit la maison, elle n'y entra pas mais descendit sur la berge et s'assit au bord de l'eau, adossée au bateau rouge. Il faisait froid mais elle avait son manteau et réfléchissait, ignorant ce qui se passait à l'hôtel, ignorant qu'avec le jour Patrick s'était réveillé et s'était aperçu que les draps étaient maculés du sang qui avait suinté de ses blessures, de leurs ébats nocturnes. N'avait-il pas découvert l'empreinte parfaite de sa main sur le papier peint, une tache de sang sur les bouquets de fleurs anglaises de sa chambre, à l'endroit où elle s'était appuyée lorsqu'ils faisaient l'amour et qu'elle était accroupie au-dessus de lui ? Ses pansements pendaient, éclisse blanche et flasque. Ambrose descendit de la maison et vit Clara, pensive, qui contemplait la rivière de Patrick.

LIVRE SECOND

Palais de purification

Dans le tunnel du lac Ontario, sur un remblai boueux, deux hommes se serrent la main. A côté d'eux, une pioche, une lampe. Leurs visages que zèbre la poussière, pivotent vers l'appareil de photos. Le temps que la pellicule absorbe cette image, tout est immobile. Les autres ouvriers sont silencieux. Arthur Goss, le photographe de la ville, range pied et plaques. Il débranche le cordon de lumière qui crée une perspective à tunnel ouvert derrière les deux hommes. Traînant son matériel, il parcourt la cinquantaine de mètres qui le sépare de l'échelle, avant de remonter à la lumière du soleil.

Le travail reprend. Ahans dans l'argile compacte. Gifles mouillées. Des hommes affrontent la roche, la brûlent, la font voler en éclats. Des hommes remplissent de boue des centaines de tonneaux et les tirent hors du tunnel. Dans les quartiers est de la ville, on fore sous le lac afin d'installer les tuyaux d'alimentation des nouvelles usines de distribution d'eau.

On est en 1930. L'impact de la pelle dans l'argile est tout ce que voit Patrick tandis qu'il creuse l'obscurité brune et glissante. Le continent entier semble devant lui. Ils creusent au-dessous de l'un des plus grands lacs d'Amérique du Nord, à côté d'une lampe qui siffle. Epuisante course contre leurs ombres. Chaque coup sur le mur de schiste vous ébranle de la main aux épaules comme si votre corps recevait des coups. En une vingtaine de minutes, Patrick et ses compagnons de travail sont usés. Annihilés. Bras qui démangent. Poitrine desséchée. Encore une heure... Quatre heures encore avant la misérable demi-heure de répit allouée pour déjeuner.

Huit heures de travail et pas un mot. Patrick est aussi silencieux que les Italiens et les Grecs face à leur *broncos* de contremaîtres. Huit heures par jour et l'air autour d'eux déverse sa lumière viciée. Ailleurs dans le tunnel, le bourdonnement des pompes qui s'acharnent à aspirer l'eau les poursuit. Toute la matinée, ils glissent dans l'argile humide, incapables de se tenir debout, pissant là où ils travaillent, mangeant là où un autre a laissé sa crotte.

Les gadouilleurs s'avancent armés de pioches et de pelles, l'équipe du gunitage projette un mélange de sable et de ciment sur les parois qui risqueraient de s'effriter après quelques heures d'exposition à l'air. Et s'ils commettaient une erreur en creusant, s'ils allaient — ne serait-ce que d'un degré trop haut — frôler les bas-fonds du lac Ontario ? Ce projet du délégué Harris pour aller chercher de l'eau à trois mille deux cents mètres au milieu du lac n'est-il pas folle audace ? Tous, au moins une fois, ont imaginé que les eaux se soulevaient, les drossaient sur les rives vers une mort rapide.

Lorsqu'ils atteignent de grandes parois rocheuses ou des couches de schiste, le contremaître fait évacuer le tunnel et renvoie les mules qui transportent les matériaux. Alors Patrick se sépare des autres, se débarrasse de sa ceinture, à cause de la boucle, tâte ses vêtements humides pour vérifier qu'il n'a pas d'autre métal sur lui, puis il recale la boîte de dynamite sur son épaule. Lampe à la main, il se dirige seul vers les confins du tunnel. Là, aucun bruit : ni vent ni coups de pioche. Rien que le chuintement de ses pieds qui pataugent, son souffle dans l'obscurité.

Au bout du tunnel, il lève sa lampe, l'approche du mur sombre pour examiner la structure de la roche : sa forme, ses fissures. Il pose la lampe et fore des trous pour y insérer ses charges de dynamite. Ce n'est qu'en ces moments-là que ses yeux sont proches de cette roche qu'il creuse toute la journée. En brûlant, la lampe éclabousse d'une clarté chiche la terre humide tandis qu'il travaille. N'a-t-elle pas un jour révélé la pâle histoire d'un fossile, un céphalopode en forme de cône, qu'il libéra à coups de cisaille et glissa dans sa poche ?

Même s'il dynamite pour le contremaître, Patrick trime avec les simples ouvriers. Ensemble, ils creusent à la main. Il touche une prime pour les charges qu'il pose. Nul autre n'accepterait l'insécurité claustrophobique de ce travail. C'est pourtant la seule joie de Patrick, dans ce no man's land où il se sent banni du reste de l'humanité. Il met en œuvre le vieux talent hérité de son père, ce talent qu'il l'avait vu jadis exercer, au soleil, dans les rivières, quand les rondins se bousculaient paresseusement.

Il dévide la mèche, qui se consume d'un mètre toutes les deux minutes. Il l'allume, reprend sa lampe, retourne vers ses compagnons, sans hâte. Et dans cette seule clarté, son ombre va et vient, géante à ses côtés. Il rejoint les autres au puits. Avec eux, il entend le schiste céder en grondant, la roche éclater au cœur de l'obscurité, là-bas, sous le lac.

A mesure que le jour progresse, la chaleur monte dans le tunnel. Les hommes enlèvent leurs chemises et les fixent à coups de marteau dans la paroi. Patrick reconnaît les ouvriers du tunnel à ce trou au milieu du dos de leur chemise. Un code entre eux. La trajectoire d'une balle trop familière au travers de l'omoplate gauche. A la fin de la journée, ils remontent vers le désert de ce chantier qui fut jadis la forêt du Parc Victoria et qui deviendra l'usine de distribution des eaux. Ils voient leurs corps fumer dans le soir.

En rentrant, Patrick accueille les derniers frissons du jour. L'argile durcit ses vêtements. Elle blanchit ses bras, ses cheveux. Avec un couteau, il gratte la boue qui englue ses bottes et ses revers de pantalon.

Il passe la lame sur les lacets pour les assouplir. Arrivé à sa chambre de Wyatt Avenue, il se débarrasse de ses vêtements, donne à manger à l'iguane et se laisse tomber sur son lit. Six heures du matin. Il ramasse ses vêtements, aussi roides qu'une armure, les bat contre le mur de l'escalier de secours, jusqu'à ce qu'ils se détendent dans un nuage de poussière. Au

Thompson Grill, il avale en dix minutes son petit déjeuner. Il ne lit pas de journal. Il se contente de regarder la serveuse casser les œufs. Sous terre, bientôt, l'humidité se glissera dans ses vêtements, sournoise comme la pluie.

Avec leurs trois lanternes, les neuf hommes s'acheminent vers le bout du tunnel. Ils peuvent déjà sentir l'odeur, la sueur des jours précédents. La mèche de la lampe est sortie pour absorber ces relents. Ils peuvent entendre les mules et les chevaux de mine parqués là, et qui transportent cette terre qu'ils retireront, les tonneaux de boue qu'ils charrieront jusqu'à l'échelle. Le jour où, à l'aide de cordes, on les avait descendues dans le puits, les bêtes avaient brai comme des folles, persuadées qu'on les enterrait vivantes. Patrick et les autres avancent en silence. Ils se rappellent de façon précise leurs rictus effrayés, leurs cris, leurs pieds ligotés pour les empêcher de tout démolir et les garantir contre les fractures. Ils les revoient descendant à quinze mètres. Elles y resteront jusqu'à ce qu'elles en crèvent, ou jusqu'à ce que le tunnel atteigne la longueur voulue. Dieu sait quand. Le cerveau d'une mule n'en sait ni plus ni moins que le corps d'un homme qui creuse un mur d'argile.

A la surface, comme on suit la floraison d'un arbre, on orchestre les progrès des excavations et de la construction. On apporte des pompes centrifugeuses géantes, coûtant les yeux de la tête, équipées de rotors en forme de coquilles, qui, dans le rêve du délégué Harris, feront remonter l'eau vers les bassins de colmatage. Des grues descendent 800 tonnes de rouleaux de tôles d'acier pour pilotis, en provenance de Sault-Sainte-Marie. De Cooksville, les camions acheminent les briques.

De l'autre bout de la province, des sous-traitants combinent matériaux et talents afin de construire un palais digne de l'eau : la compagnie Richie pour les pierres de taille, Raymond pour les ciments, Heather et Little pour les matériaux des toitures. Alexander Murrey compose le motif du carrelage, une compagnie italienne de mosaïque et de céramique produit les tuiles.

Harris a rêvé de murs de marbre, de toits cintrés de cuivre. Il a dévasté la forêt du Parc Victoria et à sa place, sur la colline près du lac, il a érigé le temple de première nécessité : pour l'entrée, l'architecte Pomphrey s'est inspiré d'une porte de ville byzantine, l'intérieur deviendra l'image même de la cité idéale. Les rampes de cuivre s'enroulent sur trois étages, pure volute sans faille et sans reproche. L'ébrasement subtil de la tour lui donne un air égyptien. Ce monument, Harris le sent, avant même qu'il ne soit, il en connaît chaque facette jusqu'au bout des ongles, d'une aile à l'autre. La Dépression et les hurlements de l'opinion publique en ralentiront les progrès, mais il sera, malgré tout, à demi achevé d'ici un an. « La forme d'une ville change plus vite que le cœur d'un mortel », se plaît à rappeler Harris à ses détracteurs, citant Baudelaire. Il procure des emplois comme jadis lors de la construction du viaduc de Bloor Street et du réservoir de Saint-Clair, embauchant des journaliers pour niveler, débroussailler, arracher les souches, enrocher les cours d'eau. Et le délégué de souligner ces faits, de jongler avec eux devant les journalistes comme avec des oranges.

Harris le construit. Pour lui. Pour satisfaire une espèce de rêve qu'il caresse depuis toujours à propos de l'eau, cette eau qu'ils auraient déjà dû acheminer de l'autre côté du viaduc de Bloor Street, selon ses avis. Mais à l'époque, rien n'intéressait personne. Harris avait donc imaginé pour elle un palais. Pour elle, il voulait le fer forgé le plus somptueux qui fût. Il voulait un ascenseur à cage de cuivre pour mener du bâtiment de service à celui des filtres, d'où l'on pourrait sortir en foulant du marbre rose. Le style néo-byzantin lui permettait de fusionner l'élément technique à l'élément artistique. Les frises représenteraient des roues à aubes stylisées. Les chevrons, il les voulait en céramique importée de Sienne, les pendules et signaux de pompes, Arts déco. De hautes fenêtres dormantes surplomberaient les bassins d'épuration profonds d'un mètre cinquante, aux reflets langoureux de jardins médiévaux.

Il lui fallait toutefois finir d'abord les quinze cents mètres de tunnel sous le lac, et organiser les équipes d'ouvriers qui le perceraient, ainsi que celles des trimardeurs et des mules qui charrieraient les tuyaux d'adduction d'eau. L'autre tentacule de son rêve. Celle qui l'atteignait, celle qui l'empoignait dans un cauchemar où surgissaient des visages, fantômes travaillant dans ce crachin permanent dû à la condensation.

S'il y avait envoyé Goss et son équipe de photographes, lui-même n'avait pas pénétré dans le tunnel.

C'était un homme qui comprenait le quotidien de la ville. Il connaissait les consommations journalières d'eau, autant qu'il connaissait la vitesse de l'eau non traitée à travers un lit de filtrage, ou encore les trajets du chlore et du dioxyde de soufre jusqu'à l'îlot de l'usine de filtrage. Il se tenait au courant des 119 inspections annuelles en remorqueurs des divers égouts, du nombre approximatif de soupapes et de caissons des stations de pompage des quartiers est de Toronto, et des trois kilomètres annuels de construction de la conduite du réservoir Saint-Clair à la station de pompage, il surveillait aussi la construction du réservoir tampon...

En 1930, c'était de la chorégraphie.

L'humidité du tunnel ressort en blanc sur ces photographies. La chemise blanche d'un contremaître. L'emplâtre blanc dont on a barbouillé la roche à dynamiter. Le reste n'est que labeur, obscurité. Visages de cendre. Un monde inachevé. Ces hommes travaillent à la lueur des mornes chandelles. Ils sont dans la partie avant du cortex, le petit monde du rêve de Rowland Harris, qui lui se prélasse sur son lit, boulevard Neville Park.

Rêve étrange que le sien. Le silence d'hommes sortant d'un trou, nimbés, encoconnés de vapeur. Des chevaux sous le lac Ontario. Ce pont, il le devient. Il absorbe l'eau à deux kilomètres de là, et la draine dans son corps. Il la recrache, pure.

*

Patrick prenait ses repas au Thompson Grill de River Street. Après des années d'entraînement, la serveuse avait réduit à son minimum le simple geste de verser du café ou de retourner un œuf sur le plat. Patrick pouvait repérer les brûlures d'huile sur ses poignets, ou son éternel rictus dû à la fumée.

S'il lui arrivait de jeter un coup d'œil sur ceux qui prenaient leur repas, c'était à leur insu. L'air débrouillard, elle rappelait une créature sous-marine dans cette lumière jaune, factice, dans ce boyau de salle adossé à la rue, et dont les vitres valétudinaires crachaient des ombres. Quelque chose en elle sentait le provisoire, bien qu'elle ait été là depuis des années. Ainsi en était-il des ruminants du Thompson Grill.

Patrick s'asseyait dans un coin qui n'était pas encore débarrassé et la regardait : les doigts de sa main gauche cueillaient les verres et les tasses, tandis que l'autre essuyait le comptoir, exécutant un mouvement complexe qui faisait onduler ses muscles sous sa peau. Il lui fallut plusieurs mois avant d'apercevoir le tatouage en haut de son bras, au travers d'une couture mal en point sur la toile relâchée. Il en vint à lui prêter les pouvoirs d'une déesse, à qui il appartenait de condamner ou de bénir. Elle devait transformer celui qu'elle touchait, qu'elle saisissait par le poignet de sa main inexorable, dont les muscles se raidissaient jusqu'à la créature bleu-noir qui pivotait sur son épaule. Les yeux de Patrick ne voulaient rien voir d'autre.

Il punaisa la note *Usine de distribution des eaux — Dimanche 20 h* sur le mur, au-dessus de son lit, pour ne pas oublier. Sa seule invitation en deux ans. « Le fromage reste seul », chantonna-t-il en faisant ses courses le long d'Eastern Avenue. Patrick adorait cette chanson. Il se surprit à fredonner « Le fermier prend le chien... le fermier prend le chien », au milieu des Macédoniens, comme s'il perfectionnait un mot de passe. La population des quartiers sud-est de la ville, où il vivait, était composée d'une solide majorité d'immigrants, et où qu'il se rendît il n'entendait aucune langue familière. Il demeurait follement anonyme. Les gens dans la rue, des Macédoniens et des Bulgares, restaient son seul miroir. Avec eux, il travaillait dans les tunnels.

Il avait découvert le mot macédonien pour iguane, *gooshter*, et il finit par s'en servir le soir pour expliquer au marchand de primeurs ses requêtes de trèfle et de vesce. Il était en progrès. La femme le regarda, ahurie. Elle corrigea sa prononciation, et brailla sa commande au comptoir. Elle sortit de derrière ses cageots et dessina la forme d'un lézard. *Gooster?* Quatre femmes et deux hommes s'approchèrent, essayant désespérément d'abolir la barrière de la langue. Son besoin quasi obsessionnel de vesce les avait déjà intrigués. Il s'était même rendu dans le centre de la ville pour en acheter, puis il était retourné chez les Macédoniens pour leur montrer ce qu'il voulait. La semaine suivante, un commerçant lui avait fait un signe de la main en l'apercevant sur Eastern Avenue. La vesce se disait *fee-ee*. Maintenant ils étaient passés à des choses sérieuses. Une créature vivante, un gooshter, était traduit. On l'entoura, on chercha à savoir combien il en avait. En élevait-il à des fins lucratives ? Ils savaient où il habitait, bien entendu, ils avaient vu sa lumière jaune en passant. Ils savaient même qu'il vivait seul. Ils savaient, à la boîte de sardines près, ce qu'il mangeait dans sa semaine : vendredi, pêches au sirop. Ils avaient fait chercher Emil, qui parlait le meilleur anglais. En arrivant, le gamin déclara : « Le vendredi, c'est les pêches, non ? »

Patrick se sentit gêné de voir qu'ils avaient bien peu à découvrir à son sujet. Il s'était réduit à rien, ou presque. Le soir, il rentrait après avoir trimardé au tunnel sous le lac. Sa radio marchait passé minuit, il ne faisait rien d'autre, à sa connaissance. Ils approuvèrent son costume finlandais. *Po modata eleganten !* A la mode ! A la mode ! On lui tendit un gâteau macédonien. Et tout à coup, Patrick se vit entouré d'amitié, de sollicitude. Il sourit, des larmes roulèrent sur sa moustache très macédonienne. Elena, la célèbre Elena, qui lui vendait de la vesce depuis plus d'un an, dénoua l'écharpe blanche autour de son cou et la lui tendit. Il leva la tête et vit les visages étonnés : ils ne comprenaient pas pourquoi il pleurait, alors que naguère, ils maintenaient volets clos et stores baissés sur sa rue. Sur *leur* rue, car il était *leur* étranger. Il lui fallut se souvenir de nouveaux noms. Ce furent les présentations dans les formes, à commencer par Elena. Les femmes lui serrèrent la main, les hommes l'étreignirent et l'embrassèrent. Chaque fois, il répétait son nom, Patrick. Patrick. Oui, Patrick. Il savait que, dorénavant, il lui faudrait se souvenir de chacun.

Et comme c'était midi, et que cinquante mètres plus bas, le King Street Russian Mission Brass Band tonitruait dans la rue, ils l'invitèrent à un déjeuner servi sur des tables improvisées, au milieu des tréteaux et des cageots. Il était l'invité d'honneur. Flanqué d'Elena d'un côté, d'Emil de l'autre. Une table de nouveaux amis...

On lui apporta des feuilles de choux farcies, du *sarmi,* explique Elena. Voilà qu'il comprenait l'horrible odeur de soufre qui le poursuivait depuis qu'il avait emménagé l'an passé. Emil lui décrivit la technique — il fallait faire macérer quelques jours les feuilles de chou dans une solution d'eau salée additionnée de gouttes de vinaigre. Patrick engloutit tout ce qu'on lui présenta. Au moment du café, Kosta, le propriétaire du restaurant du Lac d'Ohrida, demanda à Emil de poser une question. Celui-ci commença par demander à deux ou trois des convives si la question était appropriée, puis il se tourna vers Patrick. « Qu'est-ce que vous savez faire d'autre ? » La table attendait, silencieuse. Elena posa sa main sur la sienne et apporta une rectification via Emil. « Vous savez, ça n'a pas d'importance si vous ne faites rien. » Ses compagnons de table approuvèrent d'un signe de tête.

— J'ai été enquêteur. Je m'y connais aussi en dynamite.

La traduction d'Emil fut accueillie par un silence plus grand encore. Patrick pouvait entendre la moindre note de l'orchestre de la Mission Russe au coin de la rue. Kosta bondit, hurla quelque chose à Patrick. Son visage reflétait une colère passionnée. Emil se tourna vers Patrick, obligé de hurler soudain dans le vacarme qui s'élevait de la table. « Moi aussi, moi aussi », dit-il. Kosta attrapa une miche de pain, sauta du banc, et d'un coup de pied l'envoya rouler en direction de l'orchestre.

Plus tard, au cours de l'après-midi, lorsque Patrick présenta l'iguane à la rue, le dénommé Kosta lui lança : « A l'usine de distribution des eaux, à vingt heures, dimanche soir. Une réunion. » Là-dessus, il s'éloigna d'un pas nonchalant, sans permettre à Patrick de répondre, ou d'interroger.

Une heure après que le crépuscule eut baissé à l'horizon, ils se rendirent en famille vers la colline où se dressait l'usine des eaux encore inachevée. Papillons de nuit fuyant l'obscurité, ils se dirigeaient vers l'étroit rectangle de l'entrée sud du bâtiment. Exode fugitif, marée de corps ombrant la colline, tel un nuage.

A l'intérieur du bâtiment, ils grouillaient dans le bruit et la lumière. Un rassemblement illégal et cosmopolite. Le bruit des machines isolait l'activité sur Queen Street, à une centaine de mètres de là. La foule parlait toutes les langues. Patrick la suivit jusqu'aux sièges installés autour d'une estrade improvisée. Il aperçut Kosta, occupé à accueillir et à escorter. Il le fixa, leurs regards se croisèrent, il lui fit un signe. Kosta répondit de la main et retourna à ses activités. Patrick se sentit terriblement seul au milieu de cette foule qui riait, discutait et faisait sauter des enfants sur ses genoux.

Sur scène, l'orchestre s'échauffait. La partie tenait de la soirée et de la réunion politique. Tous étaient entrés là illégalement. Ils attendaient discours et divertissements. Patrick dénicha un siège, saisit sa Thermos et but une gorgée. Presque aussitôt l'électricité s'éteignit, relayée le long de l'estrade par les lampes à pétrole.

Cliquetant de leurs os de bois, les marionnettes firent une entrée en masse. Les lampes à pétrole déversaient un flot jaunâtre sur la station de pompage — sur les générateurs, sur les premiers rangs, sur les carreaux de céramique, sur le cuivre des rampes d'escalier. Patrick releva la tête. Il aperçut le treillis à peine visible sur lequel étaient tapis les montreurs de marionnettes.

Les quarante petits personnages se désarticulaient dans la lumière. Les mâles barbus et moustachus, les femelles entrognées de rouge. Il y en avait une grandeur nature. Le géant. Le personnage de l'histoire. Face haute en couleur, regard ombré de vert, cerné de jaune comme un raton laveur, deux cibles. L'air ébahi. Les pieds battaient l'air avant de risquer un nouveau pas en cette lande périlleuse qu'était la scène. Leurs costumes, un mélange de costumes de plusieurs pays. Il fallut à Patrick cinq minutes avant qu'il ne comprenne que la grande marionnette était humaine... quand le danseur, affranchi de ses gestes de marionnette s'abandonna en souplesse.

Peu à peu, le grand échalas se distingua. Il devenait le héros non plus par sa taille, mais par les gestes et la finesse du personnage. Poupée de chiffon? Etre humain exceptionnel? Derrière sa moustache retroussée on le sentait troublé, nerveux, ambitieux, effarouché, cupide. Une gamme d'émotions, de la peur au désir. Parmi les marionnettes, évoluaient une femme ridée comme un pruneau, un agent de police, le copain fin matois, la matrone. Le héros les reliait tous. Sans bruit. Sans roulement de tambour. Sans chanson ni violon, à peine le vacarme de leurs pieds, le cliquetis de leurs mains de bois qui se frôlaient, tout doux, comme des ongles sur du verre. Tantôt elles étaient alignées sur la scène, tantôt elles s'agglutinaient en un chœur qui alertait le héros contre ses ambitions, le rappelait au respect des lois. La marionnette humaine, étrangère, naïve, grégaire, bouleversait tout. Derrière la moustache, le visage était basané, jeune. Elle portait une chemise finlandaise et un pantalon serbe.

Un complot se trame. On le traîne devant les autorités. Il rit comme un fou, incapable de parler leur langue. Il affronte le feu des insultes. Son visage est figé. Les autres lui cognent dessus. Rien n'en sort, pas un mot. Juste un regard fixe d'abruti, dont les bras s'agitent. Il s'effondre avec des gestes implorants. La scène n'en finit pas. Patrick en veut à cette face peinturlurée, caricature d'une culture. Impossible d'en détacher ses yeux.

Autour de lui la salle retenait son souffle. Les seuls bruits de scène étaient des grognements autoritaires. Tous voulaient que la grande marionnette se mette à parler, mais elle en était incapable. Ses sourcils épais, son gros nez, sa moustache frisée — tout ce qui les parodiait — les hantaient. Lorsque la silhouette tournoya, la sueur marbra d'un rouge de sang la chemise brochée de rose, soulignant la colonne vertébrale et les épaules. Elle tapait du pied pour tenter de s'exprimer. A l'autre bout de la scène, les marionnettes se ployaient, tels des roseaux. La silhouette s'agenouilla. Une main frappa le plancher comme pour appeler à l'aide, pénible tapage qui troubla le silence de la scène.

La salle applaudit, soutenue par les battements de l'orchestre. Les hautes voûtes de l'usine des eaux reprirent en écho. Patrick restait là, figé, les yeux rivés sur la silhouette accroupie, sur cette main en folie. Si on ne l'arrête pas, pensa-t-il, ça va éclater. Absurde. Il aurait voulu que les voûtes s'apaisent, que cesse la terreur de la silhouette : les yeux cernés de jaune, la chemise tachée d'une sueur qui ressemblait à du sang, le masque peinturluré qui vous dévisageait, comme un chien. Patrick se dressa, trébucha sur des pieds jusqu'à l'allée. Il voulut s'enfuir, sortir du bâtiment. Les applaudissements le poursuivaient, palpitant de plus en plus vite. Chacun de ses pas s'emmêlait dans ce bruit terrible. Il avait été l'un des membres de l'orchestre, cet orchestre silencieux qui attendait l'acte suivant, le moment où on les prierait de jouer. Il vit ces énormes instruments sur leurs genoux, dont les boucles et circonvolutions rappelaient des organes gelés. Il monta, glissant d'abord, incapable de détacher ses yeux du visage ni de la main blanche qui battait. Il se cogna à une lampe, grimpa sur scène et, en s'approchant de la silhouette épuisée, il s'aperçut que l'artiste était beaucoup plus petit qu'il ne l'imaginait, et que c'était une femme.

Il s'agenouilla et la prit par les épaules. Elle posa son bras sur son dos humide. Il se pencha, saisit cette main en plein vol, telle une hélice que l'on bloque, un nageur sur sa lancée. Il recueillit sa paume qui gisait au sol, et lentement la ramena sur sa cuisse. Il leva les yeux, au travers du halo de lumière, dans le silence.

Une foule se pressait au niveau supérieur. Bien plus importante qu'il ne l'aurait cru. Il se retourna vers la femme, dont le costume de soie artificielle, un de ces tissus bon marché, clinquant, qu'on achète dans la rue, était trempé de sueur. De près, il ne reconnut pas la silhouette qu'il avait vue jouer. Une statue épuisée, vidée. Une goutte de sueur s'aventura sous l'épais maquillage. Les yeux, noyés dans les cernes de peinture, étaient braqués sur lui. Elle se tourna vers lui. Il sentit sa main glisser le long de sa joue humide. Il avait oublié où il était. Elle se redressa, le bras sur son épaule. Elle traversa la scène lentement, en direction des lampes, puis se mit à battre des mains. Un tempo très lent.

Les bras tendus, portée par les hourrahs de la foule, elle agita une main gonflée. Et la salle entière de hurler. Elle porta ses doigts à ses lèvres, la salle se tut. Elle lança le nom de l'acteur suivant, et un homme s'avança sous les feux de la rampe, tenant un parapluie. La salle l'adopta sur-le-champ. Patrick battit en retraite vers le rideau de fortune, embarrassé, et baissa les yeux. Lorsqu'il les releva elle avait disparu.

Dans les coulisses il se sentit à nouveau étranger. Il revit sa main sur son épaule, sa voix, son visage délavé. Ses traits sous le maquillage. Derrière le rideau, ce n'étaient que quelques acteurs qu'éclairait chichement une malheureuse lampe à pétrole posée à même le sol. Comment pénètre-t-on dans une pièce où un géant enlève sa tête? Où un nain déplie toute sa hauteur? Le jongleur macédonien qu'il avait vu se produire une demi-heure plus tôt, décontracté, rangeait avec soin une trentaine d'oranges dures dans sa valise. Ni sofas ni arches de lumière, juste des acteurs en train de ranger. Un homme enfilait ses chaussettes. Un autre lisait *La Gazette des courses*. Au bout du hall, un Indien guidait une marionnette vers un corridor, comme s'il escortait un valétudinaire. Patrick le suivit. L'homme disparut derrière un rideau. Au milieu des tuyaux aux formes bizarres, l'air était moite. Des acclamations s'élevaient de la salle. Lorsque l'homme sortit, Patrick lui prit le bras et lui demanda où était la marionnette qui dansait. D'un signe de tête, l'Indien lui indiqua le rideau, en lui tendant une lampe de poche.

Il faisait noir, comme dans un four. Au gré de cette clarté chétive, il entrevit des pieds qui se balançaient sous la robe de brocart — un roi était là, pendu, toutes ficelles et poignées de bois accrochées à un tuyau. Trois ou quatre tuyaux suffisaient à maintenir les marionnettes dans les airs. Il promena le faisceau orangé, débusquant des visages, non plus de marionnettes, mais d'êtres humains au repos. Colloque de l'ombre. Une cour royale, silencieuse. Coutume d'Orient. Dès que résonnait le gong, la cour du prince Moghul Akbar se figeait sur place, pétrifiée dans ses occupations. Caprice d'un monarque, qui veut passer en revue sa suite et ses sujets, étudier leur vêture, les surprendre dans leurs activités. Le moindre mouvement est synonyme d'exécution. Il passe dans les cuisines, dans les salles d'armes, dans les chambres où gisent des amoureux dont la main caressante s'est immobilisée. Il longe les tables où les courtisans, las d'être assis, regardent les plats refroidir. Il pénètre dans les quartiers des fauconniers où seuls les oiseaux osent frémir et s'agiter sur leurs perchoirs.

Patrick entra dans cette obscurité. L'œil de la lampe engloutissait les couleurs. La salle tournoyait, tel un joyau. Ce qui avait été théâtre semblait capturé, verrouillé au sein même de la métamorphose. Il aurait voulu lever la main, décrocher un corsage, ôter un soulier. Furtif, il s'approcha d'une silhouette, ce n'était qu'une reine drapée dans ses atours, posée sur une chaise.

Du hall, les acclamations montaient à nouveau.

Il éteignit, s'arrêta. Dans l'ombre, ses yeux se rappelaient l'écarlate, le bouffant d'une manche bleue, les pieds bruns et plats, pattes de paon dépassant d'un costume aussi somptueux que la robe de cet oiseau. Une main ocre pendait, désarticulée. Un *floc*. Il tourna la tête.

Il s'avançait à tâtons, la main tendue pour écarter les corps costumés, soulevant bien haut les pieds afin de ne pas trébucher. Comme une marionnette, se dit-il. Soudain, il toucha un bras, sans se rendre compte que ce bras n'était pas de chair. Une main, venue d'on ne sait où, retint son poignet. « Bonjour, Patrick. » Il braqua le faisceau de sa lampe de poche. Elle n'attendait que la lumière. Actrice de talent, prête à être révélée.

« Personne n'a le droit d'entrer pendant ma toilette. Je savais que c'était toi... » En maillot de peau, elle se lavait au-dessus d'une cuvette, essorant un gant qu'elle passait sur son visage, marbrant de chair la couche de peinture. Une ligne de couleur obstinée accusait un fréquent froncement de sourcils. Devant elle une marionnette tournoyait lentement. Il put sentir la bougie qu'elle devait avoir soufflée en l'entendant entrer. « Tu peux m'aider à laver la peinture que j'ai dans le cou. »

Patrick ne répondit pas. La lumière coulait le long du bras de la fille, vers la cuvette, jouant sur sa main qui mouillait le gant, le tordait et s'avançait pour le lui donner. Patrick tendit la main pour lui essuyer le cou. Il ôta la peinture marron, rapprocha la lumière du petit visage et enleva le stigmate vermillon qui trahissait ses froncements de sourcils.

Il rinça le gant encore une fois et, la main posée sur son front, il effaça les cibles autour des yeux, puis, par souci de précision, continua, après avoir coiffé son doigt du coin de la serviette, tandis que la prunelle bleue partait à la dérive, affolée par cette proximité. Ce n'était plus Alice Gull mais quelque chose de plus intime : un muscle de l'œil contraint de s'en remettre à un malheureux doigt pour se libérer de ce halo jaune, criard.

La nuit était pour eux bien avancée. Dans la chambre de Verral Avenue. Auprès d'eux, l'enfant dormait.

— Je n'étais pas mariée, dit-elle. Son père est mort. C'était, disons, un *comitidjiis*. Un *chetnik*. Tu sais ce que ça veut dire ?

Il secoua la tête en continuant à regarder par la fenêtre, à travers la pluie. Il sentit qu'il n'y avait de place dans son petit appartement que lorsqu'il regardait au-dehors.

— Ouvre la fenêtre, Patrick. S'il pleut, le chat voudra rentrer... Ce sont des guérillas nationalistes. Des activistes politiques. Des militants en faveur de la liberté de la Bulgarie, de la Turquie et de la Serbie. On les a torturés, alors quelques-uns sont venus ici. Ils ont un sens de la justice très développé.

Elle sourit, avant d'ajouter :

— C'est loin d'être facile de vivre avec eux.

— Je crois que, pour ma part, j'ai plutôt un sens passif de la justice.

— Je l'ai remarqué. C'est comme l'eau, vois-tu, on

peut facilement capter ton énergie, Patrick. C'est dangereux.

— Je ne pense pas. Je ne crois pas au langage de la politique, mais je protégerai mes amis. Il ne faut pas m'en demander davantage.

Elle s'assit sur le matelas, le visage tourné vers lui. Le chat ronronnait sur ses genoux tandis qu'elle le séchait avec une serviette de toilette.

— Ce n'est pas assez, Patrick. La tempête fait rage.

— Tu me récites un de tes tracts ?

— Non, c'est une métaphore... C'est avec ça que j'ai pu t'atteindre ce soir au milieu de la représentation.

— Tu as fait appel à ma compassion.

— La compassion est trop indulgente. Elle ferait pardonner au pire des salauds. Tu lui pardonnerais et rien ne changerait.

— Tu peux lui parler, l'éduquer, le rendre conscient...

— Pourquoi lui donner le pouvoir ?

Il n'avait plus rien à répondre. Il retourna vers la fenêtre ouverte, vers la pluie.

— Tu crois à la solitude, Patrick, à une vie à l'écart du monde. Tu peux te permettre d'être romantique parce que tu te suffis à toi-même.

— C'est vrai, je dois bien avoir dans les dix dollars d'économie.

— Je ne parle pas d'argent. Travailler dans des tunnels c'est terrible, je le sais. Mais au moins, toi, tu as le choix. Que fais-tu de ceux qui ne l'ont pas ?

— Qui ça, par exemple ?

— Par exemple ? Tiens, ce gosse. Tiens, les trois

quarts de la population d'Amérique du Nord. Ils ne peuvent pas s'offrir le luxe de tes choix, de ta *langueur*.

— Ils pourraient s'en sortir. Regarde...

— Allons, Patrick, bien sûr, y en a qui y arrivent. Ils se contentent d'imiter exactement ceux qu'ils veulent doubler. C'est comme Ambrose. Regarde ce qu'il était devenu avant de disparaître. Un *rapace* ! Il ne s'est jamais encombré de qui que ce soit. Pas même de Clara. J'ai toujours eu un faible pour toi parce que tu t'en rendais compte. Parce que tu détestais ça en lui.

— Je le détestais lui parce que je voulais ce qu'il avait.

— Je ne le crois pas. Tu ne veux pas le pouvoir. Tu es né pour être un jeune frère.

Elle se leva et se mit à arpenter la pièce. Le besoin soudain de remuer les bras, de se sentir plus convaincante.

— De toute façon, Ambrose ne nous intéresse plus. Qu'il aille au diable, il est damné.

C'était encore le pouvoir du père de son enfant qui se manifestait. Dans ces propos, Patrick ne put discerner la part de comédie. Maintenant, elle parlait plus lentement.

— Il y a davantage de compassion dans ma soif de vérité que dans ton « image » de la compassion. Tu te dois de dénoncer l'ennemi.

— Et si c'est ton ami ?

— *Je suis* ton amie. Hana qui est ici en train de dormir est ton amie. Les gens dans la salle, ce soir, c'étaient tes amis. Ils sont pleins de compassion eux aussi. Tu vois, ils sont sentimentaux jusqu'au bout des ongles. Ils l'adorent, ton foutu iguane. Ils verseront toutes les larmes de leur corps au mariage de leur sœur. Ils pleureront d'émotion quand elle leur racontera son premier baiser. Mais il faut qu'ils tuent les animaux dans les abattoirs. Et l'odeur des tanneries leur monte dans les narines, colle à leurs poumons et y reste à vie. Ils n'arrivent plus à en débarrasser leurs corps. Tu la connais, cette odeur ? Les riches, eux, ne connaissent pas cette odeur. Ça vous fait mal. C'est comme de coucher avec l'ennemi. Elle lui collait à la peau, cette odeur, au père de Hana. Ils attrapent des brûlures quand ils galvanisent les bêtes. Et de l'arthrite, et des rhumatismes. *Ça,* c'est vrai.

— Alors, qu'est-ce que tu fais ?

— Tu identifies l'ennemi et tu le détruis. On commence par leurs clubs sélects, leurs maisons de campagne.

Alice s'arrêta d'arpenter la pièce. Elle s'appuya de la main contre la pente du plafond mansardé.

— La grande cause, Patrick.

Il savait déjà qu'il n'oublierait jamais ni un de ses mots, ni un de ses gestes de ce soir, dans cette maison de poupée qu'était cette pièce. Il s'assit sur le lit, contemplant cette pasionaria.

— Il y a toujours un spectateur qui vient m'arrêter, Patrick. Cette fois ça a été toi, mon vieux copain.

— Je ne pense pas que tu arriveras à me convertir.

— Si, j'y arriverai.

— Si un meurtre pouvait servir la cause, tu me demanderais de le faire ?

Elle ramassa encore une fois le chat.

— Le père de la petite l'aurait fait. Moi, je ne pense

pas être de taille à mettre quelqu'un en situation de nuire à son prochain.

La pluie avait cessé. Ils sortirent sur l'escalier de secours, Alice tenait dans ses bras la fillette endormie. L'orage passé, l'air était comme libre, dégagé. Patrick la regarda sourire à la fillette, et il sut qu'il contemplait une autre personne.

— A neuf ans, Hana en sait déjà trop. Elle n'est pas assez enfant et c'est triste.

— Il vous reste encore du temps à passer ensemble.

— Non, je sens qu'elle m'est prêtée. La chair nous aveugle. C'est tout.

Ils surplombaient les maisons rabougries de Queen Street. La rampe métallique de l'escalier de secours était trempée et froide, et ils frissonnèrent à son contact. La pluie avait libéré les odeurs de la rue qui montaient jusqu'à eux.

Il était allongé sous le ciel, comme l'enfant, une goutte de pluie tombait de temps en temps sur sa chemise tel un battement de cœur.

— *Je ne sais pas*, murmura-t-elle, près de lui.

Il tendit la main vers elle. A son tour, elle posa sa main contre lui. Le ciel ressemblait à une carte de géographie, quadrillé par l'escalier de secours. Au-dessus et au-dessous d'eux, des voisins sortaient vers les frêles structures en riant, soulagés de sentir l'air plus frais. De temps en temps, ils adressaient un signe cérémonieux à l'intention d'Alice et de son compagnon. Et brusquement, il prit conscience qu'il avait un rôle.

Une bouteille d'alcool de fruits au bout d'un long morceau de corde se balançait devant eux. Alice la saisit et l'approcha de ses lèvres. « A l'impatience », dit-elle. Elle but, lui en offrit, puis, tenant la corde, fit descendre la bouteille à un autre niveau. La bouteille passait d'étage en étage.

Au sud, ils apercevaient les lumières des minoteries Victory. Les Macédoniens, qui n'appréciaient pas les effusions de la pluie sur leurs cheveux, demandaient à leurs épouses de leur faire passer des chapeaux par la fenêtre. Ils virent l'homme d'Alice, celui qui travaillait dans les tunnels. Ils étaient là, en famille, le regard perdu au loin, vers le lac. C'était la Haute Amérique, un Nouveau Monde. Le paysage ne changeait rien, mais il leur accordait un répit, modifiant leur caractère aussi progressivement que l'eau use la pierre. Patrick s'étendait à nouveau aux côtés d'Alice et de la petite Hana.

— Tu devrais t'asseoir, dit-elle au bout d'un moment. Tu verrais quelque chose de beau.

Un rectangle de lumière apparut au-dessous d'eux. Puis un autre. L'équipe de nuit commençait à se lever. On pouvait les voir, en pantalons gris et maillots de corps, se laver à l'évier. Le voisinage se moucheta de lumières, tandis que le reste de la ville dormait encore. Des portes se refermèrent dans la rue. Des silhouettes défilaient, macédoniennes ou grecques, se dirigeant vers les abattoirs, les dépôts des gares et les boulangeries.

— Ils n'en veulent pas, de ta révolution, dit Patrick à Alice.

— Ce n'est pas eux qui la feront, mais toi. Tu es un singe, comme moi. Pas comme ma fille. Mais comme moi.

— Alors, qu'est-ce que tu veux ?
— Rien d'autre que le tonnerre.

*

Alice et Hana étaient immobiles sur l'escalier de secours, blotties l'une contre l'autre. Il referma la porte, sans bruit, comme un voleur.

Il lui faudrait retourner à sa chambre, sortir ses vêtements, les battre dans l'allée pour en faire sortir la boue durcie, puis partir au travail. Il était environ cinq heures du matin, sa tête et son corps vibraient, saturés d'une fausse énergie. Plus tard, il le savait, il serait incapable de lever les bras au-dessus de la tête, il trébucherait sous le poids d'une pioche. Mais pour l'instant, l'aube et le soleil qu'il portait en lui éveillaient son sang.

Il revit Clara à l'hôtel de Paris. Il se souvint de l'avoir entendue lui raconter comment avait été Alice après la mort du père de la fillette. « Hana n'était pas encore née, Cato mourut et je crois qu'elle sombra dans la folie, dans quelque chose où elle était très seule. Il avait été tué dans le Nord, quand elle était enceinte. »

Au Thompson Grill, la radio posée sur le comptoir jouait déjà des chansons. Dans ces romances il était question de femmes qui laissent partir leurs hommes avec désinvolture, comme l'eau d'une rivière entre leurs doigts. La serveuse au tatouage lui servit son café. La musique de ce matin le renvoyait des années en arrière. Il retrouvait ses dix-huit ans, il tombait dans les bras d'une fille, soûl, éperdu d'admiration.

Son premier bal. Il y avait un clair de lune peint au plafond. Des flots de lumière jouaient avec les étoffes et baignaient les couples en les métamorphosant. Il s'était avancé, trop sûr de lui, ivre, sur le plancher suspendu, et voilà qu'il se retrouvait assez près de la fille pour voir ses yeux perdus, non déguisés par les couleurs. Perdus, comme lui aussi était perdu. Un caméléon au milieu d'esprits de femmes...

— *Qu'as-tu pensé de mon amie ?*

— *Je l'ai bien aimée.*

— *C'est une grande actrice.*

— *Meilleure que toi, tu crois ?*

— *De beaucoup.*

— *Oui, je l'ai bien aimée.*

Son esprit glisse à travers de vieilles conversations. Le passé dérive telle une oasis. Il s'y observe. Les yeux de la fille, cette nuit-là, quand il avait dix-huit ans, étaient comme des tunnels débouchant sur la bonté, la luxure et la détermination qu'il appréciait autant que son estomac blanc et son visage ocre. Il entrevoyait là quelque chose qu'il n'atteindrait jamais : la façon dont Clara se dissolvait et soudain disparaissait, la façon dont Alice venait à lui rappelaient une série de masques ou de figures peintes, ces deux femmes tel un océan au-delà d'un avant-plan de mâles.

C'étaient des jours qui appartenaient à la lune.

Il était agité, imprégné d'Alice Gull. Le tunnel achevé, Patrick trouva du travail à la tannerie. Dans ce nouveau monde bien sec, sa rigidité moite le quitta, sa chair se raffermit.

Toute la journée, tandis qu'il découpait des peaux, il pensait à elle. Les emplois ne courant pas les rues, il avait été embauché grâce à des amis d'Alice. De l'épaule, Patrick donnait un petit coup dans le dévidoir qui relâchait ses rouleaux de cuir. Il passait d'une peau à l'autre avec son couteau, tranchant la peau en lignes droites, puis il allait respirer une bouffée d'air frais. Il n'avait plus conscience de l'odeur qui émanait de la cour des teinturiers, sinon par temps de pluie, lorsque les effluves l'assaillaient.

Patrick était l'un des trois coupeurs. Leurs couteaux allaient et venaient en cadence. Ils travaillaient nu-pieds, comme s'ils remontaient une rivière bourbeuse pour la découper en affluents. Alice sentait toujours sur lui cette odeur de cuir, même lorsqu'il s'était douché dans la cour, le travail terminé, sous une brève ondée d'eau et de vapeur, en ligne, sur les pavés. Ils n'avaient droit qu'à dix secondes d'eau. Ceux qui teignaient le cuir avaient droit à davantage de temps, mais l'odeur atroce ne les quittait pas.

On procédait à la teinture dans les cours, à côté des entrepôts. Dans les bassins circulaires, creusés dans la pierre, les hommes plongeaient jusqu'à la taille, dans les rouges, les ocre et les verts, serrant contre eux les peaux d'animaux à peine abattus. Dans les citernes rondes, ils les soulevaient et ils les piétinaient. La teinture devait pénétrer à fond dans les pores de la peau qui, la veille encore, était sur le dos d'un animal bien vivant. Les hommes en sortaient teints jusqu'au cou, et l'on aurait juré qu'ils traînaient derrière eux leur propre peau. Ils plongeaient dans les couleurs comme dans des pays différents.

Ce que voulaient les teinturiers, représentant ainsi différentes nations, c'était une cigarette. Profiter des cinq minutes de pause, tout vêtus de vert, et parler à un homme tout vêtu de jaune, qui fumait lui aussi. Ce qu'ils voulaient, c'était absorber l'énergie neuve de la fumée et la faire glisser là, jusqu'au fond des poumons, la garder et en jouir, comme pour nettoyer la matière âcre qui les imprégnait, tapie dans le moindre repli de leur chair. Une cigarette, comme un rayon lumineux traversant leur chair, capable de les purifier.

C'est ainsi que Patrick se les rappellerait, plus tard. Leurs corps debout, las, la tête seule restant blanche. S'il avait été un artiste il les aurait peints ainsi, mais il savait que cette célébration serait un mensonge. Que signifiait ce beau plumage, en ce jour d'octobre, en ces bas quartiers de la ville, à cinq cents mètres de Front Street? Que voudrait donc exprimer pareil tableau? Qu'ils avaient de vingt à trente-cinq ans à peine. Qu'ils étaient pour la plupart macédoniens, polonais et lituaniens. Qu'ils connaissaient en tout et pour tout trois ou quatre phrases d'anglais. Qu'ils n'avaient jamais ouvert le journal. Que dans la journée ils expédiaient leur casse-croûte debout. Qu'ils étaient possédés par l'odeur la plus maléfique qui fût, la mort de la chair, insidieuse, entre cuir et peau. Et que même s'ils ne remettaient pas les pieds dans cette fosse pendant un an ils en éprouveraient encore des haut-le-cœur. Qu'ils mourraient de consomption et ne le savaient pas. Qu'en hiver cette cour, haute en couleur, serait encore plus belle, avec la mince couche de neige entre les cuves fumantes. Par des températures de moins quarante degrés, des hommes presque nus descendraient dans les cuves, au coup de sifflet. Pendant la pause, ils s'envelopperaient dans de la toile de jute et, debout, attendraient.

Le seul avantage de l'hiver c'était qu'il occultait l'odeur. Ils ne voudraient plus de cigarettes, ils pourraient à peine respirer. De leurs bouches s'exhaleraient des panaches. Ils se tiendraient là. La vapeur sortirait de leur toile de jute et lorsqu'elle aurait cessé, ils sauraient qu'ils avaient trop froid et qu'il était temps de rentrer. En ce mois d'octobre, Patrick les regardait s'évader de la salle de tannage, en manque d'une cigarette. Eux qui ne pouvaient fumer... L'acide des solutions dans lesquelles ils trempaient était si fort qu'ils auraient pris feu à la seule approche d'une flamme.

Un homme vert, en feu.

C'étaient les teinturiers. On les payait un dollar par jour. Nul ne résistait plus de six mois, et il fallait être désespéré pour accepter ce travail. Il y avait bien d'autres emplois : porteur d'eau, ouvrier de salle de tannage ou encore fabricant de saucisses et d'engrais. Ceux-là pataugeaient dans le sel jusqu'aux chevilles, pour remplir les boyaux, vider la crotte et les intestins des bêtes. Dans les halls des abattoirs, on passait entre les bêtes qui beuglaient, assommées à coups de marteau de forgeron. Les yeux morts palpitaient encore tandis qu'on les écorchait. La ventilation était déficiente, et le gros sel, tout comme les acides de la teinture, minait les hommes de tuberculose, d'arthrite et de rhumatismes.

Ils arrivaient dans l'obscurité du matin et trimaient jusqu'à six heures du soir. A chacun, le chef du personnel avait donné un surnom anglais. Charlie Johnson, Nick Parker. Ils se rappelaient ces syllabes étrangères. Bizarres. Un numéro...

Pour les teinturiers, le meilleur moment était la douche de fin de journée. Ils se tenaient sous les tuyaux chauds, durant deux ou trois minutes. La couleur ne cédait pas, comme si, telle une actrice incapable de renoncer à son rôle et de retourner vers la réalité, ils étaient voués à rester prisonniers de la couleur, ne pouvant s'en libérer que par la pensée. Et brusquement, le bleu se détachait, la couleur décollée tombait à leurs chevilles tel un vêtement qu'ils enjambaient, savourant voluptueusement cet instant de libération.

Ce qui restait dans leur peau, c'était l'odeur.

Toujours elle. Au lit, elle faisait reculer les femmes. Etendue auprès de Patrick épuisé, sa langue titillant son cou, Alice reconnaissait son goût. Elle savait que jamais les femmes des teinturiers ne sentiraient ni ne feraient ce geste, même s'ils n'avaient plus sur eux le moindre pigment de teinture, le moindre cristal de sel. Leurs hommes porteraient encore sur eux l'odeur de cet ange contre lequel ils avaient lutté, dans la cuve. Dans l'enfer. L'incarnat.

« Je t'en raconterai, moi, sur les riches », disait Alice. « Les riches, ils passent leur temps à rire. Ils te racontent tout le temps les mêmes choses, leurs bateaux, leurs pelouses : *N'est-ce pas merveilleux ! Quel bon moment !* Et dès qu'ils se soûlent, ils se mettent à pleurnicher sur le sort de l'humanité, et toi, tu dois écouter ça pendant des heures. Mais eux, ils vous font crever dans des tunnels ou des parcs à bestiaux. Ceux qui suent sang et eau, c'est nous. Rappelle-le-toi bien... Retiens-le... Comprends qu'ils ne lâcheront pas ça. Entre nous, il y a des centaines de barrières. Ecoute, Patrick, il faut que tu le saches au cas où un jour tu les approcherais — c'est comme le chien qui, avant de se battre avec la vache, va se rouler dans la merde de son ennemie. »

Chez Kosta, il se détend. Alice bavarde avec ses amis, passant de l'anglais au finnois ou au macédonien. Elle sait qu'elle n'a pas à s'inquiéter de son laconisme, qu'il est heureux. Elle converse avec volubilité en ce théâtre qu'est la table du dîner, son visage est animé, une cicatrice, un grain de beauté ressortent lorsqu'ils ne sont pas cachés par le contenu de la conversation. Il prend plaisir à interpréter en contrepoint ce qui est dit. Il ne saisit que le nom des rues, le nom de Draper, l'inspecteur en chef, qui a fait passer des lois interdisant les réunions publiques aux étrangers. Par conséquent, s'ils parlent ainsi en public, dans *n'importe quelle autre* langue que l'anglais, ils se retrouveront en prison. Par arrêté municipal. Les *broncos* les feront coffrer comme cela a été le cas lors de diverses réunions à High Park ou, lors de l'échauffourée avec la police montée, au Shapiro Drug Store, l'an passé.

Il observe chacun de ses amis et il contemple le petit paysage européen, peint de mémoire, accroché au mur : un tableautin sobre, avec un village surajouté. Il est à son aise dans cette pièce. Il se rappelle avoir entendu son père dire en croisant les bûcherons étrangers sur la route du Premier Lac : « *Ils ne savent pas où ils sont.* » Aujourd'hui, dans ce voisinage tissé d'histoire et de cérémonie, Patrick sourit de l'ironie des situations inversées. Avant le repas, la femme de Kosta n'était-elle pas venue le trouver, n'avait-elle pas montré du doigt l'un des tableaux, n'avait-elle pas nommé son village, n'avait-elle pas posé ses mains sur sa panse, sensuelle, pour bien montrer à Patrick qu'au dîner elle servirait du foie ?

Si chaque œuvre, au moment où elle est écrite — idée, émotion ou phrase musicale — pouvait être connue de ses contemporains... Ainsi, *Carmen,* la répudiée de 1875, aurait converti les foules à l'amour de l'opéra... Et Verdi, sous une pluie diluvienne, s'imaginant qu'il se transformait en grenouille, aurait été compris de ses contemporains.

Patrick écoute Alice lui lire des lettres de Joseph Conrad, un passage qu'elle a recopié. Elle lui a demandé quels sont ses auteurs préférés, il a mentionné Conrad. « Oui, mais, dit-elle en se levant parce que l'enfant pleure, ses lettres, tu les as lues ? » Dans l'autre pièce elle calme la petite Hana, en proie à un cauchemar.

« Attends, poursuit-elle, j'ai quelque chose à te montrer. » Elle est très excitée, elle a peur qu'il ne se lève et ne parte avant qu'elle n'ait pu lui faire ce cadeau. Elle aussi, elle aime Conrad. Elle aime son style dramatique. Il existe quelques romanciers dont les acteurs apprécient les œuvres mais qui sont, eux, incapables d'écrire une malheureuse scène pour le théâtre. Ils écrivent les scènes qui font rêver les acteurs. Pour Alice, Conrad était de ceux-là.

— Ecoute : « Une classe oisive et égoïste aime voir commettre le mal, même à ses dépens. »

Il ricane.

— Il se plaint de la façon dont les Tories voient les insurgés libéraux espagnols des années 1830, qui ont leurs quartiers généraux à Londres. « Il est évident que je ne défends pas les crimes politiques. Ils me sont odieux par tradition, par sentiment, je dirais même rien qu'en y pensant. Mais certains de ces hommes se sont battus pour une idée, ouvertement, en plein jour, ils ont sacrifié à sa cause tout ce qui vaut la peine d'être vécu. En outre, une assertion trop générale est fausse, puisque les hommes sont infiniment divers ; et les propos agressifs ne servent à rien car ils ne peuvent combattre des idées. Et les idées (qui, elles, vivent) sont à combattre, et non pas les hommes, qui, eux, meurent. »

C'était une lettre que Conrad avait écrite à un journal. Patrick écouta donc sa contemporaine.

— Comment puis-je te convertir ? lui demandait-elle dans l'obscurité de la chambre.

— Tu vois, Alice, l'ennui avec l'idéologie, c'est qu'elle déteste l'individuel. Tu dois la rendre humaine.

— Voici ma citation préférée. Je vais te la murmurer : « Je vous ai appris que le ciel en toutes ses zones est mortel... permettez-moi d'insister une nouvelle fois sur l'extrême imprécision de la structure de tout objet. »

Dans l'ombre, il ne voit que l'aura fragile de ses cheveux.

— Redis-le-moi...

*

Le samedi après-midi, teinturiers, coupeurs, employés des abattoirs, fabricants de saucisses, électrocuteurs, tous étaient libres. Après s'être douchés, ils remontaient Bathurst Street jusqu'à Queen. Ils ne se connaissaient guère les uns les autres, sinon par leurs sobriquets ou leur nationalité. *Eh, l'Italie !* Ils allaient par paires ou par trios de même langue, comme les teinturiers allaient par couleurs. Après une bière, ils reprenaient Bathurst jusqu'aux saunas d'Oak Leaf. Moyennant un quarter, ils avaient droit à une serviette, un drap, un cadenas et un sac de toile. Ils se déshabillaient, enfouissaient vêtements et paye dans le sac qu'ils fourraient dans le casier et en passaient la clef autour de leur cou. On les sentait détendus. *Eh, Canada!* Un signe en direction de Patrick. C'était samedi.

Ils se tenaient assis dans ces salles blanchies à la chaux, nus, dans la vapeur, brossant une croûte ou examinant une cicatrice sur l'épaule. Son regard croisait celui d'un homme qu'il ne connaissait pas. Tous deux étaient si las qu'ils ne pouvaient que se dévisager sans ménagement. Il avait garanti son vrai nom et sa voix de la curiosité des patrons de la tannerie, en ne leur adressant jamais la parole.

On tirait sur une chaîne qui faisait pénétrer la vapeur dans la pièce. La nuée blanche qui s'élevait entre les lattes du plancher les séparait. Tatouages et muscles d'acier posaient pour une photo qui ne serait jamais prise. Ils se levaient, changeaient de place, et soudain quelqu'un se mettait à chanter. La chaleur humide rendait l'épuisement plus sensible. Sous la douche froide, les dernières tensions s'échappaient. Une heure à rester allongés sur les bancs verts, tandis que sur le rebord de la fenêtre la radio retransmettait l'opéra du samedi après-midi. Un avis, placé au-dessus de l'appareil, demandait, en trois langues, de ne pas changer la station.

Il restait étendu là, n'ayant que faire de ces mots traduits, laissant l'émotion de la musique couler en lui. Bientôt ce bras deviendrait le bras qu'Alice aimait embrasser. Libéré ou presque du travail de la semaine, chacun commençait à se laisser vivre. Le monde purifié de la passion. La musique de *La Bohème*, la mort de Mimi, flottaient au-dessus de leurs corps à l'abandon, les clef pendant autour de leur cou.

*

Dans l'embrasure de la porte, Alice effleura son cœur, ses hanches, consciente à travers ses doigts de la lassitude de l'homme. Dans la petite pièce où trois pas à peine les séparaient de la fenêtre, ils étaient réunis : Patrick, Alice, Hana. S'il faisait bon, ils mangeaient près de l'escalier de secours. Si Alice travaillait, Hana et lui se rendaient au café des Balkans où ils s'asseyaient sur des chaises en métal, servis par des garçons enveloppés dans un grand tablier. Ils commandaient du *bop* et du *manja*. De sa voix claire, Hana traduisait ces mots. *Bop* : des haricots. *Manja* : du ragoût. Il regardait la fillette, son visage dérivant du côté d'Alice puis revenant vers lui, comme deux plaques photographiques se superposent puis s'éloignent. Ce n'était pas tant les traits que les manières d'Alice qu'il retrouvait dans la fillette.

Il était rassuré avec Hana-la-précise, avec la façon qu'elle avait d'articuler en présence d'étrangers. Cette voix qui savait ce qu'elle voulait, qui savait aussi ce qui était permis. Il aurait voulu prendre Hana dans ses bras, l'embrasser là, dans la rue, mais il n'osait pas. Et pourtant, quand ils jouaient ensemble ou qu'ils montaient dans un autobus bondé, elle posait son bras sur ses genoux, comme si elle avait eu besoin de sa chaleur, de le sentir proche, comme lui-même en avait besoin.

Mais sa relation avec Alice avait ses limites, son horizon. Elle refusait de parler du passé. Même les histoires qu'elle racontait au sujet du père d'Hana, si compliquées fussent-elles, ne livraient rien d'elle. Jamais elle ne se plaçait au centre de ses mythologies. Les compliments, elle les renvoyait. Parce qu'elle avait l'habitude de s'asseoir pâle et nue à la table du petit déjeuner, de découper chaque fruit en trois parts, ou de s'asseoir devant des œufs sur le plat, Patrick murmura un jour qu'elle était belle. « Pour ce qui est des œufs, je m'y connais », lança-t-elle, la bouche pleine. Elle ne s'était pas habillée, dans l'intention de se recoucher dès que Patrick serait en route pour la tannerie et Hana pour l'école. Alice travaillait le soir.

Sa relation avec Hana était plus claire. Son comportement à elle restait toujours empreint d'une certaine méfiance. Chat échaudé craint l'eau froide. Avec elle, les disputes tournaient court : une discussion, et tout s'arrangeait. Elle n'aimait pas qu'on la mène à la baguette, et se disait capable de se débrouiller seule. Elle n'aimait pas qu'on lui pardonne.

Ils prirent un repas consistant au café des Balkans et, à dix heures du soir, se rendirent au théâtre Parrot avec leurs cornets de glace, pour y chercher Alice. Le temps leur appartenait, Hana traduisait quelque renseignement glané dans la rue, auprès d'un boucher qui charriait une tête de porc. Patrick observait les gestes qui lui étaient destinés. Maintenant, ils savaient à qui ils avaient affaire. Un chapeau soulevé au ralenti, le petit signe de tête d'une femme pardessus son épaule gauche.

Dans son travail autant que dans ces promenades du soir, il vivait dans un silence ponctué du bruit et des conversations de son entourage. Pour être compris, il lui fallait exagérer ses réactions. L'idiot de la famille. La victime d'une attaque, « Paderick », comme l'appelaient les commerçants à qui il donnait l'argent et la liste de commissions qu'Hana avait écrite en macédonien, acceptant ce qu'on lui donnait, quoi que ce fût. Il se sentait devenir idiot. Tout ce qu'il devait jamais savoir sur le comportement humain, c'est à ce moment-là qu'il l'apprit. Un jour, au cinéma Teck, où passait un film de Chaplin, il se surprit à rire à gorge déployée avec les autres. Il perçut alors le regard de quelqu'un qui se penchait vers lui, découvrant au même moment que leur rire mutuel était conversation.

Il était à son aise dans le paysage des autres, heureux qu'on lui en apprenne les coutumes. Patrick voulait prendre la citadelle qu'Hana s'était construite, ces lieux disparates auxquels elle s'accrochait comme au fil délicat de sa curiosité : la Hoo's Trading Compagny, où Alice achetait des herbes pour la fièvre, les petits restaurants éclairés au gaz, dont les vitrines transformées en aquariums s'adossaient à la rue. Au parc, ils regardaient les folies des nymphes aquatiques ; au gymnase, ils admiraient les acrobates italiens ; au foyer du quartier, ils écoutaient la mélopée des leçons d'anglais en groupe, une voix anglaise bien pure qui chantonnait *Je m'appelle Ernest.* Et un bataillon de voix mâles de répondre que oui, elles s'appelaient Ernest.

Pour Hana, la boulangerie Géranium était l'endroit

magique par excellence. C'est là qu'elle l'emmena, un samedi après-midi, afin de lui présenter son ami Nicholas. Elle guida Patrick à travers les mitrons, les sacs de farine et le rouleau à pâtisserie jusqu'à Nicholas Temelcoff qui l'accueillit à bras ouverts. C'était une plaisanterie de sa part : couvert de farine comme il l'était, il ne s'attendait vraiment pas à ce qu'elle l'embrasse. Il serra la main de Patrick et les entraîna dans le grand four de la boulangerie, tandis qu'Hana chipait des bouts de pâte et les gobait. Temelcoff était méticuleusement vêtu, costumé et cravaté, mais il ne portait pas de tablier. Poudré de farine, il allait et venait dans la boulangerie, tirant sur des chaînes qui pendaient du plafond pour mettre en route les rouleaux. De sa poche, il extirpa une petite poupée, la tendit à Hana qui, cette fois, l'embrassa et enfouit sa tête contre lui. Les deux hommes n'avaient pas échangé plus de quatre phrases de courtoisie lorsque Patrick repartit avec la fillette.

Un soir, Hana sortit un sac de voyage de sous son lit et lui découvrit ses trésors : une photo d'elle, bébé, sur laquelle était griffonné au crayon son premier surnom, Piko. Trois autres photos : des hommes travaillant au viaduc de Bloor Street, une photo d'Alice dans une pièce de théâtre au Temple du Travail finlandais, trois hommes dans la neige au milieu de huttes en rondins. Un bracelet en sumac. Un chapelet. Ces objets étalés sur le lit remplaçaient un père absent.

Ainsi fit-il la connaissance de Cato à travers sa fille. On avait tout raconté à la fillette : son charme, sa cruauté, son égoïsme, son héroïsme, la façon dont il avait rencontré puis séduit Alice. « Tu ne l'as pas connu, Cato, n'est-ce pas ? — Non. — Oh, on disait qu'il était aussi passionné que cruel. — Ne parle pas comme ça, Hana, tu n'as que dix ans et c'est ton père. — Oh, je l'aime, même si je ne l'ai jamais vu. C'est la vérité, c'est tout. »

Elle était l'opposé de Patrick, toujours terre à terre. Le premier samedi où elle l'avait vu rentrer du sauna, elle lui avait demandé combien cela coûtait. Il l'avait surprise à calculer si cela en valait la peine. « J'aurais payé n'importe quoi », avait-il grommelé. Il avait perçu qu'elle ne pouvait ni comprendre ni accepter pareille extravagance. Elle le trouvait ridicule. De même la façon dont elle voyait son père était-elle dépourvue de toute sentimentalité.

— Dis-moi, Hana, tu sais qui c'était, ces gens sur la photo du pont ?

— Oh ! des gens que ma mère devait connaître.

*

Alice était allongée au soleil sur le talus qui aboutit à l'usine des eaux, dominant le lac. Les mains sur les yeux, elle se protégeait du soleil. « Il m'a fallu apprendre que je ne pouvais pas avoir confiance en lui. Non qu'il ait jamais voulu que j'aie confiance en lui. Il faut que tu comprennes que Cato n'était pas son vrai nom, c'était son nom de guerre. Et qui sait avec qui il était ou ce qu'il faisait le mercredi ou le vendredi. Il s'était fait lui-même. Il travaillait dur. Il disait ce qu'il pensait. Le jeudi, il arrivait rutilant sur son vélo, jetait son attirail par terre dans le hall, comme un pêcheur pressé, et il annonçait : *On y va !* »

— Combien de temps êtes-vous restés ensemble ?

— Jusqu'à sa mort. Nous étions constamment en train de rompre. Il trouvait sa vie trop compliquée, et nous passions la moitié du temps à épiloguer à ce sujet. Et puis, le mercredi soir, je rêvais... Je rêvais à l'après-midi du lendemain, je nous imaginais faisant ce bout de route à vélo, sous une averse d'avril ou dans la poussière de l'été. Aujourd'hui encore, Patrick, même si tu me bandais les yeux, je pourrais t'emmener là-bas, oui, à cinquante mètres de la route, tu traverses le ruisseau — quelle gadoue ! — tourne à droite, c'est là que nous nous mouillions les pieds, à chaque fois. Le petit sapin qui m'engluait les cheveux de résine quand je sautais par-dessus le ruisseau. Les roseaux et les fougères qui m'arrivaient à l'épaule... et puis on entrait. Une vraie cathédrale de cèdres ! Des merles blancs sur les branches ! Par terre, une couche d'aiguilles de quinze centimètres d'épaisseur ! Lorsque nous faisions l'amour, il enterrait une petite bouteille, un crayon, un mouchoir, ou même une chaussette. Il laissait toujours quelque chose. Une véritable archéologie sexuelle. Il y avait un morceau de bois qui ressemblait au toit d'une niche. Lorsque la neige changeait la forme des arbres, lorsque la fin de l'automne les transformait en squelettes, ou que l'été les muait en forêt vierge, si nous nous perdions, nous devions le chercher. Nous y allions toute l'année, en toute saison, et l'hiver était agréable comparé à l'été, avec ses bestioles et ses taons. Nous pouvions nous creuser des abris dans la neige, les arbres nous protégeaient du vent. C'est important de se sentir près de la surface de la terre.

Il commençait à aimer ça, je crois, que nos amours ne soient pas des amours de chambre à coucher. Pourtant, nous nous querellions sans cesse. Un jour, je lui ai sorti que si jamais il rompait avec moi et allait dire que nous étions « dingues » ou que nous devrions nous quitter, je le poignarderais.

— Tu m'as dit ça aussi.

— Je suis heureuse de l'avoir connu aussi bien que je te connais, Patrick.

— Je me sens jaloux. Après tout, non, je ne me sens pas jaloux.

— Parce qu'il est mort ? Tu m'écoutes si calmement, toute cette intimité...

— Hana m'a montré les photos. Qui étaient ces hommes sur le pont ?

— C'est le passé, Patrick, laisse-moi. Peu importe, tu devrais demander à Hana de te raconter l'histoire de Cato et des chaussettes. C'est son histoire préférée.

« Ils étaient dans les bois et se sont réfugiés dans un champ pour échapper aux moustiques. C'était l'été. Il y avait tout plein de bestioles, a dit maman. Ils se sont déshabillés et sont allés nager dans la rivière. Quand ils sont revenus il y avait ces jeunes taureaux là où ils avaient laissé leurs habits. Il y en avait cinq, je crois, autour des habits. Seulement ce n'était pas les habits qui les intéressaient, c'était ses chaussettes ! Et ils les reniflaient et les envoyaient en l'air. Cato était franchement embarrassé. Maman m'a dit qu'il ne voulait pas raconter ça aux autres. J'adore ça, moi — tous ces taureaux si sérieux en train de se lancer ses chaussettes. Maman m'a dit qu'ils étaient très excités. »

Patrick gardait dans sa poche la photo trouvée dans le sac d'Hana. Au travers des livres qu'il avait lus, et même des romans à l'eau de rose dévorés dans son enfance, il ne parvenait pas à croire que les personnages ne vivaient qu'au fil des pages. Ne se transformaient-ils pas dès que l'œil de l'auteur regardait ailleurs ? En dehors de l'intrigue, c'était la grande obscurité. Ailleurs sur terre, il ferait jour. Chaque personnage avait son fuseau horaire, sa lumière ; cela mis à part, ils restaient des hommes. De nulle part.

A la bibliothèque de Riverdale, il chercha ce qui se rapportait à la construction du viaduc de Bloor Street, rassembla les journaux et les périodiques dont il avait besoin et alla s'asseoir dans la salle de lecture réservée aux enfants. Les hauts chevrons et les vitraux laissaient entrer des océans de lumière. Avec ses bureaux minuscules et l'odeur de ses livres, cette salle l'enchantait. C'est ainsi qu'il imaginait la salle à manger d'un sous-marin.

Il lut les reportages relatant l'inauguration du pont, le 18 octobre 1918. Un journal montrait un cycliste qui le traversait avec fière allure. Patrick remontait dans le temps. Deux années pour le construire, mais des années pour s'entendre sur les modalités de construction. La détermination du délégué Harris l'avait emporté. Il observa les photos : les coques de bois dans lesquelles on coulait le béton, les planches que l'on enlevait comme des bandes durcies, mettant à nu les piles du pont. Il lut tout ce qu'il trouva sur le sujet : les querelles suscitées par le levé des plans, les scandales, la mort accidentelle d'ouvriers à peine mentionnée en passant, l'histoire de la jeune religieuse tombée du pont et dont le corps n'avait jamais été retrouvé. Il prit connaissance des problèmes que posaient les crues du Don, des dangers de la glace, de la création des équipes de nuit, des accidents qui s'ensuivirent. Il y avait même un article sur les casse-cou. Il entendit sonner la cloche de la bibliothèque. Il tourna la page pour voir leur photo, et posa à côté du journal celle qu'il avait prise à Hana. Le troisième à partir de la gauche, disait le journal, était Nicholas Temelcoff.

En sortant de la bibliothèque, Patrick traversa Broadview Avenue et se dirigea vers les quartiers est. Soudain, il s'immobilisa ; il eut envie de faire demi-tour, mais la bibliothèque était fermée, cela ne servirait à rien : on n'imprimait pas la photo d'une religieuse. Une religieuse, morte ou disparue...

Il poursuivit son chemin, ralentit l'allure. Il approchait d'une fanfare, et le bruit de ses pas s'adapta à la musique qui commençait à l'envelopper. Cornet, saxophone et tambour se poursuivaient au travers des solos. Au moment où Patrick arrivait à leur hauteur, ils se rejoignirent et prirent en chorus.

Il se vit perdu dans un labyrinthe d'histoires ; à présent, il n'ignorait plus rien de Cato, l'amant d'Alice, ni des errances d'Hana dans le monde des boulangers. Laissant derrière lui le bruit de la fanfare, il reprit conscience du silence qui suivait chacun de ses pas, sachant qu'il pouvait aussi contribuer à la musique au gré d'un humble fredonnement. Il saisit les interactions, comprit comment chaque musicien se laissait porter par une force qui le dépassait.

Si Alice avait été religieuse...

L'orchestre de rue, c'était la société par excellence, avec son grand finale humide d'embrassades, une fois que les solos ont raffermi les cœurs et affiné les personnalités. Sa propre vie n'était plus une histoire esseulée, elle faisait partie d'une fresque, d'un réseau de complices. Patrick avait devant lui une admirable toile d'araignée, tissée au clair de lune, autour de fragments d'un ordre humain, indépendants des origines familiales et des grands titres du jour. Une religieuse sur un pont. Un casse-cou qui ne pouvait s'endormir sans prendre un verre, un jeune garçon qui, de son lit, contemplait le feu dans la cheminée, une actrice en fuite avec un milliardaire... Les scories et le chaos du siècle retrouvaient un ordre.

*

Les articles et les illustrations que Patrick avait trouvés à la bibliothèque de Riverdale décrivaient par le menu les différents terrain, les bois employés, et jusqu'au poids du béton. Tout y était, à un détail près : on ne disait rien des hommes qui avaient construit le pont. Il ne s'était pas trouvé sur place de photographe comparable à Lewis Hine, qui avait sillonné les Etats-Unis, traquant la main-d'œuvre enfantine : jeunes garçons trimant dans les mines, fillettes cardant la laine dans des filatures de Nouvelle-Angleterre. *Débusquer le mal et retrouver la pureté cachée*... Une suave rhétorique imprégnait l'histoire officielle et les comptes rendus des journaux, rappelant les discours de ces politiciens qui inaugurent des ponts tout en trouvant indigne de tondre leur pelouse. Les photos de Hine dérangeaient la version officielle. Autour d'elles se rassemblait une autre famille : l'homme et son marteau pneumatique en haut de l'Empire State Building dans un nuage de poussière de pierre, un ménage survivant dans un taudis, des gamins à qui on fait casser la pierre dans des mines. Ses photos étaient des pièces dans lesquelles on pouvait pénétrer : bâtisses caverneuses où un homme tournait une clef aussi grande que lui, mines de fer où leurs visages blancs donnaient aux jeunes enfants qui s'y épuisent l'horrible faciès de fantômes. Patrick ne verrait jamais les admirables photos de Hine, pas plus qu'il ne lirait les lettres de Joseph Conrad. L'histoire officielle et les articles de journaux nous assaillent quotidiennement, mais ce qui touche à l'art nous parvient trop tard, ses échos voyagent langoureusement, messages dans une bouteille...

Seul l'art digne de ce nom peut ordonner le désordre chaotique des événements. Seul l'art digne de ce nom peut réorganiser le chaos jusqu'à mêler ordre et désordre.

Moins de deux ans après 1066, on commençait la tapisserie de Bayeux et Constantin l'Africain introduisait la médecine grecque auprès du monde occidental. Chaos, bouleversement des événements. Tout roman devrait commencer par cette phrase : « Aie confiance en moi, cela prendra du temps mais ici tu trouveras de l'ordre, un ordre très discret, très humain. »

Errez et vous atteindrez la ville.

*

Je t'ai appris que le ciel en toutes ses zones est mortel.

La phrase chérie d'Alice. Elle plane au-dessus de Patrick qui s'éveille. Dès l'aube, il est à l'œuvre, sur les dalles livides de la tannerie avec son gros coutelas recourbé. Toute la journée, tandis qu'il découpe ses peaux, son esprit s'accroche aux bribes de son passé qu'elle lui a confiées. A la ferme, n'avait-elle pas posé silence sur son enfance ? De Cato, elle n'avait donné que le nom de guerre. Et si Alice Gull avait été religieuse ? Un rosaire, un bracelet de sumac...

A six heures du soir, il rentre du travail. Alice presse ses paumes sur ses côtes. Il la prend dans ses bras, la fait voltiger et Hana saute sur le dos de sa mère. Ils traversent ainsi, cahin-caha, la petite chambre, et s'affalent ensemble sur le lit. Pour Hana, le jeu consiste à les repousser avec ses épaules, les pieds contre le mur, jusqu'à ce qu'ils se retrouvent par terre et qu'elle leur atterrisse dessus. Hana et lui essaient alors de hisser la jeune femme sur le lit. Le corps d'Alice ne cesse de l'étonner. On dirait qu'une chiquenaude suffirait à la renverser, tant elle paraît frêle, mais elle est agile. Danseuse autant qu'actrice, elle se coule d'une pièce à l'autre. A l'en croire, le jitterbug est la grande invention du XXe siècle, de quoi pardonner ou presque au capitalisme. Elle est folle de Fats Waller. Patrick l'a vue s'asseoir au piano du café des Balkans et se mettre à chanter.

Pas besoin d'étoile,
Voulais pas de lune
La trouvais trop bête...
Et tout à coup
Tu es entrée
Avec amour.

Clara, dirait-elle par la suite, c'est la classique. *Elle* vous jouait du piano comme une reine traverse un marécage. Moi, je joue comme je sens. Et en musique, tout ce que je cherche c'est une romance déchirante.

Mais les propos les plus tendres que lui tient Alice, à cheval sur son ventre, les yeux baissés, portent sur la façon dont elle ressent l'absence de Clara. « J'aime Clara », lui avoue-t-elle, à lui, l'amant de Clara. « Elle me manque. Toutes ces années, elle m'a aidée à garder mon équilibre, à devenir ce que je suis. »

Elle bougeait comme... Elle chantait aussi bas que... Pourquoi suis-je en train de me raconter chaque facette de la nature d'Alice ?

Il veut que tout ce qui est Alice soit ici, avec lui, dans cette pièce, comme si elle était encore en vie. Comme s'il pouvait lui être donné de revivre ces jours où Hana et lui étaient auprès d'elle. Le vrai cadeau de la littérature. Il tourne la page. A l'envers. Une fois encore il se revoit la chahutant, la chatouillant. Elle lâche enfin son corsage, trophée qu'Hana brandit aussitôt comme un drapeau ennemi, dans la petite pièce barbouillée de vert. Miettes de souvenirs. Bienfaisante halte à l'écart du maître récit dans les sentes ombreuses du plaisir intime, lac souterrain, étale, paisible à nos regards qui sans cesse y reviennent.

*

Les doigts de Nicholas Temelcoff s'enfoncent dans une boule de pâte qu'ils pétrissent et plaquent sur la table. L'homme lève la tête : Patrick entre dans la boulangerie Géranium, regarde gauchement autour de lui puis l'aperçoit. Tirant de sa poche la photo, il la place devant Temelcoff.

Poulies et rouleaux vont et viennent, ils font défiler des centaines de miches dans les fours. Dans sa combinaison grise, Temelcoff parle à Patrick du pont, de la religieuse, se surprend à retrouver la date exacte, tout joyeux, émerveillé. Debout au milieu de la boulangerie, il joue avec une petite boule de pâte, geste inconscient qui l'absorbe tout entier au point que Patrick ne peut lui parler. Les yeux grossis par ses lunettes, Temelcoff est ailleurs. Ses mains n'en finissent pas de faire rebondir la pâte. Ce bras, le bras qui l'a rattrapée, elle, la religieuse, et l'a ramenée à la vie.

« Parle, lui avait-il dit, tu dois parler. » Plus tard, moqueuse, elle avait pris un nom de perroquet. *Alicia.*

Dans la vie, Nicholas Temelcoff ne se retourne jamais. Ainsi conduit-il le camion de la boulangerie sur le pont avec femme et enfants, et mentionne-t-il à peine qu'il y a travaillé. C'est un citoyen d'ici. Au présent. Avec sa boulangerie, ses pains, ses croissants, ses gâteaux et ses pâtisseries, il a réussi : il atteint les foules qui peuplent la ville. C'est un homme à son aise parmi les fours, dans l'odeur des pâtes qui lèvent, le magicien du pétrin. Il s'immobilise : on vient de lui rappeler les détails. L'incident du pont.

Il reste à l'endroit où Patrick l'a laissé, à ses pensées, comme les gens qui s'imaginent que, pour continuer un beau rêve, il suffit, la nuit suivante, de reprendre une position identique à celle qu'on occupait au moment du réveil, quand le corps s'est séparé des images qu'il engendre. Il est conscient, abandonné au plaisir du rappel, nouveau pour lui. N'est-ce pas ça l'Histoire ? Il est venu dans ce pays comme une torche, se gorgeant d'air et portant la lumière à mesure qu'il avançait. L'énergie coulait de lui. Voilà ce qu'il était en ce temps-là. Langue, coutumes, famille, paye. Le cadeau de Patrick, cette flèche au cœur du passé, lui révèle la richesse qu'il a en lui, comment il a été cousu à l'histoire. Désormais, il va pouvoir raconter. C'est un timide. Même en famille.

Et cette nuit, au lit, il raconte à sa femme l'histoire de la religieuse.

Cato arrivait toujours en retard, se rappelle Alice. Devant sa fenêtre, sa bicyclette grelottait contre le trottoir. Elle grimpait sur le guidon et ils s'en allaient, serpentant vers le lac qui s'épanouissait comme une crinoline. Ils s'allongeaient sur le remblai de la voie ferrée, à quelques mètres du lac Ontario. L'hiver gainait les branches. Alice rejetait la tête, exposant son cou blanc, prenait brindille et chandelle de glace dans sa bouche et les brisait entre ses dents.

A d'autres moments, elle était heureuse de ne pas vivre sans cesse avec lui, continuellement tirée par sa planète. Si vous étiez proche de Cato, il vous fallait être un personnage de son monde, un de ses amis, faire partie de ses plans de la semaine. Etrangers ou anciennes maîtresses l'accostaient volontiers dans la rue et il leur fallait se joindre au groupe. Impossible de faire deux pâtés de maisons à bicyclette avec lui sans tomber sur quelqu'un qui demandait son aide pour retrouver un ami ou déménager un placard. « Rien qu'une journée... », disait-elle. « Pas plus de quatre heures ! »

Il devint donc son Jeudi à elle. Ensemble, ils disparaissaient, explorant les ravins, les bois des environs, à moins qu'il ne l'emmenât jusqu'à son endroit préféré, contre les grosses pierres de remblai de la voie ferrée. Là, sous le saule engourdi de glace, ils s'aimaient aux rythmes de la sève qui monte, s'embrassaient avec des graviers dans la bouche. Le givre couvrait encore le lac, elle s'allongeait à plat ventre, le train passait, frissonnant de tous ses fourgons, la main sous elle, il cherchait sa poitrine.

Ainsi Jeudi s'escamotait-il de la semaine. Comme son lit pliant. Mais pour eux il n'y aurait jamais de lit. A la naissance d'Hana, il était mort.

La tête posée sur le ventre de la femme, Patrick contemplait la peau qui doucement se soulevait à chaque battement de son cœur. Les soirs où ils pouvaient s'offrir le luxe de rester au lit le lendemain matin, ils se parlaient. « Il était né dans le Nord, tu sais, tout près de l'endroit où il est mort. » Une main effleurant une poitrine... « Son père était venu de Finlande comme bûcheron. Ici, sa famille n'avait plus à s'incliner devant prêtres et dignitaires, car ils avaient vite adhéré aux syndicats. Cato était né ici. Son père avait dû faire cinq kilomètres sur ses patins pour chercher un médecin le soir de sa naissance. Sur ses patins, il avait traversé le lac, brandissant des roseaux enflammés. »

Patrick lui prit le poignet.

— C'était donc des *Finlandais*.

— Quoi ?

— Des Finlandais. Quand j'étais gosse...

Aujourd'hui, dans sa trentaine, il mettait enfin un nom sur ces hommes qu'enfant il avait observés.

Elle regarda Patrick. Il souriait comme si, tout à coup, une vieille devinette, obsédante à la longue, avait été résolue : une teigne enlevée de son cerveau. Dans la chambre verte la lune dessinait son profil. La lune de ses onze ans. Il adorait la puissance de la coïncidence. Le plaisir de l'étrange. *Salut la Finlande !*

— Viens en moi...

Et qui était-elle ? Et d'où venait-elle ? Il pose les mains sur ses épaules, les bras raidis, leurs poitrines, leurs visages à distance, surveillant chez l'autre le plaisir qui monte, ces textures qui effleurent et accrochent. Il pivote sur ses mains, se perd en elle, avant de s'en arracher et de se laisser choir à son flanc. Sans un battement de cil. Il sait maintenant qu'il a réuni tout ce qu'il a été, depuis ce jeune garçon qu'il fut, dans les bois, sous la neige. Les mains d'Alice s'abattent contre lui, pour le tenir plus serré encore. Sous son ongle, elle sent la colonne vertébrale. Contre sa joue, il sent son œil turquoise.

Allongé, il contemplait la lumière de la lune à travers le squelette de l'escalier de secours. Les feux de l'horloge électrique, une réclame de cigares. Au loin, en leur merveilleux gris de minuit, les minoteries profilaient leurs courbes nettes au-dessus du lac. Le temps n'avait plus cours.

— Comme j'aime ton visage !...

Elle l'avait délivré. De rien. Cette femme qui saute sur lui en riant et grogne dans son cou et le tire comme une roue au-dessus d'elle.

Celle dont l'art lui avait lacéré le cœur, à l'usine des eaux, pouvait donc être couchée contre lui, comme une créature humaine dans ses bras ? Rêver, plantée devant des bananes, à décider lesquelles acheter ? Est-ce que cela la rendait plus magique encore ? Comme si un héron, cet oiseau fabuleux, tombait en plein vol, foudroyé à ses pieds, livrant les mystères de sa construction méticuleuse.

Il aimait le théâtre comme un amateur. Il collectionnait racontars, mémentos, programmes. Il adorait les coulisses, voir Ophélie dont le visage fou était à moitié effacé. C'était ça l'humanité au théâtre, la cicatrice, le vieil acteur célèbre dans ses rôles de juge imprévisible, qui monte dans le trolleybus de Queen Street, dans les bas quartiers de la ville, ou prend son repas seul avant d'aller retrouver sa femme qui dort déjà. Patrick aimait cela. Il voulait être dupé par le personnage qu'il croyait incapable de le tromper, celui qui s'arrête à trois mètres du rideau de loge et devient autre.

Mais avec Alice, après l'épisode de l'usine et en d'autres occasions, il n'avait jamais pu comprendre comment elle sautait d'un rôle à son être véritable. Une envolée dont il ignorait tout. Comment réunir ce personnage qui la tient sur scène, qui lui donne la réplique en une langue merveilleuse, son visage peint tout près du sien, et celui qui l'embrasse au milieu des comédies de boulevard ? Celui-là connaissait l'autre face du personnage.

Aux moments amoureux, en lui faisant l'amour, il continue de scruter son visage, attendant qu'elle se transforme peut-être en cette épouse de guerre, en cette reine ou en cette vendeuse, tandis qu'ils s'embrassent. Annonciation. Son regard abordera le premier, il glissera en cet autre pays, cet autre siècle, les bras enroulés autour de ce mystère étranger.

Une boucle d'oreille avait dû s'égarer quelque part entre le lit et l'évier. Il l'avait regardée évoluer dans la pièce sans meubles. A demi nue, elle se penchait vers un tas de vêtements entassés dans un coin. Il y avait bien longtemps. Elle disait *j' trouve pas ma boucle d'oreille, tu crois que ça a de l'importance ?* Comme si une autre risquait de la retrouver. Alice et son oreille déshabillée. *Si jamais nous nous revoyons on pourra se dire bonjour... ou au revoir.*

Chère Alice,

La seule source de chaleur dans cette baraque est un petit poêle. Le soir, l'air s'alourdit des vapeurs de vêtements mouillés et de tabac. Pour ne pas suffoquer, les occupants des couchettes supérieures débarrassent les bûches de la mousse.

Patrick lit lentement, il sait que la lettre ne lui sera donnée qu'une fois, en cette nuit d'été, à la faveur de la seule et unique ampoule de la pièce, loin du temps d'hiver. Hana est assise sur le lit, elle le regarde. Pourquoi le regarde-t-elle ? Que peut signifier son visage pour la fille de celui qui écrit cette lettre ? Elle a sorti le cahier d'écolière de la valise et le lui a tendu. *Chère Alice.* Des mots griffonnés d'une écriture large, hâtive. Message haché, comme si Cato avait essayé de fixer tout ce qu'il voyait durant ces derniers jours, là-bas au campement près du lac.

J'écris à une table à jamais rivée au sol. Les couchettes en rondins sont arrimées aux murs. Le soir, les feux se meurent, au matin les hommes se réveillent avec les cheveux pris dans la glace, des glaçons humides collent au mur. « En ces mornes journées d'hiver — où geint la bise glaciale, d'acier était la terre, de roc était l'eau. » Le premier hymne que j'ai appris en anglais. Ecrit par quelqu'un dans un village anglais. Rien n'avait mieux décrit cet endroit.

Patrick imagine Cato en train d'écrire à la chandelle... Il cachète la lettre, la fait passer à un homme qui quitte le camp le lendemain matin. Cinq semaines plus tard, lorsque Alice ouvre le paquet, elle porte le cahier à son visage, respire ce qu'il reste de lui, car cela fait un mois qu'il est mort. La cire de la chandelle, l'odeur de la hutte, les rognures du crayon froid qu'il a taillé avant de se mettre à écrire ses lettres non signées sur le travail dans les camps et les grèves. Cato trône à la table du repas, enveloppé des volutes grises de la fumée de sa pipe. Ses cheveux s'en imprègnent, elle pénètre sa chemise, son pull, elle colle à sa barbe de plusieurs jours.

Aucun des contremaîtres du camp ne sait qui il est, ni la façon dont il est impliqué dans la grève qui couve. Ils ont tôt fait de le découvrir. Il s'échappe du chantier et traverse à pied la campagne enneigée. La ville la plus proche est Port Arthur, à deux cents kilomètres. C'est là qu'il se dirige.

Au cours de la semaine qui suit, quatre hommes à cheval essaient de le capturer. Mais Cato est né dans la neige. Il la connaît si bien qu'il peut y disparaître. Il évite la route familière, dort dans les arbres, se risque à ramper à quatre pattes sur des lacs recouverts d'une couche de glace bien fine qui craque et gémit sous son poids. Il repère les signaux lumineux de ses poursuivants. A chaque camp, il jette en hâte des mots sur des bouts de papier, les fourre dans une boîte métallique qu'il enfouit dans la neige ou attache à une branche. Pendant ce temps, son paquet de lettres voyage. Il passe de main en main avant de trouver refuge à côté d'une scie à ruban, dans le sac d'un bûcheron qui rentre chez lui.

Cato creuse un trou dans la glace du lac. Soudain, il aperçoit les hommes. Ils surgissent d'un bosquet et l'abattent. Ils ne trouvent ni message ni papiers permettant de l'identifier. Ils veulent brûler ce cadavre qui s'obstine à ne pas prendre feu. Il y a eu des syndicalistes avant lui, il y en aura après lui. Et l'homme à la scie à ruban postera son paquet de lettres à Algoma, ignorant que leur auteur est mort, enterré même, dans les glaces d'une petite rivière.

Ils perdent deux jours par mois à cause de l'humidité. Le voyage leur coûte dix dollars par saison ; les gants, six ; chaussures et chaussettes, vingt-cinq ; vêtements de travail, trente-cinq. Etant contraints de s'approvisionner dans les camps, ils paient jusqu'à trente pour cent de plus qu'en ville.

Quand Patrick lit cela, l'odeur de fumée a quitté le papier poreux. Les mots rappellent ces inscriptions gravées sur pierre, runes d'un silex sans émotion au cœur de l'enfer de Cato.

Et qui est-il, lui, pour toucher la maîtresse de cet homme, pour partager ses repas avec sa fille, ou pour lire, médusé, sa dernière lettre à la lueur d'une malheureuse ampoule ?

Il est là, debout dans la pièce dont Hana est

maintenant sortie. Elle l'avait vu hypnotisé, ne dirait-on pas que la lettre le fixait à son tour ? Dans cette famille, il est devenu enquêteur. Comme s'il s'était penché vers cette femme à peine rencontrée, en lui demandant : « Qui est ton amant ? Raconte-moi ce que tu as connu de plus douloureux. » Car, au fil des années, il a appris les réponses. Il a entre les mains les dix dernières minutes de ce que Cato avait à dire. Il imagine Alice ramassant ce paquet de lettres que la mort a rendues absurdes, après le meurtre, après la découverte du corps sur la glace, après l'enterrement, après l'acquittement des patrons lors du procès.

Patrick s'est accroché comme mousse aux étrangers. Il s'est accroché aux coins, aux recoins, aux fissures de leurs situations. Il a toujours été un étranger, la tierce personne sur la photo. Il est celui qui est né dans ce pays mais qui en ignore tout. Les Finlandais de son enfance se servaient de la rivière, même de nuit, ils la connaissaient, les hommes aux roseaux en flammes glissaient, délirants, dans l'obscurité. Ça, il ne l'avait jamais fait. Il n'était là que pour observer. Il ne pouvait pas davantage patiner dans l'obscurité d'une rivière qu'être le héros de l'une de ces histoires. Alice lui avait jadis parlé d'une pièce dans laquelle plusieurs actrices se partageaient le rôle de l'héroïne. Après une demi-heure, la mère omnipotente enlevait son gros manteau d'où pendouillaient des peaux d'animaux. Elle en revêtait un des personnages de second plan et lui passait ainsi sa force et ses talents. La silencieuse affublée de ce manteau sortait de sa chrysalide et s'ouvrait au monde du langage.

Qui ne connaît pas cet instant où, revêtant la peau d'un animal sauvage, il assume le récit?

Clara et Alice et Temelcoff et Cato — ce groupe jouait un drame dont il était exclu. Lui-même n'était qu'un prisme où se réfléchissaient leurs vies. Il cherchait, il rassemblait. C'était un homme mal à son aise, un malaise hérité de son père. On sentait en lui quelque gouffre terrible qu'il ne pouvait franchir, de sorte que, lorsqu'il était seul, lorsqu'il ne s'alignait pas sur un autre — que ce fût Ambrose, Clara ou Alice —, il pouvait en écouter la violence, celle qui le séparait des autres. Une béance d'amour.

Il avait toujours vécu dans ce pays. Mais ce n'était que maintenant qu'il entendait parler des batailles syndicales, là-bas dans le Nord, où Cato avait été assassiné au cours de l'hiver 1921, et retrouvé sous la glace d'une crique, près du lac, une semaine après sa dernière lettre. A peine née, Hana avait vécu dans les mailles de ce drame. Il faisait partie d'elle. Et jusqu'ici, Patrick n'en avait rien su, quêteur au regard perdu dans l'obscurité de son propre pays, aveugle rhabillant l'héroïne.

Le dimanche, ils continuaient à se réunir à l'usine des eaux. Ils marchaient sur des grilles au-dessous desquelles bavait l'écume. Ils ouvraient les portes donnant sur les chutes d'eau. Le bâtiment, aux trois quarts achevé, s'étalait, majestueux, sur la butte juste au sud de Queen Street, toisant le lac. En raison de sa structure, la station de pompage pouvait s'emplir de lampes invisibles au monde extérieur. Le bouillonnement des pompes étouffait le bruit de leurs réunions.

Sitôt que venait l'obscurité, les différents groupes se rendaient du bord du lac jusqu'au bâtiment, là où on ne les verrait pas. Ils y trouveraient pitance, divertissements et discours politiques. Un homme qui imitait le roi d'Angleterre s'avançait avec un monologue résumant les grands titres de la semaine passée. De nombreuses communautés et nationalités parlaient et jouaient dans leur propre langue. Une fois qu'ils avaient terminé, on nettoyait les salles, on balayait.

Patrick et Alice remontaient Queen Street, ils rentraient chez eux. La fillette dormait dans les bras de Patrick, fatigué par son fardeau. Ils s'asseyaient de temps en temps sur un banc pour allonger Hana, dont la tête reposait sur les genoux d'Alice. Il adorait ces quartiers, leurs rues qui prenaient vie le soir lui semblaient une extension de ses membres.

— Je veux veiller sur Hana.

— Tu le fais déjà.

— De façon plus officielle. Si ça peut servir à quelque chose.

— Elle sait bien que tu l'aimes.

Une nuit de juillet. Quand, au juste, avait-elle parlé de Clara et dit combien elle lui manquait? Que d'incidents, que d'émotions à étouffer. Et cette histoire, comme un enfant las qui nous tirerait par la manche, qui nous harcèle, pesante, sur notre épaule, nous empêchant d'embrasser l'être aimé.

Il aimait Alice. Il s'appuyait contre elle. Il pouvait sentir ses cheveux encore humides des sueurs de la représentation.

— Tu vas attraper froid.

— Sûr que oui.

*

Il soupire après sa fragilité, sa nature compliquée. Il a besoin de s'arrêter dès qu'il pense à elle. Au milieu d'un champ elle enlève son chemisier. Visions de ses seins. *Trompe-l'œil.* Un artiste a pris un crayon, a dessiné une ombre en fine contre-taille, les faisant naître. Assis, il la regarde humer la brise qui s'abat sur le champ. Il voyait à travers elle, lorsqu'il était amoureux de Clara. L'éclipse de Clara. Une fleur, un événement, un nom d'antan.

Pendant l'enterrement de Cato, tandis qu'Alice serrait la petite Hana dans ses bras, il y avait eu une éclipse. Le cortège funèbre s'était immobilisé. L'orchestre de cuivres finlandais jouait la *Marche funèbre* de Chopin dans l'obscurité qui peu à peu tombait, sérénade aux dix-sept minutes d'éclipse totale. La musique, refuge, lieu de sûreté entre deux moments de lumière.

Il soupire après elle, après ces jours qui appartenaient à la lune. Ils s'asseyaient côte à côte dans un restaurant chinois désert. Ils voulaient à la fois se faire face et pouvoir s'étreindre, ayant à décider quel plaisir choisir. Les choix compliqués du désir.

Je ne pense pas être assez grande pour mettre quelqu'un dans une position telle qu'il pourrait faire du mal à l'autre. Alice, ce que tu as dit là, c'est ce qui m'a fait t'aimer. C'est cela qui m'a donné confiance en toi. Personne ne se serait inquiété de cela. Personne n'aurait pu me le dire ni me le faire croire. Je revis cette première nuit dans ta chambre. Chaque oiseau, chaque insecte s'est figé au moment où cette phrase s'est échappée de tes lèvres. Et toi qui ne te rendais pas compte que tu exprimais quelque tendresse, toi qui croyais te critiquer.

Et cet autre geste, au bal. Je dansais avec une autre et je pouvais te voir, mourant d'envie de danser. Tu t'approches d'un homme, lui tapotes l'épaule, l'air timide mais déterminé.

Ils sont assis dans un champ. Ils sont assis dans le décor pourpre, jaune et or du restaurant où il n'y a personne en cette fin d'après-midi. Qu'eux seuls. Faim et désir lui font traverser la ville, d'un bus à l'autre, pour toucher son bras, son cou, revoir ce restaurant chinois, ce café macédonien, ce champ au centre duquel il se trouve avec elle. Les maisons de campagne se succèdent, il leur faut donc se rendre à pied jusqu'au centre pour être seuls.

Il se retournera en marchant pour admirer la fragilité de ses seins, jeux d'ombres au crayon.

Elle tombe dans ses bras tendus. Il marche, il danse, des épis plein les mains. Enfant, il sautait les pages jusqu'aux illustrations pour regarder les héros faire traverser aux femmes les fleuves de Colombie britannique, les aider à franchir les cascades. Et la voici, la main en visière sur ses yeux, qu'elle protège du soleil. Sa chemise sur ses genoux. Il se retrouve face à une histoire d'amour. Ce n'est qu'une histoire d'amour. Il n'a aucune envie d'une aventure et de tout ce qui l'accompagne.

Qu'on me laisse avec elle dans ce champ, seul avec Alice Gull...

Remords

Il avait toujours voulu la connaître quand elle serait vieille...

Patrick vient s'asseoir dans la chambre verte d'Alice, il contemple les feuilles et les baies contenues dans une de ces vieilles bouteilles qui avaient dérivé au gré de la rivière... Sumac et herbes de la vallée qu'elle a ramassées sous le viaduc. Quand vient la nuit, il allume la lampe à pétrole qui projette sur le mur cette ombre de nature morte et la fait trembloter, obscure et vivante.

Permettez-moi de réinsister sur l'extrême imprécision de la structure des choses. Murmuré. Jadis...

Il se déshabille et entre dans le lit où traîne encore l'odeur d'Alice, mais il ne peut s'endormir. Il reste là, à escorter ses dernières fleurs, par-delà la mort, après que tout esprit s'est enfui de leurs restes bruns. Il sait qu'il ne lui faudra pas longtemps pour perdre le souvenir précis de son visage, de son grain de peau, près de l'aile du nez, à l'endroit de la cicatrice. Elle n'aimait pas cette ligne qui, disait-elle, lui déséquilibrait le visage. Mais comment pourrait-il l'évoquer sans elle ?

Il avait voulu la connaître quand elle serait vieille. Au cours des déjeuners, elle défendait ses idées, brandissait son verre en criant — « A l'impatience ! A la race humaine en évolution ! » —, et lui, romantique, penché sur son épaule, contemplait sa chevelure éblouissante. Dès qu'il parlait de vieillir à ses côtés, elle faisait sa grimace en coin, comme si elle avait passé quelque autre pacte, comme si son carnet de bal était déjà plein. Il aurait aimé vieillir de plusieurs années, et la voir assagie, tous deux atteints du calme des sens, moins chevaux fous. Il subsisterait toujours, pensait-il, ce plaisir profond, cette joie qui lui ferait dire : Vous pouvez me faire tout ce que vous voudrez, tout m'ôter, me jeter en prison, mais je connaîtrai toujours Alice Gull, nous vieillirons ensemble. Même si nous ne pouvons pas être amants, je viendrai l'après-midi, comme si je faisais ma cour, nous échangerons nos pensées pendant le déjeuner, en riant, et ce bavardage sera amour.

Il avait tant souhaité cela. Et elle, qu'avait-elle souhaité ?

— Je n'ai jamais été aussi heureuse que pendant ma grossesse. Quand j'étais *épanouie*.

— Je ne comprends pas pourquoi tu m'aimes.

— Je me sens bien depuis que je t'ai rencontré. Depuis Clara, quand tu n'avais d'yeux que pour elle et que moi je te guignais. Je n'étais pas jalouse. Je n'étais pas amoureuse de toi. J'apprenais alors des choses merveilleuses. Avec Clara. Toi et moi, il y a des chambres dans lesquelles nous n'entrerons jamais ensemble, Patrick. Une femme a besoin d'une femme pour rire de certaines choses. Clara et moi nous avions l'impression d'être une planète! Après elle, il y a eu un moment où j'ai sombré. C'est toi qui m'as redonné de l'énergie. Une confiance.

Il existe autour d'elle un fossé qu'il ne franchira jamais. Il n'en goûtera pas même les eaux, malgré sa soif et ses mains en coupe. Comme si, après avoir longtemps cheminé vers le château, en avoir attendu toutes les sagesses, il devait y renoncer et s'en retourner sans explication.

*

Patrick sort sur Verral Avenue. Il entre dans Union Station. A peine le train s'ébranle-t-il que le paysage s'estompe dans l'obscurité. Son regard erre le plus loin possible dans la nuit, jusqu'à ce que son esprit s'immobilise, ne pense plus à rien, pas même à la mort d'Alice. A ses pieds gît une valise en carton noir. Pour l'instant, il ne peut penser qu'à des objets. Toute chose vivante, ne serait-ce qu'un banal petit oiseau sur une branche, lui briserait le cœur.

Le train de nuit pour Huntsville transporte les supporters des régates. Autour de lui, des hommes arborant canotiers et écharpes de soie jubilent. Debout dans le couloir, Patrick se fait bousculer par des corps soûls. Le regard fixe, perdu dans ses réflexions, il est hypnotisé par la folle parade de ciel, de roche, d'arbre, de lune. Ni résolution ni pause. *Alice...* Il expire un nom mort. Seul un nom mort est permanent.

Des tranches de lumière balaient l'horizon. Au bout du couloir, Patrick ouvre la porte et se glisse entre les voitures, s'accrochant aux parois raides en accordéon, dans ce tintamarre de ferraille.

Alice avait une idée, sa théorie sur la richesse et le pouvoir. Sempiternelle. Et à la fin, quand elle se retourna vers lui, en entendant que l'on hurlait son nom, surprise que Patrick fût si près, rien n'était résolu. Rien n'était accompli. Et lui ne pouvait penser à autre chose qu'aux yeux qui le cherchaient par-delà cette blessure atroce qui apparut tandis qu'elle se retournait.

Ils arrivent à Huntsville à trois heures du matin. Un porteur remonte le couloir des couchettes et étiquette les chaussures qui attendent le bon plaisir du cireur. Quelques minutes plus tard, il revient, muni d'un sac dans lequel il les jette. Les passagers ne seront pas réveillés avant sept heures.

Assis sur les marches du train, les stewards cirent les souliers, conversant à voix basse, fumant des cigarettes. Patrick les aperçoit dans la vapeur jaune du projecteur de la gare. Il se promène jusqu'au bout du quai, vers le trou noir de l'obscurité. Buissons. Il se sent tout à coup transparent, minuscule. En cette nuit d'août, la totalité de la civilisation se résume à deux hommes sur les marches d'un train, occupés à cirer des chaussures. Il les regarde depuis son trou d'obscurité. Il a traversé les fontaines de lumière qui ruissellent sur le quai et la lumière ne s'est pas attachée à lui. Il se serait retrouvé trempé s'il avait marché sous la pluie. Mais de la lumière ou même un homme en train de cirer une chaussure marron à quatre heures du matin n'est qu'une idée. Et cela ne convertira pas Patrick, chez qui la perte crée du venin. Le délire l'étouffe. En des moments comme celui-ci, il voudrait mettre ses mains sous les roues d'un train pour exaspérer le conducteur. En guise de représailles, il voudrait s'empaler les mains à fracasser des porcs-épics contre la barrière, pour ne faire qu'un avec la douleur.

A huit heures du matin, les passagers descendent du train, ensommeillés, ahuris de devoir bouger, marcher jusqu'au quai de la Compagnie de Navigation de Huntsville et du Lac-des-Baies. Patrick porte sa valise fragile et monte à bord du vapeur *Algonquin*.

La plupart de ceux qui se pressent aux régates descendront à l'auberge Bigwin ou à l'hôtel Muskoka. Le bateau passe le long des îles cachées par d'épais rideaux d'arbres. De temps en temps, une clairière troue ce décor rupestre. Décor bien spartiate pour tous ces riches, que ce terrain de jeux attire. Patrick trouve une chaise longue et s'endort. Même dans son sommeil sa main serre la valise. A chaque mugissement de la corne il s'éveille, tandis que le bateau se perd en lacets et méandres jusqu'à North Portage. Ils longent Bigwin Island, où l'orchestre anglo-canadien les accueille du haut d'un rocher avec ses tubas, ses trompettes, ses violons et autres instruments. Patrick leur fait des signes, comme les autres passagers. Il ne reviendra pas par le même chemin. Alors, autant les saluer.

Dans le jardin des Aveugles, sur Page Island, un chérubin de pierre tend une paume dont jaillit de l'eau. Un arbre envahi d'oiseaux règne, majestueux, sur la pelouse. Trilles, chants, chamailleries aiguës, cascadent du feuillage et retombent en pluie sur l'aveugle qui est assise là, dessous. Des graines voltigent sur les bordures de gravier, sentier sûr pour ceux qui n'y voient pas. Sur l'autre banc, sous l'arbre, Patrick lit le journal.

S'il ferme les yeux, le joyeux vacarme l'accable, tout comme il s'imagine que le chérubin subit l'eau qui jaillit de sa paume et lui retombe sur le visage. Un oiseau passe. A sa droite, la femme entend le froissement de son journal et décèle un étranger.

Il est à une île du brasier de la veille, et il lui faut se cacher dans ce jardin, parmi les aveugles, jusqu'au crépuscule.

Il avait dévissé le bouchon du bidon de paraffine glougloutant qu'il venait de tirer de sa valise noire. Il se mit à arpenter la mezzanine déserte de l'hôtel Muskoka. Il avait attendu que les hôtes et l'équipe soient sur les pelouses, occupés par le dîner des régates. Il se pencha sur la rampe pour regarder les têtes empaillées des animaux au-dessous de lui. Le liquide dégoulinait. Il recommença à marcher, tenant l'innocente valise, puis il redescendit vers le hall d'entrée. L'odeur devenait évidente. *Au feu!* cria-t-il en grattant l'allumette. Le feu galopa jusqu'à l'étage, s'enroula autour de la mezzanine. Patrick plongea la manche de sa veste dans un aquarium. Au pied de l'escalier, la valise explosa. Il traversa le hall de l'hôtel Muskoka. Au-dessus de lui, les têtes de cerfs se consumaient.

Il s'éloigna du feu et se dirigea vers l'eau. En se rendant à la barque, il vérifia les explosifs cachés sous le dock. Sur la pelouse bleu nuit, ils regardaient les flammes, interdits. On le vit détacher le bateau, on le montra du doigt. Debout, Patrick leur adressa des signes, auxquels ils répondirent, méfiants, puis ils s'élancèrent vers le quai. Après tout, Patrick est peut-être un ami...

Il alluma la mèche qui courut vers les deux hommes et s'éloigna à la rame. La mèche, gamine effrontée, bourdonnait et courait sous leurs pieds. Ils s'arrêtèrent, se retournèrent, ils avaient compris. Le plus âgé plongea, l'autre s'immobilisa, mains sur les hanches. Une gerbe bleue se leva et retomba en brasillant, séparant le quai du rivage.

Au jardin des Aveugles, il commence à être sensible non plus au bruit, mais à l'odeur. Les plantes ont été choisies avec soin : les visiteurs peuvent errer de parfum en parfum, ils ont leurs antennes. A sa gauche, il peut sentir du seringa. Il se penche vers la plate-bande surélevée et renifle longuement.

Patrick entend les pas. Une main effleure son dos : l'aveugle qui l'avait entendu froisser les journaux vient vers lui.

— Vous pouvez voir, vous... dit-elle.

— Oui.

Elle sourit.

— Vous avez le nez plutôt bruyant.

Elle s'appelle Elizabeth. Elle lui propose de visiter le jardin. Elle ajoute que sa sœur serait le guide idéal et saurait mieux qu'elle lui en faire apprécier les herbes, car elle ne boit pas. « Je bois comme un trou, mais l'après-midi seulement. Une histoire de cœur qui s'est mal terminée quand j'avais la trentaine. » Ils marchent l'un à côté de l'autre. Patrick admire l'aisance avec laquelle elle déambule dans ce monde et se dirige, sûre d'elle-même, vers le basilic et l'oseille. Au passage, elle baisse la main pour caresser la soie veloutée appelée herbe à lapins. Son jardin est une salle de bal. Elle l'initie aux charmes secrets de l'aneth et du cumin, ces petites sœurs timides. Elle lui conseille de se baisser pour froisser quelque feuille trop subtile pour qu'il puisse l'apprécier sans la toucher.

« Vous devez oublier les bruits, si vous voulez vous concentrer sur votre odorat. Le bruit des oiseaux est un enchantement, mais quand j'arrive ici soûle ou avec la gueule de bois, il m'est atroce. Je voudrais imprégner mon mouchoir d'éther, grimper dans les branches et les chloroformer. » Au centre du jardin, près du chérubin tout éclaboussé, ils reviennent à un autre arbre, sans oiseau celui-là. « Regardez le camphrier... L'oiseau sent la mort mieux que nous. Les plantes ont des généalogies complexes. Pour l'oiseau, on reconnaît d'abord un fruit succulent à son pedigree. Vous pouvez aimer les noix de cajou ou la mangue, ou admirer le sumac, mais l'oiseau sait bien, lui, que tous trois appartiennent à la famille du sumac vénéneux. »

Elle l'entraîne vers les plantes exotiques — vers le plaqueminier stérile et la *pimprenelle*, qui n'est autre que l'anis. Elle se montre curieuse à son sujet mais lui n'est guère loquace, il se contente d'être courtois. Il lui faudra rester sur l'île jusqu'au soir puis essayer de nager vers un bateau. Sur les plates-bandes : de l'estragon, de la lavande et du cardamome. Elle lui passe sans ménagements les mains sur le visage : elle l'explore. Elle découvre une verrue près de l'oreille.

— Mettez du baume du Pérou là-dessus.

— La police me recherche.

— Pour ?

— Pour destruction volontaire du bien d'autrui. Elle rit.

— Ne vous en prenez pas à la vie, tout de même...

En ce jardin, une frise vivante : une femme aux paumes douces caresse le visage d'un homme élancé, l'aveuglant.

Elle ôte les mains de ses yeux et perçoit un réflexe qui n'indique ni surprise ni dégoût mais autre chose.

— Qu'est-ce que c'est ?

Son œil vert trouve en lui un écho. *Retias puna*, de son nom canadien, *papillon lune*. Son autre œil est absent, tout simplement pas ici. La vieille chair flasque de la paupière ne recouvre rien. Mais cet œil est vert forêt, vert mousse, il se promène partout cherchant son regard à lui, traînant avec délices sur ses épaules, atterrissant sur son oreille, sur son nez. Il avait aimé le papillon lune, il en voyait le petit corps velu palpiter sur une branche ou se balancer dans le faisceau de sa torche, une fantaisie de papyrus, ce scintillement sur son aile était sa signature. La femme déplace le miroir vert embrumé de son œil pour refléter ce qui l'entoure.

— Qu'est-ce que c'est que ça ?

Patrick la laisse le guider jusqu'au banc. Ils s'asseyent, elle lui prend la main, refuse de la lâcher. Il sent à quel point elle le perçoit, accueille toutes ses qualités, dans ce jardin tranquille, vibrant. Les veines bleues sont fines et bien marquées sous la peau lisse de ses mains. Il est incapable de parler même si tout ce qu'il devait dire restait enfoui derrière ces yeux d'aveugle. Alice Gull, dirait-il, celle qui défendait une grande cause, celle qui lui sautait dans les bras comme une marionnette bien vivante, celle qu'on avait retrouvée morte sur un trottoir ensanglanté, en lambeaux dans ses bras.

Nul ne pénètre dans le jardin pendant qu'ils y sont assis. A côté du banc de bois, de la menthe anglaise, du rosemarin, de l'*Artemesia aduacumculas*, cette plante dont elle prétend ignorer le nom moins savant. Les muscles de sa main se relâchent, il se tourne vers elle pour la regarder. Elle se repose, la tête rejetée en arrière, doucement endormie. Il enlève sa main de son étau et la quitte.

A cette heure, il se confond avec l'eau du soir, tandis que le reflet des lumières du quai glisse sur lui. Six étoiles, une lune. La nouvelle de l'incendie a laissé les Muskokas en émoi et Patrick lutte contre le courant au large de Page Island pour nager vers ce bateau. Il a rampé sur la noirceur du lac à une vitesse d'escargot. Croisière nocturne dansante. Pendant qu'il nage lui parviennent des voix, de la musique. Le son d'un tambourin paraît sombrer avec un bruit de verre assourdi. Une demi-lune, des étoiles, une boucle de lumières sur un quai.

A un moment de son passé, n'a-t-il pas rêvé ce moment : une nage diabolique dans les ténèbres, vers le fanal lointain d'un bateau? Il est coupé des contingences du monde, il voudrait s'endormir, s'abandonner à ce courant dont il vient de s'échapper, retourner au jardin des Aveugles. Et dormir. Mais il est hypnotisé par ce fanal anonyme.

Une masselotte effleure ses côtes. Patrick s'entend crier comme un animal. Dans ses rêves, il nage vers un bateau, parmi les crocodiles, drossé par les vents tropicaux. Il agite l'eau pour essayer de découvrir ce qui l'a touché, mais la chose a déjà disparu. « C'était une masselotte », se dit-il, parlant fort, déterminé, farouche, toute peur muée en ultime énergie. Ce contact le ranime et l'enivre. Il se rappelle sa fuite, se revoit sortant par la *porte cochère* de l'hôtel Muskoka, laissant des flammes derrière lui. Désormais, il restera enfant des ténèbres. Jamais plus son visage n'émergera des ténèbres. Rien qui fasse histoire.

Il continue à nager, sentant les traces de fumée de noyer qui émanent des feux de camp sur l'île. La faim le fait délirer. Musique du bateau. « Méfie-toi des étangs glacés, des blondes oxygénées, des actions et obligations... » La voix du chanteur sur un arrière-fond d'orchestre. Et que feront-ils en le voyant grimper à un cordage en leur compagnie, les algues du lac enroulées autour de son épaule, et sur son flanc le sang qu'a fait gicler le rondin.

Il est contre le bateau, à l'ombre de la lune, il relève la tête, et regarde autour de lui. Le *Cherokee*. Les panneaux vitrés de la grande cabine et du salon jettent une lumière sur l'eau. Plus haut, le pont, les couples qui dansent, l'orchestre. Il s'agrippe aux bouées qui protègent les flancs du navire lorsqu'il est à quai. Il flaire de la nourriture sur le pont, se dépêche de monter, s'élance la tête la première par une fenêtre, atterrit sur une table. Il est dans les cuisines. En entendant ce vacarme, un mitron se retourne et l'aperçoit sur le dos, au milieu de débris de verre. Patrick pose son doigt sur ses lèvres et ne le retire que lorsque l'homme, après avoir fait un signe de tête, est allé refermer la porte. Il descend de la table avec précaution. Sur le pont, on fait la pause, on rit, on applaudit le plateau tombé par terre ou la cause de ce fracas. Le mitron arrive avec un balai et nettoie tandis que Patrick se débarrasse de ses vêtements mouillés. Il s'est coupé au flanc et à la cuisse. Le mitron mime celui qui va se coucher puis il sort de la pièce comme un fantôme. Patrick se dirige vers l'interrupteur et baisse la lumière de la cuisine.

Il doit être environ minuit. Sur le pont, le vacarme continue, l'orchestre se fraye un chemin à travers l'amour suspect, l'amour peut-être. Fragile, la musique se coule dans cette grande cuisine qui, ce soir, lui appartient. Il sait qu'il sera pris, sans doute emprisonné, mais pour l'instant il se réjouit de cette brève liberté.

Il essore ses vêtements, allume les grands fours, étend bien à plat sa chemise et son pantalon et les glisse à l'intérieur à l'aide d'une pelle de boulanger. Il cherche alors de quoi manger, trouve des pommes de terre cuites. Il sort un bout dc viande crue du réfrigérateur et se cache derrière le comptoir. Il avale la pomme de terre, attaque la viande avec un couteau tranchant et lui fait un sort, tout en léchant le jus qui dégouline le long de son bras. De temps en temps, il se lève pour boire aux robinets et surveiller ses vêtements qui cuisent à four moyen.

LIVRE TROISIÈME

Caravaggio

Un toit de tôle bleue. Ils peignaient le toit du pénitencier de Kingston en bleu, jusqu'au ciel. A la longue, les trois hommes qui y travaillaient ne savaient plus trop où il s'arrêtait. Comme s'ils avaient pu grimper plus haut, au-delà de ces tôles, jusqu'à cet océan au-dessus du toit.

D'ici midi, au bout de quatre heures, ils croiraient marcher dans l'azur. Les détenus Buck, Lewis et Caravaggio savaient bien, eux, que leurs sens les abusaient, les humiliaient. Pourquoi un toit délibérément bleu? Ils ne pouvaient bouger sans devoir repenser à l'endroit où s'arrêtait une surface. Par moments, Patrick Lewis se figeait sur place, brandissant sa brosse, courtoisie du gouvernement. Un pas innocent selon toute apparence, il tomberait dans le vide et c'en serait fini de lui. A quarante mètres du sol. Les seaux de peinture étaient reliés par une corde — il y en a une de chaque côté de la bâtisse —, ainsi, les deux homme s'avançaient symétriquement sur ce toit qui n'en finissait pas. Pendant la pause ils s'asseyaient sur le toit avec leurs sandwiches, car ils ne redescendaient pas de la journée. Ils enfonçaient la paume de leurs mains dans la peinture en travaillant, et voilà qu'ils se grattaient le nez et s'apercevaient soudain qu'ils étaient devenus en partie invisibles. Pour peu qu'ils peignent assez longtemps, ils finiraient par disparaître, oiseaux bleus dans le ciel. Patrick Lewis l'avait compris, lui qui avait peint une bestiole qui ne sortirait pas vivante de ce métal bleu.

Rappelez-vous la ligne de démarcation, avait déclaré le détenu du nom de Caravaggio. *C'est tout ce dont nous devons nous souvenir.*

Et c'est comme ça qu'il s'échappa — une grande courroie passée sous ses épaules et attachée au dôme pour lui permettre de flotter, bras libres, étendus, tandis que Buck et Patrick le peinturluraient, couvrant de bleu ses mains, ses bottes et ses cheveux. Ils en enduisirent ses vêtements, lui posèrent un bout de mouchoir sur les yeux et lui peignirent la figure en bleu. Voilà, il avait disparu. Les gardiens levèrent la tête, ils n'y virent que du bleu.

Une fois que la fièvre des recherches se fut calmée et après le coup de sifflet du couvre-feu, Caravaggio demeura comme il était, incapable d'entrevoir ce qu'il savait être un malheureux chanteau de nouvelle lune aux rayons souffreteux. Une lune de malandrin. On pouvait entendre le lac Ontario dans ce silence tout neuf après que le vent fut tombé. Bruissement des voiliers. Griffes de chouette sur la tôle du toit. Il commença à remuer dans son cocon de peinture trop sèche, sans pouvoir d'abord se libérer de son carcan, sentant craquer ses vêtements tandis qu'il pliait le bras pour enlever le mouchoir. Il ne voyait que la nuit. Il défit la courroie. Déroulant la corde cachée autour du dôme, il se laissa glisser du toit.

Il traversa en courant la ville de Bath, le rectangle blanc sur les yeux, en quête d'une quincaillerie où s'introduire. Créature exotique, il devait s'échapper de sa peau bleue avant l'aurore. Mais il n'y avait pas plus de quincaillerie que de droguerie.

Il pénétra dans un magasin de vêtements, se déshabilla dans le noir, dévalisa les étagères et s'affubla de ce qui lui allait. Dans les pièces du dessus, la radio braillait du jazz. La musique, sa boussole. Ses mains reconnurent un miroir, mais il n'alluma pas. Il prit des gants, sauta dans un wagon transportant du lait, et grimpa sur le toit du train. Il pleuvait. Il enleva sa ceinture, s'attacha, et s'endormit.

Arrivé à Trenton, il se détacha et se laissa glisser sur le remblai au moment où le train repartait. Il était encore tout bleu, incapable de voir à quoi il ressemblait. Il enleva ses vêtements, les étala sur l'herbe pour les examiner à la lumière du jour, ils avaient forme humaine. Il ne connaissait rien de la ville de Trenton, si ce n'est qu'elle était à trois heures de train de Toronto. Il se rendormit. Vers la fin de l'après-midi, en marchant dans les bois qui bordaient la zone industrielle, il aperçut l'entreprise Redick, spécialisée dans les portes et châssis. Il se nettoya aussi bien que possible, puis émergea des arbres, pull vert, pantalon noir, bottes bleues, tête bleue.

Un gosse, assis sur des planches, derrière le magasin, l'entrevit au moment où il arrivait dans la cour et ne bougea pas. Il se contenta de le laisser traverser les vingt-cinq mètres qui le séparaient encore du magasin, l'air le plus détendu du monde. Caravaggio s'accroupit devant l'enfant.

— Comment tu t'appelles ?

— Alfred.

— Al, dis-moi, tu peux me trouver de la térébenthine ?

— T'es avec ceux qui font le film ?

— Quel film ?

Il fit un signe de tête.

Le gosse s'en alla en courant. Quelques minutes plus tard, il revint, toujours seul. C'était parfait.

— C'est à ton père, ça ?

— Non, mais j'aime bien cet endroit avec toutes ces portes entassées partout, j' sais pas pourquoi elles sont là.

Caravaggio déchira le pan de sa chemise.

— En ville, il y a un autre endroit où on voit des moteurs de hors-bord et de voitures suspendus à des branches.

— C'est vrai ? Ecoute, mon vieux, tu peux m'aider à m'enlever ça de la figure et des cheveux ?

— Bien sûr.

Ils s'assirent dans le soleil de la fin d'après-midi. Le gamin débarbouillait le visage de Caravaggio en trempant le pan de la chemise dans l'essence. Ils conversaient de cet autre endroit où des moteurs étaient suspendus à des branches.

Caravaggio défit sa chemise. Le jeune garçon eut un haut-le-cœur en voyant les horribles cicatrices autour de son cou. On eût dit qu'un oiseau gigantesque y avait laissé les traces de ses serres en essayant de lui arracher la tête. Caravaggio lui conseilla d'oublier le film : après tout, il n'était pas acteur mais repris de justice... « Je suis Caravaggio, le peintre », expliqua-t-il en riant. Al promit de ne rien dire.

Ils décidèrent qu'il faudrait lui couper les cheveux. Le gosse retourna donc à l'entrepôt et en revint en ricanant, en se trémoussant et brandissant des sécateurs. Il ne fallut pas longtemps pour que Caravaggio se retrouve presque chauve et certes méconnaissable.

Profitant de ce que le propriétaire de l'entreprise était occupé, Caravaggio se servit des toilettes, se savonna et rinça la térébenthine. C'était la première fois en trois mois qu'il voyait son cou dans un miroir, les souvenirs de certaine échauffourée en prison.

Dans la cour, Al écrivit son nom sur un bout de papier. Il tira de sa poche un vieux bouchon sur lequel était inscrit « année 1882 », et enroula son papier autour de celui-ci. Lorsque l'homme revint, tout propre, le gamin le lui tendit. L'homme le prévint : « Je n'ai rien à te donner pour le moment. » Le garçon sourit, tout heureux. « Je sais, dit-il, mais rappelle-toi mon nom. »

Il courait, ses bottes disparaissaient dans les fourrés grisonnants. Il fuyait le lac Ontario, se dirigeant vers le nord, où il savait qu'il trouverait une cabane inoccupée où il pourrait passer quelques jours, tranquille. Pour Caravaggio, le paysage n'était jamais calme. Un arbre se courbant avec difficulté, une fleur battant au vent, un nuage devenant noir, une pomme de pin qui tombait, tout se mouvait à des vitesses différentes. En courant, il voyait tout cela. Ses yeux devenaient cinquante sentinelles, guettant toute approche.

Il court, le canal est à sa droite, laissant derrière lui les bâtisses de l'écluse et leurs jetées de béton. De temps en temps, il s'arrête et regarde les eaux vitreuses devenir chaos de l'autre côté du sas, puis il repart. En deux jours, il a atteint Bobcageon. Il passe la nuit au milieu des planches de la scierie et, le soir suivant, il dévale une route. La nuit tombe. Une quatrième nuit à la belle étoile. Des traces de peinture bleue s'obstinent autour de son poignet.

Les premières chaumières montraient trop de signe de vie. Les canoës avaient été remontés. Il se cacha dans les allées et bientôt parvint à un chalet aux volets verts, pignons peints, toit en forte pente, dont l'entrée était une véranda. Au cas où les propriétaires feraient leur apparition, il pouvait toujours sauter de la fenêtre de l'étage sur le toit. Caravaggio comprenait l'architecture comme les voleurs, qui savent que les placards pèchent souvent pour un fond mal en point, ou qu'il est plus aisé de traverser une clôture que de l'escalader.

Immobile, pantelant, il évalua le chalet, épuisé par sa course, n'ayant dans l'estomac que quelques barres de chocolat, cadeau du gamin. *Al...* Derrière lui, le paysage s'obscurcit trop vite. Dix secondes plus tard, il se retrouvait dans le chalet.

Excité, il fit le tour du propriétaire. Sa main se complut à caresser le canapé. Sur l'étagère, des magazines étaient entassés. Tournant à gauche, il se retrouva dans une cuisine et, à l'aide d'un couteau, éventra une boîte de conserves. Le noir. Il ne voulait pas de lumière, ce soir. Le couteau s'enfonça dans la boîte et il avala les haricots, trop affamé, trop las pour se servir d'une cuillère. Il grimpa à l'étage, arracha deux couvertures à un lit et les étala dans le couloir tout près de la fenêtre qui menait au toit.

Il détestait les heures perdues à sommeiller. Il était de ceux qui puisent leur énergie à la lumière du jour. Le soir, sa femme s'endormait dans ses bras, mais autour de lui la chambre était en vie, son corps absorbait le moindre bruit, son regard brossait l'obscurité. Il avait le sommeil léger du voleur, éternellement fatigué...

*

Il pénètre dans l'eau noire. Une température de sang. Il ne voit ni ne sent d'horizon, de limite au liquide dans lequel il baigne. L'air de la nuit sent la geôle. Près de lui, un animal se glisse dans l'eau. La rivière n'est pas profonde, il peut passer à gué. Ses bottes pendent autour de son cou. Il ne veut pas les mouiller, mais il s'enfonce et comprend qu'elles s'alourdissent d'eau. Le fond de la rivière a l'air sûr. Boue. Bâtons. A une centaine de mètres, un pont de bois. Sa botte lui tiraille la clavicule.

Caravaggio dort, la tête en arrière, englué dans un de ses cauchemars habituels. Trois hommes entrent, sans faire de bruit. Ils entrent, et de sa cellule qui lui fait face Patrick les observe, la langue collée à son palais. Ils lèvent les mains sur Caravaggio, Patrick annonce un quadrille — « Allemande à gauche, tous à vos coins », hurle-t-il, comme un idiot, avertissement dans l'obscurité de la pierre. Les trois hommes se tournent vers ce bruit soudain. Caravaggio est aux prises avec son cauchemar.

Les hommes font une corde de son drap gris. Ils l'entortillent autour de ses yeux et de son nez. Caravaggio peut à peine respirer, à peine entendre leurs coups comme à retardement contre ses tempes. Ils se le balancent, tout ligoté, jusqu'à ce qu'un autre le rattrape. Un autre coup : sa voix continue à crier... Les autres cellules ont repris vie et cognent aussi. « Oiselles volent, corbeaux se posent. Corbeaux s'envolent et tournez oiselles. » Les mots de son père resurgissent de son passé, bande sonore pour un meurtre.

L'animal du cauchemar montre ses crocs. Caravaggio veut les éviter et sa bouche déchire la botte qui pend de son cou. De l'eau en sort. Il se sent devenir plus léger. On le balance d'un côté et de l'autre, il ne voit rien, ne sent rien, il a dix ans et fait de folles acrobaties dans les arbres. Un mur ou un bras le frappe. « Saloperie de Rital ! Salaud de métèque ! » « Honorez votre cavalière, saluez, un genou en terre. » Ses mains s'agrippent à cette créature aquatique, sacrifiant ses mains pour protéger son corps. Son cœur devient exsangue. Il ravale un souffle desséché. Il voudrait se mettre à quatre pattes et laper l'eau dans une soucoupe.

Trois hommes devenus arrogants, qui se sont défaits de leur race, s'acharnent contre lui. « Salut, le Rital ». Et le coup de pied de l'homme dans son estomac libère le chanteur en lui comme s'ils donnaient un coup de coude à un orgue électrique, des tons rapides s'en échappent, se tissent en un pas-de-deux. Les brutes tabassent Caravaggio à qui ils ont bandé les yeux. Le chanteur semble son seul allié, alors que son esprit reste sous l'eau. Alors, ils le laissent partir.

Il se tient là, les yeux bandés, les mains libres. Dans la cellule voisine, l'homme se calme, laissant Caravaggio épier le silence pour repérer les hommes : ces bêtes stupides dont il pourrait voler les crocs. Tous regardent sauf lui, les yeux bandés, les mains libres.

La scie improvisée décrit un arc de cercle autour de sa gorge, à droite de la botte qui pend, déchirée et béante. Il s'effondre contre le mur de chaux. L'autre botte de cuir recrache son eau comme si c'en était fait de son poumon. Un vide de silence.

Il comprend que les hommes sont partis. Le témoin, celui qui appelle de l'étage du dessus, lui parle maintenant doucement. « Ils t'ont coupé le cou. Tu comprends ? Ils t'ont coupé le cou. Tu dois arrêter le sang avant que quelqu'un arrive. » Alors Patrick hurle dans l'obscurité pour demander de l'aide.

Caravaggio trouve le lit. Il s'agenouille sur le matelas, prend appui sur sa tête et ses coudes afin que rien n'active la douleur. Le sang coule le long de son menton et rentre dans sa bouche. Il a l'impression d'avoir dévoré l'animal qui l'a attaqué et il recrache ce qu'il peut, sa vieille salive, son sang. Et il crache, et il crache... Et tout s'échappe. Sa main gauche cherche son cou, et il n'est pas là.

*

Le lendemain matin, en canoë, Caravaggio explora le rivage autour du chalet. Il était sur le lac lorsqu'une femme, dans un autre canoë, apparut sur la crique et le salua : cheveux roux, peau claire et laiteuse de sorcière. Elle portait un chapeau retenu par une écharpe et lui fit un signe, persuadée que s'il était là, dans le canoë et sur ce lac, il ne pouvait être que d'honorable compagnie, même si tout ce qu'il portait sur lui avait été chapardé dans le bureau bleu du chalet. La chemise lavande, le pantalon de toile blanche, les chaussures de tennis. Il s'arrêta de ramer. Avec des mouvements de rames compliqués, elle parvint à ses côtés.

— Vous êtes l'hôte des Neal ?

— Qu'est-ce qui vous fait dire ça ?

Elle montra le canoë. Par ici, on reconnaît le canoë du voisin.

— Ils vont venir passer le mois d'août ?

— Je crois. Ils n'en étaient pas sûrs.

— Oh, ils viennent toujours. Je suis Anne, leur voisine.

D'un geste, elle indiqua la propriété d'à côté. Elle portait un maillot de bain, une jupe de cotonnade. Elle était nu-pieds, la rame posée sur l'épaule.

— Je suis David.

Des gouttes d'eau ruisselaient sur sa peau et le long du bois brun. Son visage était étonnamment lisse, de temps à autre il se distinguait dans l'ombre de son chapeau de paille.

Il décida de jouer cartes sur table.

— Je suis ici pour voir où j'en suis.

— C'est le coin rêvé pour ça.

Il la regarda à nouveau, au-delà du visage laiteux et des bras nus.

— Pourquoi m'avez-vous dit ça ?

Elle leva la main pour se protéger du soleil, l'œil inquisiteur.

— Ce que vous venez de dire...

— Simplement que j'adore ce coin. Il peut vous remettre sur pied si vous êtes seul par ici. Vous êtes artiste ?

— Pourquoi ?

— Vous avez de l'outremer sur le cou.

Il sourit. Il l'appelait bleu depuis si longtemps...

— Il faut que j'y aille, dit-il.

Elle souleva sa rame et la plaça sur ses genoux, hochant la tête, comprenant soudain qu'un mur venait de s'élever entre eux. Leurs canoës se heurtèrent, elle s'éloigna à la rame.

Jamais on ne lui avait parlé avec tant de ferveur en une seule phrase. *Le coin rêvé... où rêver...*

— Merci...

Elle se retourna, ne sachant que penser.

— ... De m'avoir montré l'outremer...

— Oh... profitez du lac.

— Sûrement.

Elle avait senti son mouvement de recul. Seule, n'ayant pas vu âme qui vive depuis des semaines, peut-être s'était-elle trop approchée, peut-être avait-elle parlé trop fort. Il contempla la fragilité de son dos tandis qu'elle s'éloignait à la rame.

Pour Caravaggio, soudain le lac avait pris vie, était devenu une créature sur le dos de laquelle il se laissait porter. Il ne pensait plus entrées ni sorties. En cet instant, il n'y a plus que glissade ou camaraderie.

*

La première fois que Caravaggio avait remarqué Patrick Lewis en train de l'observer dans sa cellule, il s'était contenté d'un vague signe et avait détourné la tête. Caravaggio passait alors le plus clair de son temps à dormir d'un sommeil agité. La veilleuse de nuit dans les cellules, le bruit constant, le rendaient nerveux. Le détenu d'en face, qui avait tenté de mettre le feu à l'hôtel Muskoka, était plus mal loti. Il s'asseyait toujours tout droit sur son lit à guetter les mouvements alentour. Le jour où Caravaggio rentra de l'hôpital, la gorge recousue après son agression, Patrick l'attendait. Le lendemain après-midi, Caravaggio s'éveilla, tenaillé par la douleur, il se retourna et aperçut le regard rassurant de l'homme. Patrick était resté assis auprès de lui, prenant soin, puisqu'il fumait, d'écarter sa cigarette du visage blessé.

— T'as pas un chien rouge ? avait-il demandé à Caravaggio quelques jours plus tard.

— Rouquin, avait-il murmuré.

— C'est toi le voleur, n'est-ce pas ?

— Le meilleur qui soit, c'est d'ailleurs pour ça que je suis ici.

— Quelqu'un a mouchardé, je suppose.

— Ouais. Le rouquin.

Il avait fait son apprentissage de voleur dans des pièces non éclairées, démontant des pieds de table, les arrières des radios et des fonds de grille-pain. Il tirait les rideaux pour intercepter le moindre rai de lumière venant de la rue, vidait les placards de la cuisine, replaçant tout à nouveau, s'obligeant à retrouver la place de chaque objet. Lorsque sa femme dormait, il déménageait la chambre et y installait le canapé, changeait les tableaux accrochés aux murs, les napperons de la table de nuit.

Quand il faisait jour, il se déplaçait lentement comme pour épargner ce qui lui restait d'énergie, chauve-souris après un vol postcoïtal. Il entrait dans un magasin de meubles pour prendre un paquet pour sa femme et, du bout des doigts, il lissait les meubles, faisant passer en esprit les chaises par telle ou telle fenêtre, trimbalant par la porte la table dont on se servait au moment de la moisson. Un angle de trente degrés, à droite toute.

En bon voleur, il avait un sens du monde qui se limitait à ce qui se trouvait à cinq ou six mètres de lui.

Au cours de son premier cambriolage, Caravaggio se blessa en sautant par une fenêtre. Il s'était retrouvé sur le dos, une cheville fracturée, sur la pelouse des Whitevale, un dessin de Jeffreys dans les bras. Il gisait encore là quand la famille était rentrée non sans pousser force hurlements en trébuchant sur le chien chloroformé et en allumant toutes les lumières de l'entrée. Fort heureusement, un arbre l'avait couvert de son ombre...

Deux heures plus tard, il était tombé sur une colonie de granges qui s'étiraient à n'en plus finir, sans trop savoir ce que c'était jusqu'à ce que l'odeur se saississe de lui. Une champignonnière. Seuls les couloirs et les bureaux étaient éclairés, les dortoirs, longs boyaux où on faisait pousser les champignons, étaient dans l'obscurité permanente. Il savait ce dont il avait besoin. Dans le hall d'entrée il y avait des casques dotés de lampes. Il faisait presque jour. Un dimanche... Une journée sans qu'on l'ait dérangé. Profitant du soleil, il avait coupé sa botte et sa chaussette, en avait fait une éclisse qu'il avait maintenue avec du chatterton. Sa faim était pire que sa douleur. Il contemplait son dessin volé, les lignes bien nettes, la signature tremblotante.

Le soir tombant, clopin-clopant, il s'était rendu à un potager, de l'autre côté de la route, il avait déterré quelques carottes et les avait cachées dans sa chemise. Il voulut attraper un poulet mais celui-ci hâta le pas, le laissant à la traîne. Il s'en retourna à la lumière minimale des couloirs de la champignonnière. Il lut les cartes de présence des employés. Salvatorelli, Mascarelli, Daquila, Pereira, De Francesca. Italiens pour la plupart, avec quelques Portugais. Des journées de huit heures à quatre heures. Cela le rassura. Il fouilla dans les tiroirs et les classeurs du bureau.

Il connaissait des gars qui vous flanquaient de la merde sur les tables de travail des bureaux dans lesquels ils pénétraient, mais il n'était pas de ceux-là. C'était, lui avait-on expliqué, dans les formes. La plupart des voleurs en herbe n'arrivaient pas à se contrôler. A force de se concentrer sur l'idée du cambriolage, il n'y avait plus de régulateur du corps. L'acte en lui-même sous-entendait certaine rusticité, mais, délesté de ses oublis, le voleur professionnel faisait preuve d'une précision d'apothicaire dans son survol de la pièce. Reçus mémorisés dans le détail, pages clés détachées à la lame de rasoir. Au centre du complot symétrique il y avait ce faux acte de folie.

Lorsque Caravaggio avait rejoint le monde des voleurs, il avait été frappé avant tout par leur courtoisie. Même ceux qui vous laissaient leur merde avaient de la classe et portaient des bésicles. Ils auraient bien prisé, mais ils avaient peur que cela affecte leur odorat. Les cafés des quartiers bien de Toronto étaient pleins de ces hommes qui n'avaient rien à faire de leurs après-midi, se réveillaient à midi, se rasaient et allaient déjeuner avec les amis. Caravaggio se sentait à l'aise avec eux et discourait sur l'art du cambriolage avec un conservatisme éclairé. Quelques-uns d'entre eux étaient « déménageurs », d'autres spécialistes du kidnapping d'animaux ou même d'épouses, d'autres encore limitaient leur pratique à la viande et charcuterie ou aux documents d'intérêt. Chacun protégeait jalousement son style et son domaine. Ils avaient essayé de persuader le jeune homme que ce qu'*ils* faisaient était un travail de grande portée; mais ils ne souhaitaient pas trop encourager la compétition.

Il était jeune. Il avait pour eux le plus grand respect, il aurait voulu être chacun d'entre eux en leurs moments de crise extrême. Il était pendu à leurs basques moins pour apprendre leur art que pour étudier leur façon de vivre quand ils revenaient au monde de l'ordre. Il avait vingt-deux ans au temps du café du Blue Cellar et il était seulement fasciné par ce qui avait du caractère. C'était un jeune homme pénétrant dans un château et qui se laissait envahir par la générosité de l'envie. Il laissait glisser sa main sur une rampe d'escalier et sa paume, ses doigts jouissaient de ce contact. Les interrupteurs compliqués ! Les tapis dans lesquels s'enfonçaient vos pieds ! Voilà ce qu'il avait fait de ce qui les caractérisait — il s'en était allé avec leurs maniérismes et leurs noms de marques, le rythme et le ton abstrait de leurs rêveries.

Plus tard, il avait suivi chacun d'entre eux à la trace pendant une semaine, afin d'observer leur manière de travailler. Certains pénétraient dans des maisons où ils passaient trois heures et ressortaient avec des objets si petits qu'ils tenaient dans une poche. D'autres vous embarquaient en une demi-heure tous les objets du rez-de-chaussée qu'on pouvait emporter.

Et maintenant, au beau milieu de son premier cambriolage, Caravaggio était plongé dans la lecture des rapports financiers de la champignonnière et venait de se retourner devant un tiroir-caisse. Ne vole jamais là où tu fais ton lit. Cette recherche était née de l'ennui. Ce qu'il voulait c'était un livre, c'était de la viande. S'il allait être contraint de rester quelques jours à l'ombre, il voulait du poulet et de la littérature. Caravaggio alluma la lampe de son casque de contremaître et entra dans un de ces dortoirs de champignons qu'il avait choisi auparavant. Des étagères à plusieurs niveaux couraient tout au long des murs. Il y avait des creux dans celles-ci contenant du fumier, de la terre et de jeunes champignons en train de pousser. Il se trouvait maintenant dans une prison bien sombre avec des millions de champignons. Il se pelotonna sous l'étagère inférieure, le plus loin possible de la porte, tenant son Jeffreys contre lui. Il éteignit la lampe de son casque, aspira l'air épaissi par l'odeur de légumes. Il n'avait pas dormi depuis un jour et demi, chloroformé son premier chien, sauté par une fenêtre, tenté de battre de vitesse un poulet...

Quelque chose lui effleura le visage. Sans même ouvrir les yeux il recula. Plus tôt, il avait été réveillé par des fragments de lumière tandis que des silhouettes se penchaient sur les petits récipients pour choisir les champignons qui en étaient tous à des stades différents, de sorte qu'il y aurait toujours une section prête. Il s'était rendormi au bruit des salopettes frottant contre les étagères. Maintenant le tissu contre son visage le fit sursauter. A sa droite, une femme faisait effort pour se tenir sur un seul pied. Elle se battait avec une chaussure, torse nu, en combinaison, appuyée contre le plâtre du mur. Elle avait posé son casque en équilibre sur l'étagère supérieure, afin de voir ce qu'elle faisait tandis qu'elle s'habillait. Son ombre blanche avançait, parallèle à sa blancheur.

Il resta immobile. Cheveux de jais et visage anguleux, son corps s'étirait pour attraper un chemisier accroché à une patère, elle était plus à son aise maintenant avec ses deux chaussures.

— Psst.

Elle jeta un regard intelligent dans l'obscurité, ramassa le casque et fit dévier la lumière à travers la pièce, en direction des étagères.

— Angelica ? C'est toi ? appela-t-elle.

Elle mit sa jupe, tenant son casque de l'autre main,

s'arrêta, se coiffa du casque et la boutonna. Elle se mit à chantonner. Il lui faudrait attirer son attention sans la terrifier. Il commença donc à fredonner avec elle. La lumière de son casque eut tôt fait de se diriger vers l'endroit où il était et elle lui envoya un violent coup de pied, en pleine figure. Après un hurlement de douleur, il se mit à rire.

— S'il vous plaît, demain, apportez-moi quelque chose à manger.

— *Perché*?

— Je suis un voleur. Je me suis cassé la cheville.

Elle se baissa et tendit la main.

— *Tartufi*? Qu'est-ce que vous volez donc? Des champignons?

Les mains sur son pied, elle sentait sa cheville bandée et croyait tout, sachant déjà que ce n'était pas un violent rien qu'à l'entendre rire.

— Je me la suis cassée à deux ou trois kilomètres d'ici. Je meurs de faim. Ayez la gentillesse de m'apporter du poulet demain.

Il ne pouvait pas voir son visage, seulement l'ourlet de sa jupe contre ses genoux à l'endroit où la lumière sautait quand elle s'accroupissait. Maintenant tout ce qu'il pouvait connaître d'elle c'était une voix, assurée, riant avec lui.

— *Come si chiama*?

— Giannetta.

— Et moi, Caravaggio.

— Un voleur.

— *Sicura*.

— Demain je vous apporterai du poulet. Et aussi une bible.

— Laissez-moi voir votre visage.

— *Basta ! Ha visto abbastanza.*

Elle lui tapotait le pied.

— Avez-vous besoin d'autre chose ?

— Tâchez de savoir ce que je dois faire pour mon pied.

Ce fut à nouveau l'obscurité. Lui qui languissait après la lumière... Le mince rayon qui s'échappait de son casque, ses côtes délicates tandis qu'elle attrapait le chemisier, son ombre triomphant de sa mémoire de sorte qu'il lui faudrait recommencer la scène, un petit bout de film, sept ou huit secondes, jusqu'à ce qu'elle ait atteint la lampe et se soit mise dans le noir. Il la répéta et la répéta puis il repensa à sa voix. N'était-ce pas étrange qu'il veuille avant tout du poulet ? C'était cette poursuite sans fruit, sur la route, qui lui démangeait la mémoire.

Elle revint le matin suivant et lui demanda de tourner la tête pendant qu'elle se changeait. Elle lui expliqua que chacun des employés avait sa pièce ou son coin où il se changeait et enfilait sa salopette. Elle défit un grand torchon et lui tendit des vivres. Du poulet, de la salade, du lait et du gâteau à la banane. C'était le pire gâteau à la banane qu'il ait jamais avalé.

— *Devo partire. Ritornero.*

Au cours de l'après-midi, Giannetta et trois autres employées vinrent jeter un coup d'œil sur lui. Il y eut les plaisanteries de rigueur et il apprécia la compagnie après pareille solitude. Une fois qu'elles furent reparties, bruyantes, elle tendit la main, en effleura la bouche de l'homme, puis elle sortit des bandes et repansa sa cheville.

— *Cosi va meglio.*

— Quand pourrai-je partir d'ici ?

— On a des plans pour vous.

— *Bene.* Laissez-moi voir votre visage.

La lampe de Giannetta resta immobile aux pieds du blessé. Il chercha donc son casque de contremaître et en dirigea les feux sur elle. Elle s'obstinait à garder les yeux baissés. Il comprit que sa main droite tenait toujours la cheville de la femme, depuis le moment où elle avait enlevé douloureusement le chatterton.

— Merci de m'aider.

— Pardon de vous avoir donné un tel coup de pied.

Le lendemain, Giannetta s'accroupit à ses côtés en souriant.

— Il va falloir qu'on vous rase la moustache. Il n'y a que les femmes qui travaillent ici.

— *Mannagia !*

— Il faut qu'on vous fasse sortir en femme.

Il sortit sa main et passa ses doigts dans ses cheveux, dans cette pénombre.

— Giannetta.

— Oui, mais enlevez votre bras.

La main de Giannetta était posée sur son épaule, tenant le rasoir à manche. Il ne voulait pas la lâcher.

Leurs visages s'assombrirent tandis qu'ils se penchaient en avant, car le faisceau de son casque passait au-delà de sa tête. Il pouvait sentir sa peau.

— Voici le premier baiser, murmura-t-elle.

Elle lui tendit la robe.

— *Non guardare,* s'il vous plaît. Ne regardez pas.

Il comprit qu'il se tenait à l'endroit même où elle avait été quelques jours plus tôt. Il alluma sa lampe pour l'éclairer, puis il enleva sa chemise, s'arrêta, mais elle continuait à le regarder. Il vit son ombre sur le mur. Elle s'avança vers lui, sourire aux lèvres l'aidant à assurer son équilibre tandis qu'il se tenait sur son pied valide.

— Attendez, je vais vous apprendre à mettre une robe. Commencez par déboutonner ce machin-là.

Elle tenait le vêtement en boule au-dessus de sa nudité.

— Ahh, Caravaggio, devrons-nous avouer à nos enfants comment nous nous sommes rencontrés ?

*

Cette fois il ne prit pas le canoë. Il avait déjà marché le long du rivage, se rappelant les bouts de marécages. Maintenant, vêtu de sombre, il traçait son chemin jusqu'au lotissement appartenant à la femme au canoë — le bâtiment principal, les chaumières attenantes, un hangar pour le bateau, une glacière. Il n'avait pas la moindre idée du nom du lac. En courant, il avait aperçu une pancarte disant que l'endroit s'appelait Featherstone Point. C'était au moment où il avait vu les câbles du téléphone qui, il le savait, provenaient de son lotissement.

Laissant derrière lui les derniers arbres, il déboucha en pleins champs, où tout était obscurité, comme si les propriétaires avaient fait leur bagage avant de partir. Il pensait voir des rectangles de lumière. A présent, il était complètement désorienté, ignorant dans quelle mesure il lui fallait tourner pour se retrouver en direction de sa chaumière. Il avait besoin d'un contexte humain. Un chien et sa chaîne, une fenêtre, un bruit. Il se retourna une nouvelle fois et vit le clair de lune qui se jouait sur le lac. Mais il n'y avait pas de lune. Il comprit que ce devait être de la lumière venant du hangar. Le paysage, les plans de la propriété lui revinrent aussitôt à la mémoire. Il se dirigea vers l'eau, sachant où étaient les buissons, la clôture, les arbres taillés, qu'il ne pouvait voir. Il se glissa dans le hangar, l'oreille aux aguets. Rien. Avec un palan à chaîne, dont on se servait pour remonter des moteurs de bateau, il se hissa jusqu'au premier toit qui bordait en quelque sorte la cabine du dessus. Il remonta la pente. La femme du nom d'Anne était assise à une table, à l'intérieur.

Lumière d'une lampe à pétrole. Elle était tournée vers l'eau, sa fenêtre de nuit, elle écrivait, penchée sur sa table, inconsciente de ce qui se passait dans la pièce. Une jupe d'été, une vieille chemise de son mari, les manches retroussées. Elle leva le nez de sa page et jeta un regard furtif sur le pétrole de la lampe. L'esprit derrière le regard ne savait pas où il était. Caravaggio n'avait jamais observé quelqu'un en train d'écrire. Il la vit poser son stylo puis le reprendre, l'essayer, et voyant que la plume était sèche, remonter son pan de chemise pour essuyer le bout, nettoyer l'évent, comme si la pause ne venait pas de l'hésitation de son esprit mais de l'atrophie de la plume. Maintenant elle se penchait de bonne foi, souriant à moitié, tournant la langue dans sa bouche. Si elle s'était tournée vers la droite, elle aurait vu sa tête derrière l'un des petits carreaux, alors que la lumière de la lampe à pétrole l'atteignait juste. Il pensa à ce regard possible et recula. Il pensa à toutes ces bibliothèques des maisons de Toronto dans lesquelles il s'était retrouvé, à ces grandes perspectives d'étagères qui allaient jusqu'au plafond, les reliures de porc et autres cuirs qui lui tombaient dans les bras tandis qu'il grimpait aux étagères en quête de tout objet précieux qu'il s'imaginait caché là, repoussant les livres de ses bottes pour permettre à ses orteils d'y prendre appui. Et de là, la tête près du plafond, regardant en bas le rectangle des pièces, entendant l'aboiement bien net en signe d'avertissement de son chien, ne bougeant pas. Et la porte s'ouvrant en dessous de lui — un homme entrant pour prendre le téléphone et faisant le numéro, tandis que Caravaggio restait suspendu là-haut à ses étagères, sachant maintenant qu'il devrait bouger sitôt qu'on le verrait en pantalon sombre et maillot de corps, aussi immobile qu'une gargouille contre les œuvres de Trollope et de H. G. Wells. Il atterrirait sur le canapé de cuir et sauterait sur le corps de l'homme avant même qu'il ait eu le temps de placer un mot au téléphone. Puis à travers les portes-fenêtres sans les ouvrir, la tête rentrée dans les épaules, il casserait verre et contreplaqué, avant de sauter en aveugle dans le jardin, où il maudirait son chien pour l'avoir averti trop tard, et il s'enfuirait.

Mais ce hangar pour bateaux n'avait guère de classe. Les pieds nus de la femme reposaient sur un plancher de bois teinté. Une lampe sur le bureau, un matelas par terre. A la faveur de cette lumière et avec tous ces petits carreaux de lumière autour d'elle, elle était à l'intérieur d'un diamant, luciole au bord du pétrole qui brûlait, prise au centre de toutes ses facettes. Il savait qu'il y avait une telle intimité dans ce qu'il voyait que même un mari n'aurait pu s'approcher d'aussi près que lui, un voleur qui voyait cette femme riche découvrant ce qu'elle était ou ce qu'elle était capable de faire.

Il porta ses mains à son visage et les sentit. Pétrole et rouille. Elles sentaient la chaîne. C'était toujours vrai des voleurs, ils sentaient ce contre quoi ils se frottaient. Peinture, champignons, matériel d'imprimerie, et pourtant ils n'avaient pas l'odeur des riches. Il aimait les gens qui sentaient leur métier — les charpentiers dépeçant les cèdres, les employés de la fourrière emportant avec eux l'odeur de chiens humides qui se débattaient. Et cette femme, que sentait-elle ? Dans cette pièce de pin blond, passé minuit, elle regardait fixement un bol de pétrole comme si elle voyait au travers du crâne d'un amant.

Il était anonyme, sans un coin de calme dans sa vie comme celui de cette femme. Il se tenait debout sur le toit, silhouette d'ours dans le subconscient de la femme, et elle passa à côté, pourchassant un autre secret bien à elle, en noir et blanc sur la page. Les maisons de Toronto qu'il avait aidé à construire, peindre ou cambrioler n'étaient pas marquées. Il ne laisserait jamais son esprit là où son talent était passé. Il était de ceux qui ont la rage ou seulement la tristesse de n'exister qu'à travers la description qu'en font les autres. Un goudronneur, un peintre en bâtiments, un voleur — et pourtant il restait invisible à tous ceux qui étaient autour de lui.

Il s'élança dans l'obscurité, foula l'herbe d'été et se dirigea vers le bâtiment principal. Sans allumer, il trouva le téléphone dans la cuisine et appela sa femme à Toronto.

— Figure-toi que j'en suis sorti.

— *La sa.*

— Comment ?

— La police était ici. *Scomparso.* Pas parce que tu t'es échappé mais parce que tu avais disparu.

— Quand est-ce qu'ils sont venus ?

— La semaine dernière. Deux jours après que tu es parti.

— Comment va Auguste ?

— Il est avec moi. Ses promenades du soir lui manquent.

Elle se mit à parler de la maison de son beau-frère, où elle avait emménagé. Cette fois à travers une pénombre qui était distance.

— Je reviendrai dès que je le pourrai, Gianetta.

— Fais attention.

Elle était au centre de la salle de séjour, dans l'obscurité, lorsqu'il s'éloigna du téléphone. Son oreille s'était concentrée sur la voix de Gianetta, rien d'autre. Dans sa tête, il l'imaginait — le visage d'albâtre, les cheveux de jais.

— *Non riuscivo a trovarti.*

— Parle anglais.

— Je n'ai pas réussi à vous trouver pour vous demander.

— Vous avez trouvé le chalet, vous avez trouvé le téléphone, vous auriez aussi bien pu me trouver.

— C'est vrai. Mais c'est une habitude... en général je ne demande pas.

— Je vais allumer.

— Oui, c'est toujours plus prudent.

Elle souleva le verre de la lampe et approcha l'allumette de la mèche, éclairant la jupe, la chemise et ses cheveux roux. Elle recula et s'appuya sur le dossier du canapé.

— Où appeliez-vous ?

— Toronto. Ma femme.

— Je vois.

— Je paierai.

D'un geste elle écarta la proposition.

— C'est la chemise de votre mari ?

— Non, mais les chemises de mon mari sont là. Vous les voulez ?

Il secoua la tête, balaya la pièce du regard. Une cheminée, un escalier, une chambre à l'étage.

— Que voulez-vous ? Vous êtes un cambrioleur, n'est-ce pas ?

— Avec les chalets, tout ce que vous pouvez voler c'est l'espace ou les gens. J'avais besoin de me servir de votre téléphone.

— J'ai faim. Vous aimeriez manger quelque chose ?

— Merci.

Il la suivit à la cuisine, se sentant à l'aise avec elle — comme si c'était la continuation de sa conversation avec Gianneta.

— Dites-moi...

— David.

— Oui, David, pourquoi n'ai-je pas peur de vous ?

— Parce que vous revenez de je ne sais où... Vous avez quelque chose là-bas... Ou vous êtes encore là-bas.

— De quoi parlez-vous ?

— J'étais sur le toit du hangar. C'est moi qui vous ai trouvée.

— J'ai cru qu'il y avait un ours dans les parages, ce soir.

Elle est assise en face de lui. Elle rit de l'histoire de son escapade, ne la croyant qu'à moitié. Un conte de fées. Elle met ses mains en coupe au-dessus du verre de la lampe qu'elle éteint. Deux heures du matin. Tandis qu'ils sombrent dans l'obscurité, il garde dans son esprit l'image de sa fragilité, de sa peau lisse, de sa chevelure étincelante qui se penche dans la lumière. Couleurs saisissantes de sa beauté étrange.

— Je ne peux pas supporter davantage de lumière, dit-elle.

— Oui, c'*est* la nuit. Laissez entrer l'obscurité.

— Ça m'est déjà arrivé d'avoir à passer du temps en chambre obscure... avec la varicelle.

Sa voix est précise, cristalline. Les yeux fermés, il l'écoute.

— J'étais encore toute gosse. Mon oncle, un docteur très connu, est venu me rendre visite. Dans ma chambre, tous les stores étaient baissés, les lumières en veilleuse. Du coup, je ne pouvais rien faire. Je n'avais même pas le droit de lire. Il m'a dit qu'il m'avait apporté des boucles d'oreilles. Pas comme les autres. Il a sorti des cerises. Deux cerises qui se tenaient par la queue, il les a passées au-dessus d'une de mes oreilles, en a pris deux autres qu'il a passées au-dessus de l'autre oreille. Ça m'a tenu compagnie pendant des jours. Le soir, je ne pouvais pas me coucher sans les enlever avec soin et les poser sur ma table de nuit.

— Vous avez des enfants ?

— J'ai un fils. Il doit arriver dans un jour ou deux avec mon mari. J'ai aussi un frère qui ne parle pas. La chemise est à lui. Ça fait des années qu'il n'a pas dit un mot.

Caravaggio est allongé sur le tapis. Plus tôt, quand il y avait de la lumière, il avait regardé les languettes et les cannelures du plancher, essayant de voir comment on enlevait ce genre de plancher. Elle continue à parler.

— Dans quelques jours tous les maris arrivent au lac. Une coutume pour le moins bizarre. J'ai été tellement heureuse ces trois dernières semaines. Ecoutez... aucun bruit. Dans le hangar des bateaux, il y a toujours le bruit du lac. Je suis triste quand le lac est tranquille, muet.

— Je dois repartir.

— Vous pouvez dormir sur le canapé.

— Non, il faut que j'y aille.

— Vous pouvez dormir ici. Je vais me coucher.

— Je suis un *voleur*, Anne, *un ladro*.

— C'est vrai. Vous vous êtes échappé de prison.

Il la voit nettement de l'autre côté de la lampe qui n'est pas allumée, le menton posé sur son poing serré.

— Je suis littéralement tombée amoureuse du lac. Je redoute le jour où il faudra que je le quitte. Ce soir, j'écrivais le premier poème d'amour que j'ai écrit depuis des années, et mon bien-aimé était le bruit des eaux du lac.

— J'ai toujours eu certaine peur des créatures aquatiques.

— Mais l'eau est si douce...

— Oui, je sais... Bonsoir, Anne.

*

Après son mariage avec Giannetta, il restait à Caravaggio un piège auquel se laisser prendre, en attendant que sa carrière de cambrioleur soit un succès — il se sentit soudain envahi par la gêne. Il entrait dans des maisons et se persuadait qu'un complot avait été tramé pour le prendre au collet. Giannetta n'en pouvait plus. Elle n'avait aucune envie de vivre aux côtés d'un voleur émérite qui avait peur de mettre le nez dehors.

— Trouve-toi un associé, bon sang !

— Je ne peux pas travailler avec un autre, tu le sais bien !

— Alors, dégote-toi un chien !

Il vola donc un fox-terrier roux sombre qu'il baptisa Auguste. Un vol de l'été. Le chien était son salut. Il avait l'aboiement rapide, une exclamation — une annonce, c'est à prendre ou à laisser —, assez pour avertir son maître, du moins de l'avis du chien.

Au travail, on aurait dit deux étrangers — Caravaggio déambulant d'un côté de la rue et Auguste errant de l'autre. Lorsqu'il pénétrait dans une maison, le chien s'asseyait sur la pelouse. Si les propriétaires revenaient à l'improviste, le chien se dressait et se mettait à aboyer, un aboiement bien net. Quelques instants plus tard, une silhouette sautait par la fenêtre, serrant un tapis et une valise dans ses bras.

*

Maintenant il se verse un grand verre de lait qu'il boit en faisant le tour de la maison de son beau-frère à Toronto, le lait le rafraîchit par cette soirée torride. Il s'assied dans l'escalier, face à la porte.

Dans le couloir sombre, la blancheur du lait disparaît dans son corps. Les épaules de Giannetta se nichent dans ses mains. Le chez-soi de l'autre. La touchant, une moiteur passée de sa lèvre à lui, ses mains dans ses cheveux sombres. Elle bouge dans l'ombre de son épaule.

Elle pénètre dans la cuisine à demi éclairée et ses bras nus accueillent la lumière. Il remarque le scintillement de ses boucles d'oreilles. Elle en enlève une et la fait tomber sur le sol. Ses mains passent à l'autre oreille — dévissant la seconde épingle d'or. Son rire tandis qu'il prend son sein dans sa bouche.

Il casse le collier et les perles tombent autour d'eux. Ses cheveux sentent le savon. Elle laisse son poignet remonter le long du bras de Caravaggio, humide de sueur. Sa joue contre la dalle tiède. D'un grand geste de son autre main, elle effleure le bijou qui se défait.

Giannetta touche la cicatrice de sa gorge. Son baiser délicat sur celle-ci. Il la porte, il est encore en elle, la tenant par les cuisses, les yeux grands ouverts. Elle heurte du coude le vaisselier qui fait l'angle, les assiettes bleues cascadent et viennent s'écraser sur le sol.

A chaque pas, ses pieds nus rencontrent une perle ou un bout d'assiette. Elle ouvre la porte du réfrigérateur. Profitant de la lumière, elle remonte son pied à hauteur de son estomac, l'examine, en chasse quelque chose. Il s'allonge et elle s'assied à cheval sur lui, en avalant le vin froid. Il trace sur son corps le chemin suivi par le liquide.

Son menton sur son genou. Elle plante son pied sur l'épaule de Caravaggio ; elle saigne. Lorsqu'elle ouvre grand les yeux, il voit du verre et de la vaisselle et des assiettes de porcelaine dégringoler d'étagère en étagère, sans ordre, leurs bleus et leurs rouges se confondant, ses doigts sur sa cicatrice, ses doigts sur la veine qui bat sur son front. C'est une plaisantine qui rit quand ils font l'amour, moins consciencieuse qu'un funambule.

Son rire bas lorsqu'ils s'arrêtent, épuisés.

Son souffle à lui est maintenant presque murmure, presque langage. Elle se tourne, une perle incrustée dans sa chair. Un violon avec des étoiles errant dans cette maison. Lumière du réfrigérateur, lumière de l'évier, lumière de la rue. Sur l'évier, elle asperge son visage et ses épaules. Elle s'étend à côté de lui. Le goût de l'autre. Un bazar de muscles et de parfums. Elle frotte sa semence dans ses cheveux mouillés. Ses épaules cognent contre le placard d'un bleu délavé. La cuisine qu'on baise. Portage sexuel. Son corps à cheval sur le sien.

Elle le sent, l'animal du désert qui est rentré en titubant chez lui, dans son oasis. Ses cheveux noirs s'étalent comme une mare sur les dalles. Elle enfonce la boucle d'oreille que ses doigts avaient égarée dans son biceps, commençant un tatouage de sang.

Dans les faux tiroirs de sa nouvelle chambre, il y a des bijoux de toutes les couleurs qu'il a jadis volés pour elle et qu'il peut retrouver en arrachant le fond des commodes. Des photos de sa famille dans des cadres d'argent anciens. Une pendule sous globe qui tourne sa panse dorée vers les coins opposés de la pièce. Une alliance qu'il peut retirer de son doigt avec ses dents.

Il n'enlève rien. Juste la chemise dont il se défait comme d'une peau. Il ne porte rien d'autre que le bijou épinglé à son bras, la trace ensanglantée d'un pied sur son épaule. La plume de sa lèvre sur sa bouche.

Une dernière assiette tombe sur l'étagère du dessous. Il attend que son œil s'ouvre. Voici le premier baiser.

Tout ce qu'elle peut voir en entrant dans le couloir sombre c'est la blancheur du lait, une pierre nacrée dans ses mains, disparaissant dans son corps.

Il met sa femme sur ses épaules pour que ses bras montent vers le chandelier.

Théâtre maritime

En 1938, lorsque Patrick Lewis fut libéré de prison, toute l'Amérique du Nord s'entassait dans de grandes bâtisses sombres pour voir Garbo dans le rôle d'Anna Karenine ; on s'essayait aussi à l'orgue Hammond. Des « Brigades rouges » interceptaient le courrier, faisaient irruption dans les meetings politiques à coup de grenades lacrymogènes. Plus de dix mille ouvriers immigrants avaient été renvoyés chez eux. Tous chantonnaient *Just One of Those Things, Une de ces choses.* Au-dessus du Zambèze, le pont le plus long du monde était en construction et la célèbre station hydraulique des quartiers est de Toronto en voie d'achèvement.

Au parc de Kew, toutes les heures, un cheval blanc plongeait de très haut dans le lac Ontario. En Angleterre, on jouait la première de *Meurtre dans la cathédrale,* de T. S. Eliot, et quelques semaines plus tard, Karl Weiss, fervent admirateur du poète américain expatrié, assassinait Huey Long dans le capitole de Louisiane. *Une de ces choses...*

Libéré de prison en janvier, il prit le train de Kingston jusqu'à l'Union Station à Toronto. *Ten Story*

Gang, Weird Tales, Click, Judge Sheard's Best Jokes et *Look* vous guettaient dans les kiosques. Patrick alla s'asseoir sur le banc de béton en face de l'allée qui menait aux quais. Cet espace qui rappelait une cathédrale se révélait la charnière de sa vie. Il avait débarqué dans cette ville à vingt et un ans. C'est là qu'il avait vu Clara s'éloigner à jamais. Il l'avait regardée franchir cette pancarte, sur la gauche de l'allée, qui disait HORIZON. *Lève la tête, regarde,* lui avait dit Clara lorsqu'elle l'avait quitté pour Ambrose, *tu sais ce que c'est que cette pierre ?* Dépassé par les événements, il s'en moquait... C'est du zumbro du Missouri. Rappelle-le-toi. Les dalles sont en marbre du Tennessee. Il leva la tête. Sur son banc, Patrick ne se rappelait même plus en quelle année on était.

Le visage de Clara lui revint, ironique, comme le sourire de ces affiches vantant les mérites d'un chapeau. Le visage d'Alice, en revanche, avec ses humeurs, sa mobilité, resurgissait mal du passé. Des porteurs attendaient là, à côté de trois grandes cages pleines de chiens, qui aboyaient à tout rompre comme des aristocrates s'estimant embastillés à tort. Il alla vers les cages. Le bruit les angoissait mais Patrick revenait, lui, d'un endroit où le quart lancé contre un mur de la cellule constituait la seule forme de protestation. Il s'approcha des cages, regarda ces yeux qui ne voyaient rien, ils lui rappelèrent son visage dans le miroir de métal.

Il était encore accroupi devant les cages lorsque les porteurs vinrent les descendre dans l'allée. L'impression d'être de plomb, soudain, au bout d'un fil accroché au centre de la grande coupole. Le point de mire de tout le bâtiment. Lentement, son champ de vision se mit à osciller. Il tourna la tête de gauche à droite puis de droite à gauche, et ses yeux découvrirent enfin l'horizon.

Il voulut se promener en ville, se voir réagir devant des étrangers, étudier la dernière mode. Il se sentait invisible. A l'extérieur du ventre de l'Union Station, la neige crissait sous les pas. Il se dirigea vers les quartiers est, remonta Eastern Avenue, jusqu'à la boulangerie Géranium. Dans cet espace bien chaud la brume de farine voltigeait à travers les rayons du soleil d'hiver. Il passa le long des machines impeccables, à la recherche de Nicholas. Des petits pains avançaient sur des rouleaux, attendant qu'on les retourne dans la flaque de matière grasse qui grésillait. Il finit par l'apercevoir à l'autre bout de la boulangerie, chorégraphe réglant le ballet des pains et des brioches. Nicholas alla à sa rencontre et l'étreignit. L'étreinte d'un ours. L'étreinte du monde.

— Content de te revoir, mon ami.

— Elle est ici ?

Nicholas fit un signe de tête.

— Elle a fait ses bagages.

Patrick monta dans le monte-charge, tira la corde et se retrouva dans les quartiers de Nicholas, à l'étage suivant. Il frappa à la porte de la petite pièce et entra.

Assise sur le lit, en sarrau, les mains sur ses genoux, Hana regarda d'abord ses pieds, puis remonta lentement, rappelant tellement Alice que c'en était terrifiant. Il se détourna, observa la chambre bien rangée de la fillette, la lampe allumée, en plein jour, sur sa table de nuit, sa valise faite.

Elle l'observait aussi, comprenant quel amour vibrait derrière ce regard perdu. Sa joue se pressait contre l'encadrement de la porte. Le col de sa veste neuve frottait contre son cou. Cinq ans plus tôt, avant qu'il ne prît le train pour les Muskokas, ils s'étaient rendus à la boulangerie Géranium. Nicholas avait offert de veiller sur elle. On lui ferait bon accueil si elle venait vivre avec sa famille. Il avait suggéré cela spontanément, sans hésitation, assis dans son bureau, sous la pendule qu'Hana aimait tant, où chaque heure était représentée par un beignet. « Pendant quelque temps, il va falloir que chacun de nous se débrouille », avait dit Patrick. « Je sais. » Elle avait onze ans.

Elle se lève. « Dis, Patrick, regarde comme j'ai grandi ! » Elle s'approche et l'embrasse doucement, passe son bras autour de son cou. Elle lui arrive au menton.

Au café des Balkans, ils commandèrent du *sujuk*, saucisses aux poireaux, porc et ail, dont il n'avait pas mangé depuis longtemps.

— Comment vas-tu ? Tu te portes bien ?

— Oh ! Oui ! Je suis en pleine forme.

— Bon. Il va falloir que je finisse par m'habituer.

— Ça n'a pas d'importance, Patrick... Passer du temps en taule n'a pas d'importance non plus... Tu ne vas pas te faire des idées...

— Non.

Il se sentait à l'aise, assis là à blaguer avec elle, essayant de comprendre sa vision des choses. En prison, lorsqu'il imaginait la liberté, c'était en solitaire. Rien à emporter, personne dont les bras puissent vous accueillir. L'image qu'il chérissait au cours des nuits blanches. Les autres prisonniers se tournaient et se retournaient dans leurs cellules comme des cachalots. Lui s'était retranché derrière son silence, comme si la moindre phrase eût été territoire miné, comme si prononcer ne serait-ce qu'un mot eût été laisser échapper Alice de son corps. Ce mystère dont il s'entourait le faisait respecter. Refuser de communiquer était sa manière à lui de la serrer dans ses bras. Mais le soir où Caravaggio fut attaqué, la rengaine indifférente de son père lui échappa. Un signal... Et Patrick sortit de lui-même.

— Tu t'es fait des amis en prison ? demanda Hana.

— Je me suis fait un ami. Il s'est évadé.

— Quel dommage. Qu'est-ce qu'*il* faisait ?

— C'était un voleur. En prison, on a essayé de lui trancher la gorge.

— Alors il a eu de la chance de s'évader !

— Un type génial !

Ambrose Small, en tant que milliardaire, avait toujours pris soin de séparer les différents paysages de son monde, élevant des murailles entre amis et relations, compatriotes et hommes d'affaires. Ils ne se connaissaient pas plus que s'ils vivaient en pays étrangers.

Lorsque Clara Dickens avait rejoint Ambrose Small après qu'il eut disparu du monde de la haute finance, elle avait pensé qu'il lui serait donné enfin d'entrevoir les divers horizons de sa nature. Mais au cours des années, elle avait déchanté. Elle ne connaissait que ce qu'il voulait bien révéler de lui. Et puis elle était trop proche de lui, de ses obsessions, de son charme aussi, pour le comprendre vraiment. Elle aurait voulu se hisser là-haut, au-dessus de ce qu'elle voyait de trop près, pour englober enfin du regard l'ensemble de la grande mécanique.

Ce qu'elle finit par découvrir de lui, dans la pièce vide de Marmora, entre les murs, le plancher et les fenêtres sans rideaux afin qu'il puisse lover son sommeil dans ce cercueil de clair de lune, était bien pire.

Dans les jours qui précédèrent sa mort, l'esprit de Small se libéra. On eût dit que ses cloisons sautaient. Que tout ce qui gardait ses mondes séparés se retirait de lui comme une colonne vertébrale. Ainsi, tandis qu'il parlait et marmonnait auprès de Clara, le récit des événements s'était échappé de lui comme un flot : une nuit d'amour avec une maîtresse, une négociation à l'opéra, personnages et cadavres du passé qui s'entassaient pêle-mêle dans cette pièce désolée où la misérable lampe veillait toute la journée. Et les ombres s'ajoutaient aux ombres, dans la lueur sale, comme un bal lunaire.

Les mots tombaient, la choquaient, lui laissant entrevoir les dédales de sa connaissance des femmes, les profondeurs de l'océan de la finance, ses affections, ses passions, ses colères, ses échecs ; ou encore il la décrivait, parlait d'elle avec des mots tus pendant des années. Il avouait sa tendre admiration pour elle, pour son sens des couleurs qu'elle exprimait en aimant les fleurs, le souvenir d'elle debout dans le hall, des années plus tôt, reniflant ses aisselles parce qu'elle se croyait seule.

Elle restait accroupie devant lui. Assis en position du lotus, torse nu, il ne pouvait la voir, il se passait les mains sur le visage, il se frottait le front sensuellement. Sa voix s'infléchissait et bientôt son torse suivait, qui se penchait jusqu'au sol en un long salut gracieux, ascétique. Un héron étirant son cou les yeux ouverts dans l'eau froide, bien ouverts au cas où passerait un poisson qu'il enverrait frétiller dans l'air et qui retomberait dans le tunnel de sa gorge bleutée.

Qui étaient ces femmes ? Où s'en étaient-ils allés, tous ces ennemis ? Ambrose articulait lentement. Les mots s'écoulaient de sa gorge, de la forme à demi nue qu'il était, comme s'il lui fallait jeter du lest, se dénuder encore. Salles de spectacles, femmes, sœurs, amis, ennemis. Vomis, déglutis. Et Briffa, même Briffa...

Seule clarté vibrante pour lui : cette pièce vide où Clara lui apportait de quoi manger, où il avait implosé. Et brusquement, comme emportée par un cheval emballé, elle assistait au défilé de son monde : visages, chairs meurtries, manucures, sexe, combats, lévriers, coffres-forts, suicides. Mais elle comprit qu'elle ne le connaîtrait jamais, qu'il était temps pour elle de ralentir le train, de revenir sur terre, dans cette chambre dernière.

Son visage était serein. Son torse toujours penché, long et athlétique. Le bec du héron touchait le plancher de bois bleu et, sous l'eau, la tête s'émerveillait de cette autre lueur qui pâlissait et qui était la lune.

Il s'était endormi sur le tabouret de la cuisine d'Albany Street. La jeune fille le secouait. Il y avait des miettes de homard sur la table.

— Patrick ! Patrick ! Réveille-toi ! Il faut que tu te réveilles !

— Qu'est-ce qui...

— C'est urgent. Je ne sais pas comment j'ai pu oublier, mais j'ai oublié, Patrick ! Réveille-toi, je t'en supplie ! Elle m'avait dit qu'elle attendrait. Je ne sais pas comment j'ai pu oublier.

— Qu'est-ce qui se passe ?

— Quelqu'un, une Clara Dickens. Elle a téléphoné.

— Mais qu'est-ce qui se passe ? Je suis où, moi ?

— C'est important, Patrick !

— J'en suis sûr.

— Tu vas aller répondre ?

— Ouais, mais toi, va te coucher.

Il se passa le visage sous le robinet de la cuisine. Clara. Après tant d'années.

Il respira profondément. Il traversa la pièce obscure, le visage encore humide. Il se laissa tomber, protégeant son bras plâtré, cherchant le téléphone. « Ne raccroche pas ! Ne raccroche pas ! » hurlait-il, dans l'espoir qu'elle l'entendrait et patienterait jusqu'à ce qu'il trouve ce satané appareil.

— Ici Patrick.

— Je sais bien qui c'est.

À l'autre bout il entendit son rire étouffé.

— Qui m'a répondu ? dit-elle.

— Une amie. Tu ne la connais pas.

— Bon.

— Elle a seize ans, Clara. Je veille sur elle.

— Je suis à Marmora. Pourrais-tu venir me chercher ? Ambrose est mort.

Il resta silencieux, étendu sur le dos dans une pièce obscure. Cette pièce, il ne la connaissait que trop bien.

— Tu prends l'autoroute numéro 7... Tu écoutes ? J'ai besoin qu'on m'aide, Patrick.

Il suivait les volutes du plafond.

— C'est à quatre heures de Toronto. On dit que c'est la capitale des chiens de traîneau de l'Ontario. J'appelle d'un restaurant. Ça fait quatre heures que je suis là.

— Quatre heures ! En quelle année sommes-nous ?

— Ne fais pas ton cynique, c'est pas le moment. Alors, d'accord ?

— Explique-moi exactement où tu te trouves. Décris-moi l'endroit d'où tu m'appelles. J'ai juste besoin de t'entendre.

— Je suis dehors, assise à côté d'un de ces pêcheurs nègres en celluloïd, comme on en voit partout. Il fait fichtrement froid. Je t'ai téléphoné vers dix heures et tu étais censé me rappeler.

— La petite a oublié de me le dire. Elle était tout excitée parce que je venais de rapporter un homard. Clara... C'est un vrai miracle que tu sois là, au téléphone. Ambrose a été tué par une balle en argent, non ?

— Il est mort de sa belle mort.

— Pas renversé par un chien de traîneau ?

Il luttait contre le fou rire, et fut obligé d'écarter le récepteur. La distance rendait la voix de Clara métallique.

— Excuse-moi, dit-il.

— Non, c'est sans doute drôle. Tu veux en savoir davantage ?

— Bien sûr.

— Eh bien, disons que j'ai lu le *Marmora Herald* en long et en large.

— Tu n'avais pas un bouquin avec toi ?

— C'est vrai, j'oubliais. C'est toi qui m'as appris à toujours avoir un livre avec moi... Et toi, qu'est-ce que tu fais ?

— Je suis allongé dans le noir. Je viens te chercher, Clara.

— Ça ne te fatiguera pas ? La fille m'a dit que tu t'étais cassé le bras.

— Je vais l'emmener avec moi. Elle m'empêchera de m'endormir. On peut compter sur elle.

— Le genre de femme que tu voulais depuis toujours...

— C'est exact. Elle m'a sauvé la vie.

— Tu es son père, en somme ?

— Comment s'appelle le restaurant ?
— « Cœur de Marmora ».
— Donne-nous environ cinq heures. J'ai besoin de me reposer un moment... Ecoute. Tu es là ?
— Oui.
— Je suis son père.

Il raccrocha et alla dans la chambre d'Hana, épuisé.
— Patrick, dis-moi, qui est-ce ?
— Ecoute, Hana, j'ai besoin que tu m'accompagnes jusqu'à Marmora, tu sais, la capitale des chiens de traîneau.
— Quoi ? Qu'est-ce que tu dis ?
Elle rayonnait.
— Elle me l'a déjà dit, Patrick, quand je lui ai demandé d'où elle appelait. Nous allons la chercher là-bas ?
— Ouais.
Elle se tenait contre la porte, les yeux fixés sur lui. Elle aurait voulu lui en dire davantage.
— Nom de Dieu, comment a-t-elle pu s'enterrer là-bas...
— Elle te fuyait ?
— Je pense... Mais avec un autre homme. Dis, j'ai besoin de faire un petit somme, tu me réveilles dans une quarantaine de minutes ?
— Entendu. En route, tu me parleras d'elle, tu veux bien ?
— Promis.
— Formidable !

Six mois plus tôt, quand Patrick était sorti de prison, de nombreux groupes de contestataires battaient déjà tambour dans la ville. Ce qui se passait en Espagne et les mesures sévères du gouvernement à l'égard des syndicats, incitaient riches et puissants à serrer les rangs. L'armée était partout. Sitôt que la dernière équipe partait de l'usine des eaux, la police et l'armée arrivaient sur les lieux pour monter la garde. Des tentes militaires campaient sur le terrain ondulé. Des sentinelles avaient pris d'assaut les toits, et le feu des projecteurs écumait les vagues du lac. Si la plupart des bâtiments publics étaient gardés, l'usine hydraulique, elle, faisait l'objet d'une surveillance si étroite qu'elle tenait de l'obsession. Le délégué Harris n'avait-il pas cru bon de rappeler aux officiels que les Goths auraient pris Rome s'ils avaient pu détruire un des viaducs qui menaient à la ville ? Couper ou empoisonner l'approvisionnement en eau mettrait la ville à genoux.

Pour Harris, le nouveau bâtiment s'apparentait au corps humain. On pouvait sérieusement le mutiler en six endroits : les pompes d'adduction, les compteurs Venturi, l'entrée aux réservoirs où l'on versait le chloride de fer, les bassins de colmatage ou encore n'importe lequel des vingt bassins de filtrage dont l'explosion causerait des inondations et rouillerait à jamais moteurs et équipement électrique. Enfin, il y avait, sous le lac, le tunnel de l'arrivée d'eau, long de deux mille huit cents mètres. Aucun bateau n'était autorisé à s'approcher à moins de neuf cents mètres du rivage et, le soir, personne, militaires compris, n'avait le droit de pénétrer dans le bâtiment. Sauf Harris, qui insistait pour dormir dans son bureau, un pistolet à portée de main.

A deux heures du matin, dans son cabinet de toilette, Harris se complaisait dans le cocon bombinant des machines. Il se levait et se promenait dans ce palais des eaux qu'il avait rêvé, désiré, construit. Le courant électrique flamboyait, illuminant des corridors qui disparaissaient comme des rues viennoises, transformant les bassins à filtre souterrains en salles de bal embrumées. Toute la nuit, le bâtiment palpitait. On prétendait que les riverains habitant l'Etat de New York pouvaient voir la vapeur qui s'en dégageait.

L'usine d'épuration des eaux était l'un des sommets du triangle lumineux qui semblait délimiter la ville en ce samedi soir de l'été 1938. Le deuxième était une coulée de lumières remontant Yonge Street, en provenance du lac. Quant au troisième, c'étaient les feux du Yacht Club sur l'île de Toronto, où se démenait le bal costumé de l'été, tandis que des taxis aquatiques faisaient traverser la baie houleuse à un monde bizarrement accoutré.

Sur quelles pistes de danse les riches ne passaient-ils pas leur samedi soir ! Paradant comme des poulains dans une étable bien tiède, à l'abri de la pluie. Et le lendemain matin, au lit, ils reconstruisaient la chorégraphie des tentations qui les avaient aiguillonnés, depuis le reflux de la foule se pressant à l'entrée jusqu'à la piste de danse suspendue sous les hauts cocotiers dont les palmes ornaient la salle de bal. Faux ciel ouvert, fausses étoiles, faux clair de lune. Chaque massif était le fief d'un singe qu'une chaîne tenait à distance respectueuse des hôtes et qui devait éviter les bouchons de champagne que l'on faisait sauter dans sa direction — si vous touchiez un singe vous aviez droit à une bouteille gratuite. Les ventes de champagne montaient en flèche mais les cris étaient rarement ponctués d'acclamations.

Un dais de soie abritait l'orchestre. Aux murs étaient accrochés des dioramas. Parfois on distribuait des boules de neige en coton et aussitôt la bataille se déclenchait, les hôtes trempant leurs projectiles dans le champagne ou le beurre avant de les lancer à travers la salle. Et, baignant tout cela, un éclairage indirect rappelant les premiers rayons roses d'un lever d'aurore sur une oasis.

Il y a une vision de Caravaggio chez les riches dont Patrick se souviendra toujours : méticuleux, rude, sûr de lui. Une raie ordonnant ses cheveux noirs, comme

Yonge Street à minuit. Déguisé en pirate en cette nuit d'été, accompagné de son chien, de Giannetta et de Patrick, il avait sauté de la vedette, hurlé des salutations à des étrangers et s'était promené au faux clair de lune de la salle de bal du Yacht Club, en prétendant s'appeler Randolph Frog. Ces dames de la haute avaient accepté son nom. Sans sourciller. Les riches, qui ont le pouvoir de tout changer, sauf leur apparence et leur nom, sont soucieux de leur identité. Dans ce milieu, un type au faciès de *pit bull* était considéré comme distingué.

Ils n'avaient pas été invités. De la main gauche, Caravaggio croquait des petits fours, et de la droite il tapotait le cul de ces dames. Lorsque les efforts de l'orchestre convainquirent les couples d'aller danser à l'extérieur, Caravaggio prit son chien dans ses bras et se mit à valser en l'embrassant furieusement, se pâmant devant ses grains de beauté. Au cours de l'heure qui suivit, ses cavalières ne manquèrent pas de remarquer l'odeur de l'animal qui traînait dans son cou. Patrick et Giannetta se cantonnaient aux environs immédiats de la salle de bal dont ils refusaient de s'éloigner, craignant de tomber dans quelque fosse aux serpents. Caravaggio était homme d'expérience. Il avait traîné dans les jardins et les intérieurs des riches des années durant. Il donnait des coups de coude aux hommes, y allait de ses bonnes histoires et savait discuter porcelaine et cristal avec leurs épouses ou des amateurs, se lamentant à la pensée que l'on pût faire nettoyer des fauteuils Louis XVI. Mais, à l'abri de son ivresse, il enregistrait détails et adresses.

Il finit par dénicher le couple rêvé. La quarantaine,

buvant sec ; elle, l'allumeuse, lui, le satrape. Il dansait les yeux dans ceux de sa dame en chantant *Night and Day*.

Vicina o lontana da mè
non importa mia cara, dove sei...

Elle était en pâmoison devant son italien, qu'il prétendait avoir appris en Toscane l'été précédent. Ses doigts traçaient des guirlandes sur son omoplate. Elle se renversa en arrière.

— Vous voyez mon mari, là-bas, sous le lustre, qui fait des avances à cette fille ? Il doit encore être en train de lui vanter les mérites du yacht.

— Un yacht par ici ?

— Oui, c'est comme ça que nous avons traversé la baie, vous aussi ?

— Non, je ne fais pas de bateau.

— Oh ! un de ces jours il faudra qu'on vous invite.

Il rit, laissant échapper son bout de cigarette.

— C'est ma sœur que vous voyez là-bas. Elle est timide.

Elle jeta un coup d'œil à travers la pièce et rencontra le regard hagard de Giannetta qui s'accrochait au bras de Patrick.

— Peut-être pourrait-elle se joindre à nous ?

Plus tôt dans la soirée, dans le bus qui les emmenait au quai, Caravaggio avait déclaré : « Laissez-moi vous dire deux ou trois choses sur les rupins : ils ont une façon de rire bien à eux. » Et Patrick de penser, Alice a dit ça. Les mêmes mots. « La seule chose qui attache les riches à la terre, c'est la propriété, poursuivit Caravaggio, leurs secrétaires, leurs tables de marbre, leurs bijoux... » Patrick se taisait, ne se donnant même pas la peine de sourire.

Il revoyait Caravaggio agitant une main bleue en signe d'adieu tandis qu'il se cramponnait au toit de la prison. A sa sortie, Patrick avait retrouvé sa trace grâce à ses copains du Blue Cellar. « Mr. Violation du Bien d'Autrui », avait expliqué Caravaggio à Giannetta. Ils lui avaient montré la ville, plus vieille de cinq ans, et ils étaient devenus ses amis, entamant souvent les nuits de printemps pour converser, se confier leurs vies.

Lors d'une reconnaissance des lieux, au cours de la semaine qui avait précédé le bal du Yacht Club, Giannetta avait regardé Patrick se soûler, et dans le ferry qui les ramenait elle lui avait tenu la tête sur ses genoux. Elle se pencha sur lui dans l'obscurité, sa main peignant ses cheveux. Il avait relevé la tête et dans le ciel de son visage il avait lu une tendresse qu'il n'avait pas remarquée auparavant. Tout s'était ensuite brouillé lorsque Giannetta et Caravaggio l'avaient sorti du ferry et ramené chez eux, où il avait dormi par terre dans le salon.

Laissant derrière eux les derniers feux du bal costumé, ils se dirigent ensemble vers le quai : Caravaggio, ses deux amis rupins, son chien, sa « sœur » et Patrick, chevalier servant d'un soir.

... notte e giorno
Questo... mmm...
mi segue ovunque io vada

Caravaggio chante à la nuit, une bouteille se balance comme un pendule au bout de ses doigts, son bras pèse sur l'épaule de la femme. Il débite des monologues où il est question de verre taillé et de glaces biseautées et astique le téton de Madame au rythme de sa chanson, tandis que Monsieur largue les amarres. Patrick le suit, de noir vêtu, en voleur. Une écharpe rouge flotte derrière lui et sur son dos tressaute une sacoche d'outils sur laquelle est écrit BUTIN.

En grimpant à bord du yacht, l'*Annalisa*, Caravaggio, hilare, se lance à la recherche du placard aux liqueurs. Il est hors d'état de nuire. Monsieur et lui se hâtent de faire sauter force bouchons, puis ils remontent sur le pont. Madame remonte le phonographe, sa robe de soie éclaboussée de sequins virevolte autour de ses jambes. Appuyée au bastingage, le visage renversé, Giannetta accueille la brise. Le mari lâche les voiles et le bateau s'élance sur la baie, de l'île vers la ville. La trompette de Bunny Berrigan se perd dans la nuit en volutes musicales, snobant les orchestres du Yacht Club. Ils ont levé l'ancre. Ils sont riches.

Caravaggio annonce qu'il n'y connaît rien à ces histoires de cordages ; là-dessus, il invite la femme à danser et tombe sous le charme de sa sexualité vibrante. Ils se frottent l'un contre l'autre au rythme des vagues. Giannetta et Patrick roucoulent côté proue. Le bateau louvoie vers la ville. Caravaggio, Monsieur et Madame ont la descente rapide. La femme remonte le phonographe, et *I can't get started* s'élève à nouveau sous le crissement de l'aiguille.

Caravaggio saisit le regard de Patrick. Il lève son verre. « A l'impatience », annonce-t-il. « A H. G. Wells », puis il balance son verre par-dessus bord. La nuit est chaude, il enlève sa cape. Du bout des ongles, Madame tripote ses boucles d'oreille fantaisie. *Ting*. « Ting ! » clique-t-elle du bout des lèvres. « Avez-vous faim ? »

Elle redescend et ouvre la porte du réfrigérateur. Il s'assied près d'elle, tournique sur son tabouret, gêné par le flou de sa robe saumon, au péril de son verre qui bascule et se renverse. Un dernier tour et il s'arrête. Elle reste là, à côté du réfrigérateur, elle passe un glaçon sur son front car il fait chaud, défait la broche sur son épaule, un pan se dénoue, révélant une échappée nacrée. L'odeur de la lampe à pétrole le grise. Rentrant la tête dans les épaules, il fait effort pour se lever de son siège. Il ne doit plus bouger. De la musique partout. Il se met à rire. Une érection peut-elle vous faire perdre l'équilibre ? Pensées profondes. Il se retourne pour lui faire face. Chère Saumon. Elle s'avance pour le retenir. Sa joue contre la peau moite de son aisselle. Contre son flanc. A peu près là où ils ont transpercé Jésus, pense-t-il. Il tombe à genoux, titubant. Il s'agrippe à sa robe qu'il plaque contre ses cuisses. Elle fait glisser la robe et s'en échappe, laissant un fourreau de sequins en boule entre ses mains. La musique a cessé. Moment de vérité. Ils tanguent avec les vagues. Il sort son mouchoir, lui tire les cheveux en arrière, en pleine lumière, l'approche de son visage et la chloroforme.

Dans l'air de la nuit, la main de Patrick a dansé autour du visage grassouillet du mari, il s'affaisse, lui aussi, chloroformé.

Caravaggio se retrouve sur le sol de la cabine, la femme inconsciente dans les bras. A quoi rêve-t-elle ? se demande-t-il, confortablement allongé contre elle, dans le silence qu'a laissé la main de Giannetta en levant l'aiguille du disque. Il parvient à se dégager, regarde autour de lui, pose une couverture sur elle et remonte sur le pont.

Le mari est blotti dans les cordages. En smoking, on dirait un échalas, un mannequin volé. Au-dessus de lui, appuyé au bastingage, Patrick pisse dans les vagues. Caravaggio dirige le bateau, Giannetta éteint l'éclairage du pont. « C'est bien la proue ? hurle Patrick. C'est en proue ou en poupe que je suis en train de pisser ? » Giannetta éclate de rire. « Je ferais mieux de me préparer... » « Oui », répond-il. Il va à l'arrière du bateau, saisit le phonographe et le flanque par-dessus bord.

Caravaggio a mis le cap sur les quartiers est de la ville, vers les lumières de Kew Park et l'usine de distribution des eaux. Patrick et Giannetta vont sur le pont inférieur. Il sort des victuailles du réfrigérateur, passe tout près de la femme inconsciente et s'assied à table. Comme un projectile endormi. Voilà comment il s'est senti toute la journée, dans le sillage de Caravaggio, détendu et calme entre ses deux amis. Ils l'ont empêché d'anticiper. Cette fois, il veut frapper au cœur. Il veut détruire avec soin, avec efficacité. Pas le geste puéril de l'œuf qu'on jette contre la fenêtre du train qui passe.

*

La nuit, la gigantesque conduite d'adduction achemine l'eau à l'usine d'épuration beaucoup plus rapidement que pendant la journée. Patrick le sait. Grâce aux plans que Caravaggio a volés, il connaît la longueur exacte, légèrement inférieure à trois kilomètres, l'angle, la ligne de pente et le diamètre de la conduite ainsi que les aspérités et les rétrécissements du métal, là où les sections ont été rivées les unes aux autres. Une fois à l'intérieur de l'édifice, il connaît les points à attaquer.

Sur le pont, Giannetta observe Patrick, une petite lanterne posée à côté d'eux, seule lumière sur le bateau. Il enlève sa chemise, elle lui enduit le torse et les épaules de cambouis. Il regarde ses cheveux noirs tandis qu'elle oint son corps de ténèbres. La sueur sur sa clavicule. Son visage grave. Soudain, elle se penche et il sent ses lèvres effleurer sa joue. Elle rejette la tête en arrière, replongeant déjà dans son mystère, lui sourit tout en lui couvrant le visage de cambouis. Caravaggio vient se joindre à eux, traînant un sac à butin bien pesant. Patrick est prêt. Giannetta serre Caravaggio dans ses bras. De l'obscurité de ses cheveux, elle ôte un sequin. Les hommes montent dans la barque. Autour d'eux, le silence et le noir absolus. Seule l'usine d'épuration des eaux jette ses feux sur le rivage, à huit cents mètres de là. Ils s'éloignent à la rame. Giannetta met le cap sur l'île.

Les deux hommes sont assis face à face, leurs genoux se touchent. Ils parviennent à une dizaine de mètres de la structure flottante où commence la conduite d'adduction d'eau. « C'est un porte-bonheur », déclare Caravaggio en passant une pépite attachée à une lanière de cuir autour du cou de Patrick. Caravaggio cuirasse Patrick de dynamite résistante à l'eau. Il plaque ensuite les charges contre son corps, sous la fine chemise noire. Tous deux portent un pantalon sombre. Patrick est totalement invisible. Il faut le toucher pour deviner sa présence, le cambouis ne laisse rien à nu. *Démarcation.* Caravaggio peut sentir son corps, il peut distinguer les courroies, les boutons-poussoirs qui retiennent les mèches. Aux abords de la structure flottante, des sentinelles. En s'approchant à la rame, ils repèrent leurs cigarettes allumées. Caravaggio se penche pour toucher le bras droit de Patrick, lui indiquant ainsi de tourner à droite. Pas de mots. C'est maintenant le domaine de Caravaggio. Dans ce quasi absolu d'incognito, il est le seul à se repérer encore.

Il attache la bouteille d'oxygène aux épaules de Patrick. Une seule. Ils ont estimé la vitesse de l'eau et la longueur du tunnel. Il pourrait couvrir cette distance en douze minutes, mais c'est trop risqué. A un moment de la nuit, on permute les générateurs des pompes et, soudain, il n'y a plus d'aspiration. L'eau stagne dans la conduite, comme un trottoir roulant qui s'arrête. Ils ont donc imaginé Patrick non plus entraîné par la vitesse de la conduite mais affaibli, sous le choc de cette immobilité subite. La bouteille ne lui octroie que quinze minutes d'autonomie. Si la pompe aspirante est arrêtée, le niveau de l'eau dans le tuyau peut baisser, permettant sans doute à Patrick de remonter respirer. Ni l'un ni l'autre n'en sont certains.

Juste au-dessous de la bouteille, Caravaggio attache le détonateur et le plongeur. Ils ne sont guère volumineux, car Patrick devra franchir les barreaux de fonte destinés à arrêter rondins et cadavres à l'entrée de la conduite. Un corps animé peut s'y glisser. Dans l'un de ses cauchemars, alors qu'il vivait dans l'attente de cette soirée, Patrick a vu un cadavre se glisser dans la conduite, comme par magie, l'obligeant à se serrer contre lui.

A l'autre extrémité du tunnel, il y a des barreaux de fonte entre lesquels il lui faudra se couler. Il débouchera dans une citerne de douze mètres de profondeur dans laquelle un filtre retient petits objets et poissons lorsque l'on fait monter le niveau de l'eau. Des pinces coupantes feront l'affaire. Il se retrouvera alors au milieu des machines de l'usine hydraulique.

Caravaggio attache la lampe autour de la tête de Patrick, puis il le serre dans ses bras. « *Auguri, amico mio.* »

Patrick lui fait un signe de tête, il place le tuyau d'air entre ses lèvres et se laisse choir de la barque. Il se cramponne en pédalant dans l'eau. Caravaggio se penche et allume la lampe. Ils ont tout prévu avec soin, sachant que des hommes montent la garde près de l'entrée de la conduite. Patrick plonge la tête la première et son corps suit, décrivant un arc.

7 juillet 1938. Une nuit sans lune. La vague de chaleur écrase la ville. Le reflet jaune de l'usine hydraulique dessine la silhouette des quartiers est. Caravaggio pourrait se pencher et le cueillir comme un bijou au cou d'une négresse. Il rame droit vers l'usine, sachant que Patrick est sous lui dans la conduite d'un mètre soixante-quinze de diamètre, entraîné à vive allure par le courant, gêné par le poids qu'il transporte.

L'imagination aidant, Caravaggio voit Patrick avancer avec sa lampe qui étincelle follement contre la paroi de la canalisation. Après s'être faufilé entre les barreaux de fonte, de justesse d'ailleurs, à cause de sa bouteille, il se met à nager, mais il s'aperçoit très vite que la lampe le ralentit. Il s'en débarrasse, elle tombe au fond de la canalisation où elle va s'éteindre, une heure plus tard, épuisée. Il progresse maintenant dans l'obscurité, guidé par la seule force du courant, tour à tour se ramassant puis s'étirant. A force de se cogner contre la paroi, ses pieds et ses mains, égratignés et meurtris, saignent. Le cambouis gluant glisse de ses cheveux sur ses joues et sa bouche. Il redoute de manquer d'air si la bouteille se vide, tout comme il redoute le silence près des pompes, du coup il ralentit et avance à vitesse plus humaine. Il en oublie sa peur du noir et même ce cauchemar qui lui fait serrer ce cadavre contre lui. Il ne pense plus à rien, il avance, écoutant le silence. Si la pompe s'arrête, Caravaggio lui a dit de dynamiter le tuyau, de faire surface et de hurler. Il sera là. Mais tous les deux savent bien qu'il n'y a qu'une faible chance de s'extirper du métal déchiqueté au moment où le lac s'y engouffre.

Les projecteurs de l'usine d'épuration ratissent la surface de l'eau. Maintenant Caravaggio doit laisser Patrick. Il change de cap et rame vers l'ouest, en direction de Kew Beach. Peu à peu les derniers feux du parc d'attractions s'éteignent. Il est minuit passé. Les contours de la grande roue s'estompent.

Patrick ressent les premières alarmes d'une bouteille d'oxygène à l'agonie.

Le courant le soulève, il aspire plus profondément l'air du réservoir. Au milieu de la troisième inspiration, il s'effondre contre les barreaux. Il y est presque. Haletant, l'embout sec, vide, arraché de sa bouche. Il y est presque, avec une bouteille vide. Il aurait besoin de lumière. Il se débarrasse de la bouteille, un bras endolori par le choc, il plonge entre les barreaux et remonte sans air, sans lumière, jusqu'aux briques de la citerne, veillant à ne pas se laisser aspirer par les filtres encastrés dans le mur. La force de succion est telle qu'il ne pourrait jamais se dégager. Il nage à l'aveuglette jusqu'au filtre, se demandant où aller. Redescendre ? Continuer d'avancer ? Comment ? Pendant de précieuses secondes, son torse est aspiré et fait presque implosion. Il comprend alors qu'il est à l'air. Ses épaules, sa tête et ses avant-bras sont délicieusement à l'air. Voilà le filtre qu'il est censé découper pour passer. Il peut respirer, il n'a qu'à ouvrir la bouche.

Il se laisse pendre, les doigs agrippés aux fils du

grillage. Au-dessous de lui, il n'y a que de l'eau. Il a dû laisser tomber les pinces coupantes en heurtant les barreaux ou en se libérant de la bouteille d'oxygène. Il ne s'en inquiète pas tout de suite, il a de l'air maintenant, mais il sait qu'il ne pourra pas repartir à contre-courant, jusqu'à la citerne. Il est pris.

Il est suspendu par un bras. Une toute petite explosion pour déloger le filtre et il serait tiré d'affaire. Il a cinq détonateurs. Sacrifier un endroit ? Qu'est-ce qu'une *petite* explosion ? Il attache une capsule au filtre, l'amorce et plonge le plus loin possible. Il n'entend pas l'explosion, il est projeté, drossé contre les briques avant d'être aspiré, en boule, avec l'eau, vers le filtre tordu, le visage et le dos lacérés. Il retombe en arrière. Pour lui, il n'y a pas eu de bruit, juste un remous qui lui a arraché la peau du visage et du dos et une brève lueur. Un goût de sang habite sa bouche.

Patrick grimpe de la citerne et se retrouve sur le plancher de la salle d'épuration, au milieu des machines grises. Il les tâte pour voir si elles sont chaudes, une faible lumière en provenance de la station principale de pompage se coule par une haute fenêtre. Il déballe les charges de dynamite qu'il a sur lui et les aligne sur le sol. Il trouve des chiffons, sèche la dynamite et tire de ses poches amorces, sertisseurs, rupteurs et détonateurs, enveloppés dans de la toile cirée. Il déroule ensuite le fil électrique et assemble le détonateur et le plongeur.

Il se déshabille, tord ses vêtements, étale chemise et pantalon sur les machines brûlantes, puis il s'allonge enfin et essaie de se reposer, de contrôler sa respiration, de faire provision d'air au cas où il n'en aurait plus. *Les mines du roi Salomon.* Il sourit dans l'obscurité.

Harris, à moitié endormi sur le lit de fortune installé dans son bureau, a entendu le bruit sourd, qui ne ressemble en rien à celui des pompes hydrauliques. En robe de chambre, il descend à l'entresol de la station de pompage, illuminée et déserte, suit l'escalier qui mène à l'étage inférieur, pénètre dans les tunnels Venturi et avance lentement, l'oreille aux aguets. Rien d'autre que les machines peintes en gris. Par la fenêtre il aperçoit les soldats qui patrouillent. Il finit par se détendre et retourne dans son bureau.

Les yeux ouverts dans l'obscurité, Patrick se repose, son regard ne quitte pas la haute fenêtre par laquelle la lumière pénètre. Bientôt il suivra le couloir où il l'avait cherchée et retrouvée. Elle était en train de se baigner à la lumière d'une chandelle, parmi une foule de marionnettes. Des années plus tôt. Son visage le fait souffrir, il ne peut y toucher. Il a dû se rompre quelque chose, mais quoi ?

Au bout d'une vingtaine de minutes, il se lève, se rhabille et fixe les amorces à la dynamite. Il entre dans l'humidité de la station de pompage. Tandis qu'il place les explosifs, il a déjà un aperçu de ce qui va se passer. Une colonne d'eau jaillira, fracassant les fenêtres du toit. Le sol ondulera. Les autres pompes, soudain en surcharge, grilleront en quelques secondes. Lorsque les bassins de colmatage exploseront, les tentes des militaires sur la pelouse juste au-dessus, s'effondreront sous huit mètres d'eau épurée. Il ramasse le rouleau de fil électrique et relie les fusibles des tunnels Venturi.

Au golf je ne vaux pas tripette
La Métro Goldwyn m'a proposé d'être une vedette...

Le ronronnement des machines couvre ses effets mezza voce. La chanson du yacht colle à lui comme une teigne. Il patauge dans l'eau non traitée, tenant le fil électrique. Il choisit les colonnes d'importance vitale pour y placer la dynamite. L'eau d'ici jaillira dans les couloirs de marbre rosé, se jouant du verre armé.

J'ai une maison — un vrai palais.
Et pourtant je ne sais où aller
— sans toi...

Il pose une charge munie de son détonateur électrique au-dessus de la plaque qui annonce : « Pompe Centrifugeuse du Dominion », cache les dernières charges sous les cuves de perchloride de fer, à côté de la tour de l'horloge de marbre rose. Il relie les fils électriques au détonateur.

Nu-pieds, il monte l'escalier en traînant les fils sous tension, fait le tour de la galerie de l'entresol et pénètre dans le bureau de Harris.

Harris est assis à son bureau, éclairé par une applique à col de cygne. Il a les yeux rivés sur la porte au moment précis où elle s'ouvre. Même s'il avait dejà rencontré l'homme, jadis, il ne le reconnaîtrait pas : pantalon et chemise en cotonnade noire, visage noirci de cambouis, balafré de traînées de sang, d'éraflures et de coupures. Ses phalanges saignent, un de ses bras pend sur le côté. Au moment où l'intrus se tourne pour refermer la porte, Harris remarque sa chemise déchirée dans le dos. Il se dirige vers Harris, portant le détonateur sous son bras droit, comme on coince un poulet.

— Je vous connais ?
— J'ai travaillé pour vous, monsieur Harris. J'ai participé à la construction du tunnel que je viens de remonter à la nage.
— Qui êtes-vous ? Comment avez-vous eu l'audace d'essayer d'entrer ici !
— Je n'ai pas essayé, j'ai réussi. Tout est sous tension. Je n'ai plus qu'à appuyer sur le plongeur du détonateur.
— Que voulez-vous ? Qui êtes-vous ?
— Patrick Lewis.
Il y eut un silence. Patrick se pencha pour essuyer ses doigts meurtris sur la patine satinée du bureau de Harris.
— Du feldspath, murmura-t-il.
Harris observait les yeux de l'homme. Ils lançaient des flammes au milieu de son visage sombre. Il se dirigea vers le placard, en revint avec une carafe de brandy et des verres. Il réfléchit, se mit à parler. Il lui dit combien il détestait les fonctionnaires, mais combien il aimait l'hôtel de ville.

— Je suis pour ainsi dire *né* à l'hôtel de ville. Ma mère y était concierge. J'ai gravi tous les échelons.

— Vous nous avez oubliés.

— Je vous ai embauchés.

— Vos foutus carreaux de céramique dans les chiottes coûtent plus que la moitié de tous nos salaires combinés.

— Oui, c'est exact.

— Et vous n'en avez pas honte ?

— Attendez. Vous verrez que dans cinquante ans on sera en admiration devant les carreaux et les toitures de cuivre. On a besoin d'excès, de quelque chose qui stimule. Je peux dire que je me suis battu pour ces carreaux.

— *Vous* vous êtes battu. *Vous* vous êtes battu... Pensez donc à ceux qui, eux, ont construit les tunnels d'adduction. Vous savez combien d'entre nous y ont laissé leur peau ?

— Il n'en est pas fait mention.

— Eteignez.

— Comment ?

— Eteignez.

Harris tira le cordon de petites perles de la lampe à col de cygne. La pièce fut plongée dans l'obscurité.

Patrick évoluait dans l'ombre, le détonateur sous le bras. Il éprouvait le besoin de bouger, de marcher. Devant Harris, il se sentait englué, hypnotisé par ses gestes léthargiques, par cette voix calme, par cette lumière esseulée qui le piégeait. Dans le noir, il se sentait éveillé, discernait les formes, l'odeur d'un lit. La voix de Harris émergea.

— Vous ne comprenez pas ce qu'est le pouvoir. Vous n'aimez pas le pouvoir, vous ne le respectez pas, vous ne voulez pas qu'il existe mais vous passez votre temps à lui tourner autour. Vous êtes comme un intermédiaire. Réfléchissez-y, Patrick... Ne répondez pas. Je continuerai à parler. Mais rallumez avant de décider d'enfoncer ce machin-là. Donnez-moi cette chance.

— Entendu. Continuez, Harris.

— Ce que vous cherchez, c'est un coupable.

Harris savait qu'il lui faudrait tenir jusqu'au petit matin. Une colonne de soleil descendrait sur le grand bureau, sur le bloc de papier quadrillé, sur le stylo. Le pistolet était à son chevet. Il lui faudrait tenir jusqu'à ce que les prémices de l'aube irisent l'œil-de-bœuf et ses huit demi-lunes de verre.

— Une nuit j'ai rêvé que je descendais de l'autobus à College Street, c'était au temps où on avait dévié cette artère pour la rattacher à Carlton. Je me suis retrouvé dans un quartier où je n'avais jamais mis les pieds. J'ai vu des fontaines sur l'emplacement du carrefour. Le plus curieux, c'est que je connaissais les parages, je savais qu'à un prochain coin de rue j'apercevrais un jardin et encore d'autres fontaines. En m'éveillant, l'impression d'un environnement familier ne m'a pas lâché. La nuit suivante, je me suis promené en rêve dans un parc mystérieux, touchant Spadina Avenue. Le lendemain, j'ai déjeuné avec l'architecte John Lyle et je lui ai parlé de ces paysages. Il s'est mis à rire et m'a dit : « Ils existent ! — Où ?

demandai-je. — A Toronto. » J'avais rêvé de projets qui avaient été rejetés au cours des années. Des choses merveilleuses que l'on avait trouvées vulgaires ou trop chères, trop ceci ou trop cela. Et moi, je flânais dans ces endroits, près du rond-point à l'intersection de Yonge et Bloor, en bas de l'Avenue Fédérale qui devrait mener, disait-on, à l'Union Station. Lyle avait raison. Ils étaient bien réels, tous ces endroits. Je veux dire que le viaduc de Bloor Street et ce bâtiment ne sont qu'une idée de ce que l'on aurait pu construire ici.

« Vous devez comprendre que vous êtes comme ces endroits, Patrick. Vous appartenez tout autant au système que les conseillers municipaux et les milliardaires. Mais vous faites partie des obscurs de l'entreprise qui ne sont ni acceptés ni reconnus. Une race bâtarde. Vous êtes un déshérité. Du coup, vous restez dans les bois et vous rejetez le pouvoir. Et c'est comme ça que ces doux idiots, les politiciens, la presse, les maires et les conseillers, deviennent les porte-parole de leur génération. Vous devez comprendre que l'astuce, c'est d'être aussi sérieux quand on est vieux que quand on est jeune.

— Vous avez connu une femme du nom d'Alice Gull ?

— Non... J'aurais dû ?

— Oui.

— Elle est morte ?

— Pourquoi vous me demandez ça ?

— Parce que vous avez dit : « Vous avez connu ? »

— Oui.

Patrick ralluma. Les yeux de Harris plongeaient dans les siens.

— Avez-vous décidé ?

— Pas encore.

Il éteignit. Une fois de plus, ils devinrent invisibles l'un à l'autre.

— Alice Gull, reprit Harris en détachant ses mots, a été tuée par un anarchiste.

— Non.

— Il s'agit de l'actrice, n'est-ce pas ?

Dans l'obscurité, Patrick entendit Harris boire son whisky à petites gorgées et poser le verre sur la table. Patrick s'assit par terre, son bras valide sur le détonateur.

— J'ai dû la rencontrer, je crois, dit Harris.

— Elle a joué ici avant que votre station ne soit terminée. Il y avait des meetings. C'est là que je l'ai rencontrée, après des années.

— Quel genre de meetings ? Que voulez-vous dire ?

— Et puis j'ai perdu sa trace... Quelqu'un lui a filé le mauvais sac, elle transportait de la dynamite avec un minuteur, une bombe à retardement. Avec ce sac, elle a traversé des endroits bondés pour se rendre au cœur de la ville. Qui sait ce qu'elle croyait transporter ! Dès qu'on s'en est aperçu, on a su qu'elle courait un danger.

La voix de Patrick se fit inaudible, un souffle. S'il écrivait cela, pensa Harris, son écriture s'amenuiserait jusqu'à disparaître.

— Je ne veux plus en parler.

— Alors ça restera toujours un cauchemar.

— Ce *sera* toujours un cauchemar, Harris. Elle avait une phrase, un vieux dicton, « Chez le riche, ne cherche pas de crachoir, crache-lui à la figure. »

— Diogène.

— J'ignore.

Un silence.

— Continuez, Patrick.

— Ils m'ont trouvé à la tannerie et m'ont hurlé ce qui était arrivé. J'ai couru jusqu'au bord de la vallée, pas de tramways. Ce jour-là, les manifestations avaient causé un vrai chaos. Je suis passé devant la boulangerie Géranium, j'ai embarqué son ami Temelcoff pour qu'il m'aide à la retrouver. Nous avons couru tous les deux jusqu'à Danforth, où était la foule. Alice devait être là... Le temps que j'arrive là-bas, je n'avais plus de voix. Plus rien pour crier son nom, même pas le murmurer. Nous sautions sur place pour essayer d'apercevoir sa tête dans la foule. Elle transportait la bombe à retardement, sans le savoir, et bientôt ce qu'elle transportait allait lui cribler les tripes. Temelcoff et moi, on a continué à sauter pour essayer de l'entrevoir. Autour de nous, les gens regardaient nos visages affolés... Et j'ai entendu l'explosion. Pas loin de nous, assez près pour que, sans cette maudite foule, j'aie pu la trouver, attraper ce bon Dieu de sac et le balancer n'importe où dans la rue...

Et personne n'a bronché, se rappela Patrick. La foule est restée figée sur place. Pourtant le vide s'était déjà fait autour d'Alice. Elle se tenait le flanc et les gens étaient sous le choc, à quelques mètres de là. Il s'était approché, elle l'avait reconnu. Son inoubliable regard, son flanc blessé...

Il la berça tendrement dans ses bras, il pouvait à peine la toucher, elle souffrait. Ses yeux restaient rivés aux siens, il était terrifié à l'idée qu'ils se ferment à jamais. Un œil, puis l'autre, se mirent à cligner, comme s'ils bégayaient. A trois mètres de là, le sac explosa encore une fois. Sans dégâts. Il se retourna. Ses yeux étaient fermés. Sa main morte s'agrippait à sa veste.

Il se releva, se mit à courir, couvert du sang d'Alice, et la foule horrifiée s'écarta sur son passage. Ses lèvres n'en finissaient pas de gémir, de bafouiller. Il se heurta à quelque chose de dur qui le força à regarder devant lui : Temelcoff le retenait. Pas pour le capturer, pour le calmer. Et deux larmes claires roulèrent sur le visage de l'ancien pontonnier, deux petites sentinelles d'argent qui l'empêchaient de se décomposer.

Alors Nicholas Temelcoff le lâcha et se dirigea vers le corps d'Alice.

— *Patrick...*

Obscurité. Silence. Harris n'osait bouger. Il ne voyait rien. Il savait tout juste d'où venait la voix.

Au milieu du plafond, la fenêtre aux huit demi-lunes. S'il la regardait un moment, il y verrait apparaître le début d'une nuance de bleu. Bon Dieu, comprit soudain Harris, il a nagé jusqu'ici ! C'est comme ça qu'il est arrivé, par le tunnel ! Quelle vision, quel rêve? Il appuya sur sa montre-réveil : cinq heures. Le son éclata nettement dans la pièce.

Savoir qu'il ferait bientôt jour aidait Harris à se tenir éveillé. Il ne bougerait pas. Les premiers reflets ne tardèrent pas à venir se blottir dans les corniches du plafond, dans les faux-placards, dans ces fichus carreaux qui semblaient tous les exaspérer. L'alcôve s'éclaira là où était son lit, là où Patrick s'était bizarrement allongé : le bas du corps recroquevillé, et le haut étalé, les genoux repliés, la tête rejetée en arrière. Du sang marbrait son cou et sa chemise. Il s'était coupé à la gorge dans l'obscurité. Mon Dieu! Harris se leva. Il se rassit. Non, non, il dort! Patrick dort! Les coupure étaient anciennes. Restes de son odyssée. Harris se sentit soulagé. Le détonateur gisait par terre. Harris comprit pourquoi l'homme l'avait choisi : n'était-il pas l'un des rares à exercer un pouvoir concret, sur du tangible? Les détenteurs du vrai pouvoir, eux, n'avaient rien à montrer, juste des bulles, du papier. Ils n'avaient même pas un centime sur eux. Parmi eux, Harris ferait figure d'amateur. Il lui faudrait se vendre. A chaque fois.

Il se tenait au-dessus de Patrick. « Il s'allongea et s'endormit à son tour, jusqu'à ce qu'on l'éveillât d'un rêve. Il voyait les lions autour de lui dans la gloire de la vie. Alors, il saisit sa hache, tira l'épée de sa ceinture et il leur tomba dessus comme la flèche quitte la corde. »

On frappa à la porte. Six heures. Il ne répondit pas. On frappa à nouveau. Harris eut peur que Patrick se réveille en sursaut. « Entrez », murmura-t-il. Un officier entra et salua. Pas un geste de trop. Harris posa l'index sur ses lèvres, avant que l'homme n'aboie des explications. Il désigna Patrick sur le lit.

— Prenez ce détonateur et désamorcez-le. Quant à lui, laissez-le dormir. Ne dites rien. Emportez ça. Faites venir une infirmière avec une trousse d'urgence, il s'est blessé.

— Patrick ?

Il s'éveilla lentement, la main d'Hana posée sur son épaule.

— Patrick ? Il faut aller à Marmora.

— Encore cinq minutes.

— Non, il faut partir. J'ai préparé une Thermos de café.

— Merci.

Contre sa peau, ses vêtements étaient humides de la sueur de son sommeil.

— Je suis réveillé. Marmora. D'accord.

Sur le balcon, dans l'air de la nuit, il jeta un coup d'œil sur ce boyau de verdure qu'était le jardin du propriétaire. La chaleur de la veille traînait encore. Hana ferma la porte à clef, ils descendirent les deux étages de l'escalier métallique et remontèrent Albany Street jusqu'à la voiture. A cette heure, les maisons les abreuvaient de leurs feux, révélant à peine leurs entrailles, levant les voiles de leur intimité, avouant leur personnalité ; chaque pièce était une autre intrigue. Il posa son bras valide sur l'épaule d'Hana, qui serrait la Thermos contre elle.

— Parle-moi d'elle.

— C'était la meilleure amie de ta mère. Je te raconterai toute l'histoire.

Les balcons du deuxième étage bombaient leur balustrade au-dessus de la rue. Parfums des haies. M. Rivera arrosant son jardin à trois heures du matin, après son travail dans l'équipe de nuit, perdu dans ses pensées. La chaîne d'un chien pendait d'une rampe d'escalier. Ils partaient pour ramener Clara vers cette rue. Il la trouvait plus que belle, il se sentait bien à cette heure où l'on voyait souvent des ratons laveurs faire la pause sur les marches, comme si le porche était à eux.

Arrivés à hauteur de la Ford, ils s'arrêtèrent, ouvrirent la porte du passager.

— Tu as envie de conduire ? demanda-t-il, au moment de prendre le volant.

— Moi ? Je ne sais même pas passer les vitesses.

— Vas-y. Je te les indiquerai jusqu'à ce qu'on soit sortis de la ville.

— Je vais essayer.

Hana s'assit bien droite, prenant soin d'ajuster le rétroviseur. Il monta, fit mine de prendre ses aises à la place du passager, émettant des bruits de satisfaction animale.

— Les phares, dit-il.

[illegible]

[illegible]

[illegible]

— [illegible]

— Quand le [illegible] de la [illegible] de la [illegible]

[illegible]

Les [illegible] du [illegible]

[illegible] succès de [illegible]

[illegible]

[illegible]

[illegible]

[illegible]

[illegible]

[illegible]

DU MÊME AUTEUR

Aux Éditions Boréal

LE BLUES DE BUDDY BOLDEN, 1987.

Aux Éditions Payot

LA PEAU D'UN LION, 1989.

Impression Bussière à Saint-Amand (Cher),
le 13 mars 1991.
Dépôt légal : mars 1991.
Numéro d'imprimeur : 659.
ISBN 2-07-038365-2./Imprimé en France.

52044